A tensão superficial do tempo

Cristovão Tezza

A tensão superficial
do tempo

todavia

Em memória da minha mãe,
Elin,
que amava filmes.
O resto é ficção.

Sou pirata da internet por causa da minha mãe, e ele sorriu ao lembrar do sorriso tranquilo da Líria, e quase acrescentou, há uma química entre nós, fechando a apostila, lição um, "O estudo da matéria". Um trocadilho e uma frase ambígua: pela ambiguidade, e talvez pela sua mãe, você perdeu sua primeira mulher, ou, melhor dizendo (a autoestima é um treino, disse-lhe Batista uma vez; não cai do céu), ela perdeu você, como consolou sua mãe, sem lamentar muito, na verdade com um discreto ricto de triunfo, uma espécie de *até que enfim, a infelicidade tem um limite, nem que seja minutos antes da morte* — de que filme era essa frase?

— Minha mãe adora filmes franceses e aquela atriz, a Jeanne Moreau.

Madrasta, na verdade, essa palavra carregada de histórias infantis, e era como se Líria imediatamente se transformasse numa presa nas suas mãos sinistras de filho adotivo, o que os faria irmãos de infortúnio, e ele sorriu novamente diante do monitor: estava feliz, poderia dizer à sua mãe. Que também era uma falsa mãe, mas num outro sentido. Valeria a pena contar à Líria, em nome de alguma intimidade futura? *A intimidade futura*. Como se toda mulher, a sua simples sombra, fosse uma promessa de intimidade, sob cuja proteção ele seria enfim um homem verdadeiro. Fechar os olhos e beijá-la, e ele fechou os olhos por um segundo, *cara, quer um conselho?* — e o conselho veio antes da resposta, *jamais se meta com alunas*. Ele ouviu isso do seu sólido sócio, Batista, o homem que teve a ideia brilhante de abrir uma *oficina de texto para vestibular*, primeiro uma saleta alugada na Voluntários da Pátria, que foi ficando pequena, depois uma ampliação na Doutor Faivre, agora uma casa, e em seguida, na mesma Doutor Faivre (*É perto da universidade, perto do centro, perto de tudo, melhor lugar impossível*), dois andares maravilhosos, dez anos de contrato de aluguel, *mas eu preciso de sócios para a ampliação. Pensar grande. Turmas regulares, quem sabe; e agenciamento local de aulas particulares diferenciadas. Só professor fera. Preço alto, à altura da qualidade. Turmas com no máximo dez alunos. Matemática, história, literatura, tudo. Você entra com a química, que ninguém sabe o que é nem como ensinar. Como era que eles te chamavam lá no Êxito Vestibulares?* "*O melhor professor de moléculas do cursinho*", e eles riram. Professor de moléculas — eu acho que é o que sou mesmo, na sala de aula e na vida real. Como se não quisesse pensar muito, no excesso de especulação o desejo se perde (o rosto de Líria nítido diante dele, os olhos com estrias azuis, bonitas e leves, praticamente uma menina, *eu não entendo nada de química, professor; preciso de um reforço. Faço psicologia, que vou levando de qualquer jeito, mas quero fazer medicina, que é outra história, bem mais difícil de entrar*), digitou *jeane morau IMDB*, e o Google corrigiu para *jeanne moreau* e logo em seguida ele pulou de *Louis Malle* para *Ascenseur pour L'Échafaud*, o que será *échafaud?* — "cadafalso", *Elevador para o cadafalso*, ele traduziu no Google (o filme não é lá essas coisas, um noir europeu, disse-lhe o Beto, mas tem uma puta trilha sonora do Miles Davis, é do caralho, e ele achou graça, esses intelectuais refinados são assim, você usa palavrões para dar aulas de literatura por alguma influência do padrão cultural do governo? Que metal o presidente seria na tabela periódica?, brincou alguém, e alguém respondeu *merda*, soltando uma gargalhada em seguida, e um terceiro acrescentou num resmungo audível enquanto saía de perto, *bem, o ouro da tua tabela deve ser o presidiário, o ladrão filho da puta*), e dali saltou para btbit.org, copia e cola o título do filme, uma chinesa seminua quase sem peito num quadradinho infechável olhou para ele do canto do monitor com olhar ingênuo e oferecido em movimentos coleantes e repetitivos do GIF, mas ele desviou os olhos à série de torrents que se abria, clicando em seguida na opção *size*, do maior para o menor tamanho, quem sabe achava um arquivo ripado de blu-ray, mas o maior era um MKV de 4.49GB, não cabe no pen drive formatado em FAT32 (ou mandava pelo Transfer All? Não, melhor entregar pessoalmente o pen drive, conversar ao vivo, explicar os detalhes, manter a companhia) — merda, sempre dá um trabalhinho reduzir arquivo. Único defeito do Mac, ele reclamava no início, falta um NTFS nativo incluso no cardápio, por que os caras não universalizam as partições de uma vez? Porque a Apple é um sistema solar autônomo, você tem de ir para o planeta deles com mala e cuia para todo o sempre — foi a primeira coisa que ouviu, anos atrás, ao trocar de sistema, com a emoção de quem entra num clube caríssimo e exclusivo. O engraçado é que o Steve Jobs era metido a hippie, alguém reclamou. Esses americanos são engraçados. Logo em seguida, encontrou um arquivo enorme da trilha sonora de todo o Miles Davis em FLAC, o som perfeito que comprime sem perder informações do áudio, explicaria ao Batista (ele clicou no *magnet link*, só para conferir depois e dizer a ele, *cara, você não sabe o que eu consegui. Quer uma cópia?*).

Você é carente, disse-lhe a mãe em muitos momentos de sua vida, o rosto mais indiferente do que duro, como quem apenas avalia um defeito de fábrica quando não há mais nada a fazer a respeito, era o que tinha na maternidade, pegar ou largar, aquele joelhinho feio, enfezado, sem dono, e ostensivamente pidão atrás do vidro da maternidade, e ele riu da própria piada; um homem *carente*, que passará a vida implorando em silêncio o afeto alheio, porque sua mãe é falsa, e abaixo uma opção do filme de 3 GB, envelopado em MKV (é engraçado, ele explicaria, o nome dessa extensão vem de "matrioska", as bonequinhas russas umas dentro das outras; explicando melhor, MKV é um potinho de arquivos compactados, não, a palavra "potinho" não dá a ideia), com som em russo e em francês (melhor do que as opções em AVI que encontrou em seguida, AVI, áudio e vídeo, é um envelope já superado, hoje só se usa MKV e MP4, ele pensou em explicar a ela, eu ponho no MKVtools, um aplicativo simples e funcional, e num minuto refaço o arquivo só com a trilha francesa original, explicar com a clareza didática de suas aulas de química — *matéria é tudo que tem massa e ocupa espaço*; mas, professor, e essas letrinhas na página do Word, também são matéria? *Bem, a luz é outra história, mais complicada, fótons têm massa zero, mas* —), e ele clicou no *magnet link, essa evolução do torrent*, ele explicaria, que abriu instantaneamente o Transmission, o aplicativo que carrega o piano da minha pirataria, ele riu da imagem. Mas os *peers* — ele esperou um, dois, três minutos, pensando em nada — permaneciam em vermelho, caralho, ninguém semeando esse filme no mundo. Tentou o título em inglês que encontrou no IMDb, *Elevator to the Gallows*, voltou à página chinesa, dois, três, quatro torrents, nos quais ele foi clicando em fila sem escolha nem exigência, e uma versão de 4,69 GB, FiDELiO [PublicHD], e outra de 1,62 GB [YTS.AM] começaram a baixar quase que imediatamente, um torrent a 700 KB/s, outro a 850 KB/s, com saltos de ambos acima de 1 MB/s, e ele suspirou feliz. Um bom tamanho, em qualquer caso: *Filme preto e branco antigo em geral é granulado e não precisa tanto de resolução; com, digamos, um bitrate variável de 2000, até menos, conforme o codec, já dá para ver numa boa*, ele explicaria a ela.

— Como assim, "por causa da minha mãe"? O senhor não acha que é uma desculpa esfarrapada para piratear? — e ambos riram, mais uma prova de que havia *química* ali, uma química básica, da família molecular da simpatia mútua, de natureza puramente fraterna. Por que eu não me mantive *ali*, a companhia tranquila, simples, casual e principalmente sem desdobramentos, ele sonhava sentado no banco do Passeio Público, uma sombra de síndrome do pânico tocando-lhe o peito, *só sabe o que é isso quem já sentiu*, alguém disse na roda do café, olhos na lagoa esverdeada de cloro, as águas paradas (talvez explicasse à mulher que, cigarro na mão, parecia se aproximar tentativa e ameaçadoramente dele, mas sem olhar para ele, soprando a fumaça para o alto, a importância da pressão do ar na respiração, *não é você que inspira, você apenas diminui a pressão interna, e a pressão externa enche imediatamente de ar o espaço vazio de acordo com a Lei de Boyle*), e ela deu uma tragada profunda — engraçado, eu jamais pensei em fumar na vida, e dizem que é uma muleta maravilhosa: *esperar numa fila fumando é outra coisa*, um conhecido de anos atrás garantiu, *você não percebe o tempo*, e ele imaginou como seria não sentir a pressão do tempo. Ele sentiu o aroma da fumaça de cigarro e desviou o olhar da mulher, que, com certeza, aguardava algum sinal deste homem esquisito, sinal que, é claro, não veio, e, agora de olhos fechados, voltou a concentrar a sua cabeça exclusiva e excruciantemente no rosto *belíssimo*, a palavra é esta, "belíssimo", de Antônia Bazile, *não posso perder a memória deste rosto*, não tenho dela uma única fotografia, ele ainda diria a alguém, que responderia simplesmente o óbvio, *procure na internet*, o que seria um sofrimento pior, a ideia de vê-la em toda parte, exceto ao seu lado, e ele apalpou o celular no bolso. Antônia *de* Bazile ficaria mais condizente, ele brincou com ela (lembrando da observação de Hildo, *ela tem um jeito nobre, você não acha?*, e o sorriso maroto que veio junto lhe desagradou naquele instante, e de novo agora, pela simples lembrança), e passou a ponta do indicador nas suas sobrancelhas, primeiro a direita, depois a esquerda, como quem desenha, e ela perguntou, já armando o sorriso de Mona Lisa (*que era gordinha, Antônia reclamou, aquele rosto bolachudo*), *você acha? Então eu deveria me chamar "de Bazile", a nobreza recuperada da pobreza imigrante que veio aqui matar índio, morta de fome, e agora quer passaporte europeu porque o país é uma merda*, e Antônia explodiu sua risada — diferentemente dos olhos da enteada, os dela eram estriados em verde. *Cruzamento à brasileira*, ela explicou, sorrindo sempre. Tentar encontrá-la mais uma vez, tentar tantas vezes quanto for necessário, ou desistir de uma vez? Pela primeira vez a hipótese da desistência cruzava sua cabeça, e de novo o sopro do pânico tocou-lhe o peito, agora, parecia, com uma razão concreta e assustadora. *Não me procure mais*, ele relembrou. Uma frase simples, dura, sólida, indiscutível. Já deve ter ido para Brasília, e a lógica do fato veio-lhe repassada de um surto azedo de ressentimento.

Diante de Líria, pensou em dizer *pode me chamar apenas de você*, porque ela alternava misteriosamente "você" e "senhor", ninguém mais usa "senhor" neste mundo irrevogavelmente democrático e sem hierarquia, *essa porra dessa esculhambação de internet que botou esses imbecis no poder; a ministra que viu Jesus; o filósofo terraplanista; o débil mental contra o globalismo que imagina que o presidente dos Estados Unidos representa o retorno de Cristo; o elogio dos torturadores; o movimento das neotrevas contra a vacina, rezando pela volta triunfal da varíola; o idiota liberando armas para combater a violência; onde essa merda vai parar?!, eles conseguem ser ainda piores do que tudo que já tivemos, por favor, tragam alguém que seja do ramo para tocar esse país*, e o colega estendeu o celular com a manchete, *olhe, veja aqui a última do sujeito, caralho, é impressionante, é inacreditável o que ele disse, e esse homem é o presidente do Brasil!*, e o velho professor Mattos respondeu brincando ao colega rabugento, *calma que o Brasil é grande, lento, irreversível e pesado; pouco a pouco vai esmagá-lo*, mas o jovem colega fazia *não* com a cabeça, *eu não seria tão otimista assim*. A professora Juçara, *nosso baluarte da direita*, brincou Batista uma vez, num cochicho, mantinha-se tranquila nas conversas: *Parece que a extrema imprensa, que vai perder a boquinha de sempre, escolhe a dedo as notícias para distorcer. Não vi nenhum ministro falando contra a vacina ou a favor da Terra plana. É muita torcida contra. O governo mal começou*. Agora, diante de Líria, ele imaginava se, além de razoavelmente feio, ou apenas *não bonito*, ele disse uma vez à Hélia, *eu sou não bonito* (e, num reflexo, levava a mão à cicatriz do rosto, mal coberta pela barba sempre por fazer. *Por que você não deixa a barba crescer de uma vez, estilo matagal, tipo Walt Whitman, uma coisa de poeta selvagem?*, e ele respondeu à primeira mulher, *porque, para os não bonitos, é charmosa a barba por fazer; confira os artistas de cinema*, e ela achava graça dele naqueles primeiros tempos), imagina se já estava ficando velho, as pequenas marcas que desde cedo vão deixando pistas do tempo. *Não seja ridículo*, disse-lhe a mãe. *Você não sabe o que é a velhice. Está vendo essa fila de remédios para o reumatismo? Duas horas de sono por noite? Veja minha perna inchada.*

— Eu explico. Mas é uma longa história.

— Eu gosto de histórias longas — e Líria sorriu, as mãos cruzadas sobre o livro didático, aula encerrada, *Introdução à química*. Era um gesto de sedução? Não, não era, ele decidiu, deixe de ser idiota — ela tem um toque ingênuo, ou uma naturalidade instintiva, a boa leveza das pessoas felizes; só as mulheres conseguem revelar autenticamente esta qualidade, *leveza*, que às vezes aflora. Ou, do mesmo modo que Hélia, a poeta com quem ele se casou sob um estado maravilhoso de hipnose, Líria brinca nessa fronteira, o humor que é a prévia da sedução mas que é também defensivo, *eu estava só brincando*; há um momento na vida em que todos brincamos nesta fronteira, entre o humor e a sedução, imersos em esquisita felicidade, podemos passar de um para o outro como fotogramas que entram em fusão, fade in, fade out, a barreira física, a película fina das moléculas de segurança se rompe. Meu Deus, eu sinto desejo. O que devo fazer com ele?

O problema é você, Cândido, que só pensa nisso. A advertência do Batista reverberou novamente e ele lembrou de quase ter dito *eu gosto de mulheres mais velhas; jamais vou correr este perigo de ser processado por assédio de aluna, que coisa mais idiota.* Com o acréscimo mortal: *São as professoras que correm perigo comigo, não as alunas; como é mesmo a velha piada, o sermão de Jesus, vinde a mim as criancinhas, porque atrás delas vêm as mamãezinhas?* Mas (Cara, disse-lhe o amigo no bar, muito a sério, tocando-lhe afetivamente o braço, mas ele não esqueceu a tensão discreta do gesto, Se você conta essa piada no lugar errado, você está triplamente fodido, sem sursis; em que mundo você ainda vive?) mordeu a língua antes de supostamente se desgraçar para sempre diante das simpáticas Maria, Luciana e Beatriz, ali presentes e felizes por fazerem parte da nova Usina, respectivamente professoras de história do Brasil, inglês e literatura, todas (ele calcula) de sua mesma faixa de idade (mas só Beatriz realmente *corria perigo*, ele uma vez imaginou, para descartar a ideia em seguida, e riu sozinho: *Um homem livre procura*, ela disse a respeito de alguma coisa com aquele jeito meio duro de quem ainda não acabou de pensar sobre o que está dizendo, frisando um "procura" pleno de ambiguidade, *um homem livre está sempre à procura*, era o que ela provavelmente queria dizer, e ele tentando descobrir se ela era solteira ou casada ou viúva no momento, ou mesmo se ela gostava de homens ou de mulheres ou de ambos. *Recebi uma proposta de São Paulo*, ela disse com ar misterioso, a ninguém em particular naquela pequena roda, e ele, súbito inquieto por se lembrar instantaneamente de Hélia, quase brincou, defensivo, *uma proposta de casamento ou de emprego?*, mas felizmente a conversa tomou outro rumo, e ele sentiu-se bem por manter o silêncio). De qualquer forma, ele disse a si mesmo, na verdade apenas um fotograma mental, *se estiver só com a Líria, deixe a porta da sala entreaberta*, aliás uma recomendação informal mas poderosa desde a primeira e entusiasmada reunião de professores da novíssima Usina, talvez Usina de Ensino, quem sabe Máquina de Ensino? Não, "máquina" dá uma ideia mecânica de robô, de repetição, de decoreba; "usina" é diferente. *E que tal "oficina"?* Não, uma ideia gasta demais, oficina de texto, oficina de linguagem, oficina de redação, os caras inventam até oficina de escritores, como se eles fossem ferreiros, todo mundo enlouqueceu — mas eles são mesmo ferreiros, disse alguém, e riu alto, martelando frases com a mão, *pac pac pac!*, e eles riram. *Usina?* E o Natálio imediatamente desenhou uma cabecinha de estudante sorridente e feliz, com fumaça saindo pelas orelhas — *Ó, uma usina! Pensar num logotipo assim. Com um toque de humor. É importante.*

— Eu explico. Nos últimos anos, minha mãe foi ficando surda.

— Você mora com ela?

Uma conversa esquisita, esta minha, ele pensou: a mania de tentar explicar tudo pelas beiradas, como peças de encaixe — talvez as pessoas não acompanhem. Ele perscrutou ("perscrutar": sempre gostei dessa palavra, uma vez ele disse à Beatriz no café, o que — talvez Batista tenha razão — pareceu-lhe agora um movimento inconsciente de sedução; *"perscrutar" lembra alguma coisa como perfurar lentamente com uma broca elétrica*, uma típica brincadeira verbal de Hélia, redefinir palavras pela ideia que os sons evocam, e Beatriz achou graça, e ele achou ela bonita achando graça), investigou o rosto de Líria para avaliar se naquele *você mora com ela* havia ironia ou se era apenas uma curiosidade legítima, *algo infantil*, é isso, *há algo infantil nela, uma inconsequência feliz, essa pergunta instantânea antes mesmo que ele prosseguisse a explicação, crianças hiperativas, é a geração WhatsApp*, disse-lhe Batista, o "Uótz" é a *Enciclopédia Britânica* da modernidade, todas as manhãs o sábio povo brasileiro consulta o WhatsApp para saber a quantas anda a Lei da Gravidade, se já foi revogada ou sofreu veto, e ele ilustrou a ideia do amigo, *as moléculas não param mais em estado sólido, é o tal mundo líquido*, e ambos riram. Pensou em responder com uma pergunta, *e você, mora sozinha?*, mas sentiu que seria uma agulhada abrupta demais.

— Sim. Quer dizer, voltei a morar com ela. — Aquilo estava ridículo desde o começo, ele se lembrava no banco do Passeio Público, numa exaustão difícil, revendo o filme desde o primeiro fotograma; uma conversa esquisita de surdos, e percebeu o desvio do olhar de Líria para os seus dedos sobre o livro de química, talvez procurando os sinais de uma antiga aliança, a sutil ausência de sol, o anel imaginário. *Você poderia ser poeta*, disse-lhe Batista. *Nunca vi alguém falar de química com tanta poesia. Você fala da valência de elétrons ou do ácido fosfórico ou das colisões moleculares como se se tratasse de alexandrinos perfeitos ou, sei lá, da beleza das borboletas, do aroma do amor, essas coisas engraçadas de poeta*. Culpa da Hélia, pensou em dizer, a poeta que o sequestrou: *Nunca me chame de poetisa*, disse ela. *Sou poeta*. E casaram-se dois meses depois; quer dizer, juntaram-se, à maneira contemporânea: *Eu queria sair de casa*, ele confessou a ela, com o tom de uma declaração de amor, mas, pensando bem (e agora, anos depois, sentiu o reflexo de uma vergonha esquisita, *e eu não percebi isso ao dizer?*), era como se a mulher fosse apenas a expressão concreta de uma utilidade.

Sob o olhar inquisitivo de Líria, ele ergueu a mão e tocou a cicatriz do rosto, um reflexo que estava se transformando em cacoete, o sinal vermelho da timidez. E a ansiedade de aguardar a pergunta que viria, sempre vem, assim que as pessoas criam alguma intimidade e relaxam, *e essa cicatriz, o que foi?*, como se igualmente já estendessem a mão para também tocar o seu rosto, compungidas. Com Hélia, a pergunta foi uma espécie de senha que abriu a vida em comum. Ela achou bonito aquele homem nu e lanhado, e dedicou a ele um curto poema sobre a paixão, dois únicos versos, o primeiro sobre o desejo, o segundo sobre o medo que ele evoca, *eu curto poemas curtos*, ela comentou, e eles riram do trocadilho. Ele fez cálculos precisos, agora que estava contratado como professor de cursinho, um velho futuro pela frente. (Você deve seguir carreira acadêmica, disse-lhe um professor. Pense num doutorado. Você tem lastro, foi a palavra que ele usou. De tempos em tempos voltava-lhe essa memória, "lastro", como uma pepita que se perdeu.) *Podemos alugar uma quitinete pelo centro. Não é caro o aluguel em Curitiba, comparando com São Paulo ou Rio.*

Quase confessou à Líria, do nada: *Eu me casei* (assim: juntamos os trapos, como se dizia antigamente) *em outubro de 2004 e me separei em abril de 2007.* Por que frisar a data? E por que contar a própria vida? Pensou em quebrar aquele instante que se estendia esquisito com a brincadeira do Batista assim que ele se divorciou e voltou para as asas da severa dona Lurdes: Agora você tem de comprar aquela camiseta de criança, "Eu moro com a minha mãe", e ele sorriu amarelo. É por pouco tempo, explicou ao amigo — e os anos foram passando. A mãe tem um ótimo apartamento na Comendador Araújo, dos antigões, uma sala enorme, quartos imensos, e um único banheiro original, quase um salão, um defeito que ele resolveu convencendo dona Lurdes das vantagens de uma reforminha, o que ela acabou aceitando relutante, *vai desvalorizar o apartamento*, como se fosse um carro em que se rebaixa a suspensão e se põe aleta e tala larga; além disso, a ideia de que sua mãe um dia venderia aquele espaço era praticamente uma *impossibilidade química*, e Batista riu da comparação. *Dona Lurdes, acontece justo o contrário, fique tranquila; o apartamento vai valorizar com duas suítes. E aqui fica um lavabo, para as visitas. Coisa fina.* Imaginou as toalhinhas empilhadas, o frasco com o sabonete líquido, o pequeno espelho oval com moldura dourada. A velha tem um gosto antigo: molduras douradas. Jamais recebiam visitas; a solidão de dona Lurdes era granítica, primeiro para garantir sem susto a pensão do coronel, líquida, gorda e certa, *é direito adquirido*, ela dizia em cada mudança de governo. *Bem, agora com o capitão assumindo a Presidência, é mais adquirido ainda*, e Batista riu, quando ele comentou os temores crescentes da mãe. *Reforma da Previdência é só no cu dos outros*, alguém disse na roda do café; *vê se os deputados, o Judiciário ou os milicos, a putada toda, vê se esses vão entrar no arrocho. Vão o caralho*, o rastilho político queimando rapidamente a conversa. *Caramba, o governo nem começou ainda e vocês já ficam azarando o homem*, disse Daniel, o que chamou alguma atenção, *então você votou nele?!*, e Daniel ergueu as mãos, *por favor, não me metam nisso.* Beatriz deixou escapar com um sorriso, *o pior é que o governo já começou; melhor se não tivesse começado.* Ergueu imediatamente as mãos: *Tudo bem, eu me entrego. Vocês venceram*, e Daniel protestou, *eu não, nem me olhe!*, e ela riu mais alto, *eu espero sentada quatro anos. Já vou me acostumando.* E voltou às fichas com a organização dos horários do mês, a procura de aulas crescendo dia a dia, a Usina é um sucesso. *Terça e sexta, pela manhã, fica perfeito para mim. São quantos inscritos mesmo?* Eram quatro, por enquanto, e um deles filho de deputado, deve ser das conexões do Batista. Só cuidado com os comentários, o foco são os livros da lista do vestibular, e tem de fazer milagre, esse povo não lê porra nenhuma, e Beatriz sorriu, Então não sei? A Usina, essas aulas avulsas, é o meu Uber — complemento salário enquanto nada acontece.

— Você não vai fazer um lanche, filho? Não é bom dormir de barriga vazia.

A voz da mãe muito alta no corredor, a surdez desregula a percepção da própria voz, e ele manteve os olhos fechados, mãos atrás da cabeça, pernas esticadas sob a mesa do escritório, aguardando o filme baixar. Sussurrou o título em francês, lembrando das aulas particulares encomendadas pela mãe muitos anos atrás: *ascenserr purr lechafô...* Uma fama perigosa, a de pirata da internet, e ele sorriu sozinho. Depois de assinalar no livro dois exercícios para ela responder até a aula seguinte, *um, qual a gravidade específica se a densidade do etanol a 20° é 0,789 g/ml?, e dois, quantas calorias são necessárias para aquecer 200 g de água de 20° até 90°? É só formular as equações e resolvê-las*, e ela perguntou num tom divertido de lamento, *e eu vou conseguir?* Claro que vai, ele garantiu, e Líria riu, *eu não consigo nem calcular minhas próprias calorias*, e ele mudou de assunto simulando casualidade, *e como você descobriu que, de vez em quando* (e ele desviou os olhos para sustentar a mentira), *eu baixo filmes da internet?* Ah!, a exclamação veio alegre, enfim uma resposta fácil: um amigo que fez o cursinho onde o senhor dava aulas. Comentei que minha mãe, minha madrasta, estava atrás de um filme que não achava em lugar nenhum, e ela imitou o entusiasmo do amigo: *Líria, é impressionante! O professor Cândido sabe tudo de pirataria. O cara é fanático. Peça o filme pra ele que ele consegue*, e ela riu, *claro que eu não ia pedir, nem era sua aluna, mas agora*, e ele sorriu diante do computador relembrando a animação dela, quase que um manto de intimidade se abrindo entre eles. *Só não espalhe*, disse ele, *ou a Polícia Federal vem aqui me levar algemado*. A versão masculina da Lisbeth Salander, disse-lhe alguém uma vez, você não tem um dragão tatuado nas costas?, e ele levou a mão instintiva à cicatriz do rosto. Ouviu os passos da mãe em direção à cozinha, disse um *já vou* inútil, e ouviu o *plim!* do filme baixado. Um toque no mouse e o monitor se iluminou; clicou no arquivo, abrindo o player VLC, e maximizou a imagem em preto e branco, feliz:

era um arquivo ripado (*O que é ripar? Ah, é digitalizar um DVD, converter ele num arquivo unitário de vídeo, porque um DVD é na verdade um conjunto de arquivos*) do selo maravilhoso The Criterion Collection, sempre cópias de primeira qualidade, e viu o círculo girando em cinza como um carretel de filme contra o fundo negro até se transformar elegantemente na letra C. *A vantagem inesperada desse logotipo circular da Criterion é que você pode imediatamente conferir se está certo o aspect ratio do arquivo*, ele explicou quando ela testou o pen drive no notebook; explicou mais por exibicionismo, esperando a pergunta *o que é aspect ratio?*, que ela fatalmente fez em seguida, e ele demonstrou surpresa, *aspect ratio? eu nem sei como se pronuncia direito — é a relação original entre largura e altura, a proporção da imagem. Se o círculo está certinho, a cópia é perfeita; se estiver oval, a relação entre os pixels não está 1 por 1, o que significa que se a TV ou o player não fizer a conversão anamórfica, a imagem vai ficar espichada, ou para os lados ou para cima, o que é um crime inafiançável contra o cinema, a pureza do olhar e a ordem do mundo*, e ele sorriu da própria piada. Seguiu-se a aula: *O formato antigo clássico é 4:3, tipo televisão de tubo, relação de 1.33:1, que era o academy ratio*, e ele fez o gesto mimético de enquadrar os dedos numa telinha imaginária (como um juiz pedindo VAR contra o Athletico, brincou Batista quando ele explicou a mesma coisa), *e depois surgiram outros formatos, a partir do Cinemascope (que só surgiu em 1953), o retângulo mais largo, de paisagem, que era um puro efeito das lentes de filmagem e de projeção*, e os dedos se afastaram lateralmente, didáticos. *O cinema francês usava muito a relação exclusiva 1.66:1, que é o formato deste filme*, e os dedos em L voltaram alguns centímetros, *é um meio-termo entre o 4:3 e o 16:9 do widescreen tradicional, e* — mas ele enfim percebeu que ela não estava interessada em absolutamente nada do que ele falava, tudo grego e aramaico; percebeu que ela mantinha os olhos fascinados inteiramente concentrados na imagem granulada (*como nas fotos clássicas em ISO 400 puxadas para 800*, ele explicou inutilmente, a voz já sumida) de Jeanne Moreau na telinha do notebook abrindo o filme, apenas os olhos tensos, densos e misteriosos de Jeanne Moreau entre duas estrias pesadas de sombras num superclose que lentamente se abria até os lábios, enquanto ela dizia com um tom discretamente rouco, mais um sofrimento angustiante que a alegria de uma revelação, *je t'aime*, momento em que Líria fechou instantaneamente o computador, *antes mesmo de entrar a impactante primeira nota do trompete de Miles Davis, o Batista tinha razão, belíssimo, belíssimo*, num gesto brusco, como se vissem ambos uma súbita e inesperada imagem pornográfica. E ele percebeu que ela estava ruborizada, *essa cor antiga*, como já disse alguém, *hoje em dia ninguém mais tem vergonha na cara*. E Líria olhou em torno — apenas os dois na salinha com a porta entreaberta, a única aluna de química inscrita nesse horário (*Não se preocupe*, tranquilizou-o Batista, *nosso projeto é de longo prazo; veja que à tarde as turmas estão bem maiores, e você, como sócio, terá salário e dividendos aqui*) —, como que sob a sombra de um susto, e voltou a sorrir.

— Puxa vida, obrigada. Minha madrasta vai ficar feliz.

Ela alternava "mãe" com "madrasta", assim como "você" e "senhor", caminhando insegura na fronteira do afeto com a autoridade, e ele absurdamente pensou no filme *A travessia*, sobre o equilibrista francês Philippe Petit, que, sem autorização, passou de uma torre gêmea a outra em Nova York, em 1974, *eu nem era nascido. Um filme que acabou virando uma espécie de homenagem anarquista do cinema às torres que não existem mais. Se você quiser, eu passo a você*, e ela havia dito, *eu quero tudo!*, numa felicidade de criança. *Engraçado*, disse-lhe Beatriz uma vez, quando ele comentava o prazer que sentia em plena quarta-feira à tarde, sem culpa, vendo um filme qualquer como se fosse um vagabundo desempregado, e ela acrescentou *todos têm o sonho de passar a vida inteira vendo filmes*, e o Batista entrou na conversa, *mas é exatamente isso que as pessoas já estão fazendo o tempo todo, vendo filmes e não a realidade* — e todos riram.

Mas isso foi um pouco depois, ele calculou, olhos fixos nas águas verdes e paradas do Passeio Público, ainda sentindo o aroma do cigarro no ar, a mulher se afastando, de volta ao lugar em que estava, fracassado o seu assédio implícito. *Eu nasci no dia 29 de fevereiro*, disse para Hélia. *Assim, só faço aniversário de quatro em quatro anos*. Era uma velha brincadeira, gasta e sem graça, que ele arrastou pela infância e pelos aniversários fantasmas, uma sensação estranha de fraude cada vez que ele ganhava um presente no dia 1º de março. *Você não existe*, disse-lhe um coleguinha rindo, e ele, criança, impressionou-se com a ideia, *eu não existo*. Reagiu: *Claro que eu existo!* — mas permanecia uma incerteza infantil, se a data é apenas um remendo na lógica do tempo, como eu nasci?, que com os anos se dissolveu no humor. Mas, curiosamente, com Hélia a piadinha surrada surtiu efeito, quando ele quase já havia perdido a esperança de impressionar a poeta num encontro de bar na agitação da Itupava. Batista, o amigo de sempre, foi o cupido: *Te apresento o Cândido, o gênio da química. Dá aula no Êxito. Fomos colegas na Federal.* Ela não moveu o braço nu, onde brilhava uma pequena tatuagem florida, para cumprimentá-lo — apenas sorriu, disse um *tudo bem?*, e voltou imediatamente a conversar com a colega ao lado, *pois eu estou na Fundação Cultural agora*, ele ouviu, e Cândido recolheu a mão que arriscava estender, até que, no confuso acerto das cadeiras e da mesa duplicada, Batista e seus amigos, *ele é um líder, ele sempre foi um líder*, disse-lhe alguém anos depois, *pode entrar na sociedade sem medo porque não tem erro, pessoa corretíssima*, viu-se justamente diante de Hélia, que bebericava uma caipirinha *de vodca*, ela explicaria mais tarde, *e pouco açúcar.*

Meu Deus, estou engordando, mas essa observação era quase um pedido de elogio. Bonita e magra, ele avaliou, os cabelos negros revoltos de medusa, a pele lisíssima e amorenada, os lábios exatamente a meio caminho entre o carnudo e o fino, entre o quente e o frio, e um pescoço que saía com tranquila elegância da blusa negra, e ele matutou se as duas amigas seriam namoradas — ele entreviu ali, quem sabe, uma intimidade cúmplice, quando súbita ela tocou o braço da amiga numa espécie de *só um minutinho* e encarou-o nos olhos como a resgatá-lo da sua solidão momentânea, o Batista contando uma história animada ao lado esquerdo da mesa, e à direita uma namorada de alguém que lhe dava beijinhos e erguia a mão atrás de um garçom —

— Sabe que eu nunca consegui entender química?

E sorriu, à espera, olhos nele, que levou um choque *térmico*, ele explicaria depois, porque, diante daquele silêncio claramente inseguro, ela tirou a mão do braço da amiga (que também olhava para ele, com uma surpresa divertida, *está acontecendo alguma coisa aqui e eu não entendi ainda mas parece legal*) e colocou-a suavemente sobre a mão dele que repousava inútil na mesa, e ele sentiu o leve calor dos dedos, que ali ficaram por um segundo significativamente extenso.

— Mas eu curto o lance poético da química — O sorriso se abriu. — Por exemplo, nunca me esqueci da relação entre energia de ativação e velocidade de reação.

Os dedos dela se recolheram e ele sorriu, lembrando: "empatia" é a capacidade de se colocar mentalmente no lugar dos outros e ver o mundo dali. Era como se ela pedisse desculpas pela secura do cumprimento de dois minutos antes e ao mesmo tempo mantivesse o controle da situação pelo poder da graça. Ativação e reação: lembrou do argumento químico que usou com dona Lurdes para conseguir os cento e cinquenta mil de empréstimo para se tornar sócio da Usina — *é um projeto grande, preciso de uma energia de ativação*, e quase montou no papel um diagrama descrevendo à mãe a *reação exotérmica*.

— E tinha uma certa reação exotérmica no quadro-negro, que eu achava linda.

— Você estudou química? — foi o que ele escolheu perguntar, impactado pela coincidência de memórias. *Foi a velha e boa paixão à primeira vista*, ele contaria, anos depois, à Antônia Bazile, que diria apenas *eu não quero saber*, mantendo o sorriso e aproximando os lábios para beijá-lo novamente. *Eu não quero saber nada de você. Essa nossa história vai terminar em breve. Tem de terminar. Por favor, não se apaixone.*

— No cursinho, como todo mundo. Eu fiz pedagogia.

Ele sentiu que a amiga de Hélia, que, cabeça virando de um para outro, parecia observar uma pipeta didática, estava momentaneamente esquecida; e Cândido e Hélia se fitavam inquietos, para não deixar a *energia de ativação* se perder (como relembraram mais tarde), e ele levou a mão direita à cicatriz do rosto, e a esquerda, imitando o vizinho, para o alto, em busca de um garçom, *o atendimento aqui é uma merda*, alguém disse, e Hélia lhe estendeu imediatamente o copo, *não quer provar da minha caipirinha enquanto a cerveja não chega?* — e eu provei, fiz uma careta simpática, e disse, *que delícia*, pensando não exatamente na bebida, mas naquele breve casulo emocional, mas isso Cândido não contou; ele sempre obedecia à sua condessa de Bazile, que não queria saber nada dele além da brincadeira e da utilidade dos filmes, *como se ela não quisesse jamais me dar o direito à palavra*, ele lembrou com um fio renovado de ressentimento no Passeio Público, a prostituta agora de novo imóvel a dez metros, olhos nele, talvez intrigada pela sua aura, pela sua *inequívoca eletricidade negativa* (pensou num diagrama), e ele fantasiou levá-la a um quartinho das redondezas, *a poética grotesca do baixo meretrício*, uma vez alguém lhe disse, mas a imagem não foi adiante e ele sentiu imediatamente uma *náusea mental, ou ressaca moral. Eu estou sujo*, agora uma observação concreta, e ele bateu nas pernas para tirar o que parecia uma mancha de terra ressecada. Pensou em abrir a embalagem da faca para com ela raspar aquilo, e quem sabe ficar mais apresentável. Voltaria ao prédio ainda mais uma vez? *Não me procure mais.*

Líria fechou o notebook e imediatamente percebeu o desajeito do seu inexplicável gesto brusco, o *je t'aime* de Jeanne Moreau reverberando ridículo entre eles, e ele quase brincou repetindo a aula, *a velocidade da reação depende da quantidade de colisões efetivas*, e ela em segundos voltou ao estado de equilíbrio com uma pergunta simples, *puxa vida, nem sei como agradecer. Como faço com o pen drive? Posso trazer na próxima aula?*, e ele titubeou entre o gentil *claro que sim, não tem pressa*, e o mais lógico *copie agora o filme no computador*, pelo qual acabou se decidindo, porque permitiria estender a conversa (honestamente: o objetivo era apenas desfazer aquele sopro de mal-estar pelo gesto súbito dela de fechar o computador) e acrescentar o detalhe da legenda, era preciso explicar. *Isso está virando uma coisa compulsiva, você é um neurótico*, disse-lhe Hélia, no seu primeiro exemplo mais nítido de agressão, já com um ano de convivência, a voz neutra, quase uma psicanalista resumindo um estudo de caso, a estranha obsessão de acumular filmes — *você vai passar a vida empilhando HDs? Nem que você vivesse trezentos anos iria ter tempo de ver todos esses filmes. Mais de mil filmes estocados!* Hoje são dez mil, ele calculou. Preciso contá-los. Dez mil e um, somando com este Louis Malle que eu não tinha e que acaba de cair na minha rede. *Venha fazer um lanche*, ele ouviu a mãe gritar da cozinha. *Preciso só ajustar uma legenda*, ele respondeu em voz baixa, como se ela pudesse ouvir. Lembrou da camiseta imaginária: *Eu moro com a minha mãe*, e riu sozinho. Abriu o opensubtitles.org e procurou direto pelo título em inglês, *Elevator to the Gallows* — por sorte, achou uma legenda com a bandeirinha do Brasil, e exatamente para o release blu-ray (YTS) que ele tinha baixado. Abriu o arquivo no Jubler, programa de legendas para o Mac, e apagou os créditos dos *legenders, cara, é um saco, bem no charme dos créditos originais do filme, eu adoro ver os créditos de entrada de filmes e séries, ali você sente o pulso da obra, pois é bem ali que eles tacam aquela sequência exibicionista dos* nicks *dos tradutores das legendas, uma coisa horrível, eu apago as linhas todas, eu acho que quem faz legenda pirata tem de ser discreto e elegante, é uma missão solitária, uma coisa samurai, você pirateia em nome da ética comunitária* (Batista deu uma risada, *cara, um dia você ainda vai preso e não conte comigo para te soltar*), *bota lá no fim uma pequena marca, ou então bem no comecinho, junto com o logotipo da distribuidora, mas nunca depois que o filme começa, é uma sacanagem, uma falta de sensibilidade visual*, continuou explicando ao Batista, que o encarava como a um alienígena, até perguntar brincando: *Todo professor de química é assim?* Antes de renomear a legenda para ajustá-la com o filme, pensou em acrescentar uma linha inicial de três segundos abaixo do C do Criterion, "Cândido Filmes — Coleção da Líria", mas refreou-se. *Não seja criança.*

— Você pode copiar agora no computador, e eu aproveito para explicar como funciona a legenda — e seu jeito foi tão simples, *um técnico honesto explicando o funcionamento de uma geladeira*, e ele sorriu mentalmente com a palavra "geladeira" (*tudo que Antônia não era*, e ele sentiu dor, a dor lancinante da ausência, um luto semelhante ao da morte, aquela *filha da puta nunca vai entender o que é isso, eu estou precisando dela como jamais precisei de alguém*, e ele olhou de novo para a prostituta imóvel, a visão embaçada), que assim como surgiu se desfez o rubor de Líria, e ela abriu de novo o computador, como se arrependida do gesto de fechá-lo, *é claro, vou copiar aqui mesmo, sou uma distraída*, e o rosto de Jeanne Moreau surgiu inteiro paralisado nas sombras com a legenda branca *eu te amo* ridiculamente explicativa, e ela minimizou o fotograma do player com um clique, como quem esconde novamente a prova do crime, mas agora sem culpa, *o técnico da geladeira é uma pessoa correta.*

— Você tem o arquivo do vídeo, veja ali na pasta do pen drive, *ascenseur pour l'echafaud*, eu sempre ponho o título original do filme, seguido do país de produção e a data entre parênteses (franca 1958), porque é mais simples para localizar depois e padroniza minhas pastas, e também por padrão não ponho maiúsculas nem acentos nem cedilhas, porque nem todo leitor USB das TVs reconhece caracteres especiais. E, veja, tem um segundo arquivo com exatamente o mesmo nome — e ele frisou bem, professor eficaz, diante da aluna obediente, que balançou a cabeça, atenta à explicação —, tem de ser *exatamente* o mesmo nome, nem um espacinho a mais, mas a extensão da legenda é normalmente *.srt* (pode também ser *.txt*) e não, por exemplo, como nos arquivos de vídeo, *.avi, .mp4* ou *.mkv*.

Conferiu o WhatsApp do grupo Usina, uma sequência idiota de memes sobre os modos de fechar o Supremo, Dolores perguntando se alguém achou os óculos dela esquecidos na secretaria, Batista convocando uma reunião para quinta-feira, *probleminhas burocráticos, nada grave*, e o emoji sorrindo; a Chico's do shopping oferecendo camisas a cinquenta por cento off; pensou em enviar uma mensagem à Líria, *filme na mão!*, com um bonequinho sorrindo e a imagem de um projetor, mas apagou em seguida, sob um pequeno surto de ansiedade. *Tem alguma coisa nela que eu não sei o que é.* Levantou-se enfim para o lanche da noite, tarefa já resolvida para entregar amanhã às dez horas, neutramente, mas viu-se objeto de conversas sorridentes entre alunos, *o cara é um puta pirata!*, e alguém daria uma risada. Eu preciso me cuidar, e isso soou como uma recomendação universal, que ia desde o fungo da unha do pé (*Se você não tratar agora*, disse-lhe Hélia, com razão, mais de dez anos atrás, *esse fungo vai destruir tuas unhas de um modo que você, por vergonha, nunca mais vai querer usar sandália de dedo,* no que ela acertou plenamente) até o assustador mundo dos afetos, em que ele jamais se sentiu à vontade. Isso é a cidade, essa cidade deixa você assim, eu sinto isso a todo momento, disse-lhe um acidental colega mineiro no curso de química, com quem uma única vez trocou confidências num bar, pilhas de cerveja sobre a mesa de fórmica, amigos para sempre até o amanhecer, milênios atrás. Essa cidade é uma merda. Se puder, saia daqui, insistia ele, baixando a voz como um conspirador. *Eu não sou vaidoso*, defendeu-se intimamente, pensando no fungo da unha mas levando a mão à cicatriz, como se só agora lhe ocorresse o que deveria ter dito à Hélia, todas as infinitas coisas que deveria ter dito e ter feito e que não disse e não fez. *Pois deveria ser*, ela teria respondido, imaginou ele avançando pelo corredor até a cozinha, onde dona Lurdes, praticamente no escuro, apenas sob a claridade mortiça de uma arandela, passava uma geleia orgânica numa fatia de pão integral. Ele acendeu a luz do alto e sentiu um toque súbito de velhice definitiva na cozinha, a vida arrastada, que se espraiava pelo espaço como uma teia invisível, dos azulejos desbotados à louça disparatada na mesinha gasta de madeira, cada peça de uma era, e na parede o eterno e ridículo quadrinho com um alce sobre a neve (*Eu gosto dele*, dizia-lhe a mãe. *Presente do teu pai. Tem valor afetivo*).

— Muito bom o filme que eu acabei de ver — ela gritou, alegre por ele enfim lhe fazer companhia, ele sentiu. — O título é *Apostasia*, alguma coisa assim. Desses últimos que você me passou. Uma história desses fanáticos malucos, testemunhas de Jeová. Deixam o filho morrer mas não aceitam transfusão de sangue. Eu gostei da atriz que faz o papel de mãe. Eu acho que me identifiquei — ela acrescentou, em voz inesperadamente baixa, quase um sussurro para uso próprio. — A gente aprende a gostar das pessoas — agora a voz subiu súbita, como se percebesse a presença dele. — Antigamente eu não gostava de ninguém.

Ele fez o gesto de sempre, abanar a mão lenta de cima para baixo, entre o sorriso e a reprimenda sussurrada:

— Mãe, não precisa falar tão alto — o que ela ignorou.

— Não sei por que você bota o nome dos filmes em inglês, eu já esqueci todo o meu inglês. A última vez — e ela ergueu o vidrinho da geleia contra a lâmpada, como se pudesse ver sua composição química através da luz, *esses venenos que eles põem aqui para matar a gente*, e ele sempre ouvia aquilo como uma agressão sutil a ele, o *químico*. Era inútil explicar, *mãe, é tudo química, o mundo é química, a arte da química salva milhões de pessoas todos os dias.*

Então você é adepto da arte da química, disse-lhe o procurador federal, alguns dias depois, colocando três pedrinhas de gelo no seu uísque, *Jura*, explicou ele mostrando a garrafa, *uísque Jura, o nome da ilhota escocesa onde Orwell terminou de escrever* 1984, *e que o matou de tuberculose. A ilha, não o uísque*, e ele deu uma risadinha. *Li que aquela ilha é mortal, o lugar mais insalubre do mundo, mas produz esta obra-prima*, e ele olhou para o copo como para evitar ambiguidade. *Quer experimentar? Dizem que o nosso vice-presidente, o general, é chegado numa dose de uísque. O que é bem melhor do que gostar de leite condensado, que parece que é a preferência do presidente.* Cândido tentou interpretar o breve sorriso, se era ironia ou apenas uma fria constatação, mas estava concentrado demais em controlar o próprio nervosismo para tirar alguma conclusão. *Síndrome de estudante; basta sentar numa cadeira escolar diante de alguém em pé*, disse-lhe Batista rindo. *O mais alto doutor treme, como os venerandos senhores fazendo curso de reciclagem no Detran por excesso de multas.* Ele repetiu o oferecimento:

— Vai uma dose? com gelo? — e, antes que respondesse sim ou não, o homem colocou pedrinhas de gelo, com a distração de quem pensa longe, talvez procurando o que dizer, naqueles minutos mortais de constrangimento de dois desconhecidos que se encontram e não podem escapar dali, a respiração sutilmente alterada, há mulheres e relações envolvidas e ainda não explicadas. — Bem, imagino que você não está dirigindo, seria contra a lei brasileira, da qual, afinal, sou um dos fiadores por profissão — e estendeu o copo a ele, o mesmo sorriso no rosto que não conseguia decifrar, e enfim, sentado na ponta da poltrona, ele achou o que dizer:

— Eu nem tenho carro.

— Bem, agora com o Uber, com todos esses aplicativos de transporte, ter um carro virou mesmo um mau negócio, uma coisa meio sem sentido. Mas vá dizer isso a um brasileiro. Ele deixa de comer para ter um carrinho. Ou diga às montadoras, que se locupletam com a festa, qualquer que seja o governo — e agora o sorriso pareceu um pouco mais solto. — Mesmo eu, veja só: três carros na garagem! É ridículo. Um pra Antônia (está certo que ela já chegou aqui com ele, não foi culpa minha, eu até propus que ela vendesse, e ele abriu os braços com ironia defensiva, olhando para a porta do corredor, *querida, você ouviu essa?*, de onde ela não surgiu como Cândido esperou e desejou ardentemente por alguns segundos para se livrar daquela conversa difícil), outro pra Lica, que é o apelido da Líria, a sua aluna, minha filha do primeiro casamento, que praticamente pode ir a pé aqui do Centro Cívico para a universidade todos os dias (e novamente olhou em direção à porta, para onde foram essas mulheres?). Faz sentido isso? E, cá entre nós, um prato cheio pra falar mal do Judiciário brasileiro, a zorra que fizeram com o auxílio-moradia, na verdade uma mera complementação salarial, tudo achatado, e eu, exclusivamente pelo meu cargo atual, ainda tenho carro oficial com motorista, é claro. Ou eles queriam o quê? — Cândido sentiu um toque exibicionista mas que não chegava a ser ofensivo; transparecia, quase que à revelia, uma condescendência irônica banhada de sinceridade, *veja, eu tenho privilégios, mas também tenho consciência*, um desejo sincero de honestidade e remissão existencial. *Eu também sou uma boa pessoa*, ele quis dizer. Sentou-se enfim na poltrona ao lado, mexendo o gelo do uísque com o dedo, e em seguida deu um suspiro cansado, quase teatral, *um dia cheio!*, talvez ele quisesse dizer, e estendeu o braço com o copo, *tim-tim!* Ele é aquele tipo de pessoa (mas para quem contaria isso? Sim, ao Batista — é o que me resta) que precisa manter o controle permanente sobre as relações humanas; ele sempre terá o que dizer sobre qualquer assunto, e será dele a palavra definitiva em qualquer caso. *O ministro da Justiça? É o que todo mundo está falando, e acho que tem um fundo de razão*, ele disse mais tarde, servindo-se de mais uísque, desta vez sem gelo, o copo quase cheio, quando a Antônia já estava ali e olhava aflita para ele; *uma coisa é sentar a bunda na cadeira fria do juiz e, com uma canetada, enfiar um ex-presidente na prisão, manter solto quem convenha, esconder o que interessa, pedir vistas eternas; outra bem diferente é sentar na cadeira quente de ministro, principalmente num governo tocado por idiotas, e imaginar que um "fiat lux" e um estalo de dedos funcionem à sua imagem e semelhança. A velha mágica, sem a varinha de juiz, agora dá chabu.*

Como se, súbito, percebesse estar falando demais, calou-se e olhou para Cândido com inesperada estranheza, uma espécie de *o que esse sujeito está fazendo aqui?*, e acrescentou um *claro, isso a gente fala entre nós*, como um resmungo, enquanto consultava o celular por alguma razão, para devolvê-lo em seguida ao bolso e dar mais um gole, no exato momento em que Antônia surgiu do nada e depositou um prato de salgadinhos diante deles, *professor, um aperitivo?* — e ao marido, *Dario, coma um pouco. Quer que eu traga uma Coca? Você vai viajar amanhã.*

— O senhor ainda não explicou por que virou pirata por causa de sua mãe — ela acabou dizendo, com um sorriso desarmante, quando fechou o computador, depois de copiar o filme e a legenda, aprender obedientemente a regra de deixar os dois arquivos na mesma pasta e ouvir uma explicação suplementar incompreensível sobre codecs de vídeo, *o H264 é o padrão de compressão do* MPEG-4, *o popular* MP4, *e é graças a ele que um filme de duas horas mantém uma boa qualidade de imagem no milagre de um arquivo de um ou dois gigas*. Os dois se levantaram ao mesmo tempo, como se fossem duas pessoas encerrando uma visita cordial e não professor e aluna no fim de uma aula exclusiva de química numa das saletas da Usina, *esse andar da nova sede parece uma clínica de consultórios médicos*, brincou o professor Mattos quando subiu a primeira vez, e ele também sorriu; sentindo um pequeno choque, desembarcou a cabeça *da sua cabeça neurótica, você entra num processo circular enlouquecido quando começa a falar dessa bosta*, disse-lhe Hélia, nos últimos dias: *Olhe para mim. Você não está legal. Saia da frente do computador. Está difícil viver com um cyborg, um nerd, um maluco, sei lá que merda está acontecendo com você*, e ele sentiu, num repente, *a estranheza libertadora do fim de um caso afetivo*, diria para Antônia entregando-lhe mais um fragmento de sua vida, a frase torneada como num haicai da Hélia, *estranheza libertadora*, mas isso não dá um bom haicai, assim como a química, que é demasiadamente abstrata, ainda que de efeitos brutais; *o haicai tem de ser sempre concreto e visível*, disse-lhe ela na mesa do primeiro bar, *uma esvoaçante folha de outono caindo da árvore tem muito mais peso que uma ansiedade metafísica suicida ou coisa do gênero*, um jeito simpático de professora de crianças, a mão aquecida sobre seus dedos frios, como se num gesto de acaso, e ele se apaixonou — como foi bom aquilo, e Cândido fechou os olhos diante da água verde do Passeio Público, sentimental, entregando-se conscientemente ao alívio da autopiedade: *eu preciso recuperar alguma coisa que eu perdi*, e ao olhar para o lado a prostituta permanecia próxima, com um cigarro apagado entre os dedos. Como ele, ela ainda tem alguma esperança neste cliente aqui, parece, ele pensou, sem rir — a palavra "cliente" reverberou com um peso estranho; alunos agora são *clientes*, você não sabia?, e Beatriz sorriu seu sorriso irônico quando partilhavam um café.

— Ah! A longa história de por que virei pirata! — e saíram juntos da sala, Cândido cedendo-lhe a frente com um gesto gentil. Ali era só amizade, ou nem isso, uma simpatia normal, talvez o nascimento de uma amizade futura que, de fato, nunca se realizou, *porque tudo explodiu antes e hoje Líria deve me achar um pequeno canalha*, ele ponderou, defensivo, olhando o lago verde. *Nunca houve rigorosamente nada, exceto amizade. Por isso, a ideia de traição não cabe aí.* Mas a certeza moral, que ele testou, parecia insuficiente para trazê-lo à tona. — Tudo começou porque minha mãe é surda.

Ela parou à porta, tentando sintonizar a natureza do que ele disse, se era triste, se era engraçado, a frase solta de uma sitcom, a surdez ainda rende piadas aceitáveis, todo mundo sempre tem alguém que está ficando surdo na família. *Puxa vida*, ela arriscou, *imagino que...* mas para ele aquilo era apenas uma corriqueira relação de causa e efeito, indiferente e neutra como uma reação química, *talvez Líria contasse para alguém mais tarde, eu já morto, nesses termos. "Ele era assim. Tudo na vida se resumia a uma reação química."* — E a surdez — continuou ele — estava tirando da minha mãe o único prazer pessoal que lhe restava: passar horas e horas vendo filmes — Ela continuou imóvel, atenta, esperando o desdobramento. — Um cafezinho? — ele ofereceu, *a Usina é um espaço diferenciado, adulto, para a educação de foco dirigido, uma relação adulta entre mestre e aprendiz; a publicidade deve sublinhar este fato, o chamado à responsabilidade mútua*, dizia o publicitário, ao lado do

Batista, apresentando o briefing de lançamento da empresa. *Mas evitem a palavra "cliente"; é preciso manter a aura emocional do espírito "sagrado"* (ele fez as aspas com os dedos) *da educação, que ainda é muito forte na cabeça das pessoas, principalmente no Brasil, embora o governo* — e ele parou, inseguro, tentando prever a natureza da reação, e refez a frase —, *embora todos os governos, cá entre nós, sempre cagaram e andaram pra educação.* O Brasil sempre teve um ensino de bosta, de alto a baixo, concordou Geraldo, o sócio da matemática, frase que caiu num vazio; depois de três segundos de silêncio, o publicitário voltou ao PowerPoint.

— Sem açúcar — Líria disse, diante do balcão do café da sala de *convívio*, a ideia é um local um pouco mais descontraído aqui no último andar, dizia Batista, onde se concentram as aulas particulares mesmo; no segundo e no terceiro vão ficar as salas maiores, as aulas de maior procura, redação principalmente, pelo menos nesse primeiro momento. Uma espécie de espaço VIP, alguém disse, porque, afinal, o custo de uma aula numa turma de vinte estudantes não é o mesmo de uma aula para um, dois ou três alunos; é simples aritmética, não preconceito, nem parece que você é professor de matemática, e Geraldo ficou quieto. *Parece mais uma sala de espera de um consultório médico*, ele diria mais tarde; *mas não se preocupe — afinal, eu sou sócio disso aqui*, e veio o sorriso pacificador. *A ideia é essa mesmo*, explicou Batista, mais sério que sorridente, *um lugar em que as pessoas resolvem problemas*, e contemplou satisfeito as mesas com revistas, cadeiras transadas, poltronas coloridas de canto, a senha do wifi num cartaz simpático na parede, "usina2020", tomadas acessíveis para carregadores de celular e notebooks, *tudo para facilitar a vida do estudante. A ideia, no futuro, é criar um espaço-biblioteca.* Mas no café tem de botar umas xicrinhas de porcelana, uma coisa decente, não esses copinhos ridículos de plástico fino que queimam os dedos, Geraldo reclamou derramando café no balcão, e Cândido, relembrando a cena, sorriu para Líria, *cuidado que queima os dedos*.

— Imagino que a sua mãe ficava direto vendo Netflix na sala, como a minha madrasta — e ela deixou escapar, com o sorriso, mais um toque sutil de intimidade cúmplice, porque havia um sopro de crítica na observação, uma espécie de denúncia do absurdo, *fica o dia inteiro vendo filme na TV*, o "madrasta" compondo o quadro punitivo de um dedo em riste da enteada. Mas não havia ainda Netflix naquele tempo, *eu sou um sujeito antigo*, brincou ele, como se fosse irmão de sua mãe; era ainda a passagem dos videocassetes para a revolução dos DVDs, ele explicou. E preferiu não dizer, a frase na ponta da língua: minha mãe é muito pão-dura e turrona para assinar TV a cabo — *não quero essa confusão de canais e de atrapalho de controle remoto, depois eles cobram o que querem na conta* —, embora gastasse três vezes mais em videolocadoras, eu de office boy, voltando da faculdade duas ou três vezes por semana com uma sacola de filmes. Tinha uma locadora grande aqui na Doutor Faivre, e ele apontou o dedo para uma parede, onde hoje é uma galeria de arte (aliás, nem existe mais locadora, mas naquele tempo você encontrava uma em cada esquina). Eu voltava para casa com uma pilha de cassetes, até lembro dos primeiros; minha mãe contemplava os estojos com os títulos e fotos coloridas com a alegria de uma criança que ganha uma pilha de figurinhas de álbum de futebol, *Anna Karênina, Shakespeare apaixonado, Um plano simples, O fugitivo, Noites de Moscou, O perfume de Yvonne, Um sonho de liberdade*, aquilo era inesgotável, e minha mãe era uma draga, dois, três, às vezes quatro filmes num dia só, como um dependente de heroína. *Só mais um!*, ela implorava, em pleno sábado, e lá ia eu atrás de novidades — e Cândido fez um gesto farsesco com os braços, de quem leva uma braçada de videocassetes, aqueles trambolhos, como se fossem lenha. Enfim, Líria deu um primeiro gole do café, o sorriso crescente no rosto, *o professor é engraçado*, ela deve ter pensado, *basta falar de filmes que ele se transfigura*.

— E ela não vê mais televisão na sala, apenas no quarto — ele explicou, com a pequena ansiedade de quem deixou algo incompleto para trás que precisava ser retificado ou todo o futuro da conversa estaria comprometido. — Finalmente convenci dona Lurdes a comprar uma TV LCD, o modelo que estava começando a entrar no mercado junto com as TVs de plasma, que não emplacaram, lembra delas? — e quase acrescentou, *convenci minha mãe a gastar para o próprio prazer cinematográfico um pouco da grana que a inesgotável pensão militar do meu pai garantia, acumulada e crescente sob a força maravilhosa dos fundos de renda fixa*, é a melhor coisa, disse-lhe Geraldo, ainda no cursinho; não tem risco praticamente nenhum, liquidez total, é tudo Tesouro Nacional e os juros são maravilhosos qualquer que seja o governo, até o Brasil explodir, porque nunca de núncaras que vamos conseguir crescer num índice acima do crescimento da dívida porque o Brasil não produz por conta própria absolutamente nada que tenha relação com a inteligência, e portanto os juros, para sustentar o buraco, têm de — e Geraldo fazia com a mão um gesto de avião subindo, o que Cândido, por sua vez, repetiu detalhadamente à mãe (sem os detalhes políticos de hoje — a professora Juçara, triunfante, lembrou que os juros, naquele exato momento — quando foi isso? há dois meses? —, eram os mais baixos da história brasileira, e provavelmente fechariam 2019 na faixa de um por cento, descontada a inflação, que também estava próxima de zero). A dona Lurdes, é claro, insistia na antiga, boa e tradicional poupança, de onde ela tirou, é verdade que desta vez sem resistência (ao contrário do seu casamento, que mereceu, de presente, apenas uma baixela de talheres inox de duzentos reais, Hélia encontrou a etiqueta com o preço na caixa — *e depois que você casar, quem é que vai me conseguir os filmes?*, num tom de brincadeira por onde escapava um fio verdadeiro de ansiedade), até com um espírito empreendedor generoso, os cento e cinquenta mil reais de seu investimento no projeto Usina. Um gesto que valia todos os filmes do mundo.

Se bem que eu poderia dizer, se tivesse espírito de vingança, ele pensou, olhos na mulher com o cigarro apagado, que não sorriu para ele mas também não se moveu, à espera (*talvez eu esteja mesmo assustador aqui, carregando este pequeno embrulho com uma faca, que ela não pode ver mas talvez pressinta*), que a minha simples existência, ou, melhor dizendo, a minha providencial adoção por aquele casal altruísta (jamais contei isso para ninguém, *as razões da adoção*, ele lembrou como quem súbito percebe ter esquecido de algo fundamental e irremediável) foi fiadora da sobrevivência da velha. *O Brasil é um país afetivo, ou apenas tem os afetos, mesmo os imaginários, em grande conta, como um eixo da vida, e isso se traduz no nosso uso das palavras — por exemplo, até o costume de chamar a mãe de "velha" como um ato de carinho, o que eu acho engraçado, e não sei em que outras línguas há um uso equivalente*, disse-lhe Beatriz de passagem numa conversa de café que foi se ampliando, quando o assunto era apenas alguma bobagem do noticiário sobre os sentidos da palavra "laranja", da fruta para os intermediários dos negócios ilegais do partido da Presidência. O jovem Prestes, candidato a se efetivar com as aulas de física, cafezinho à mão, percorreu os olhos atrás de um apoio, até centrá-los no Batista, *então vocês acham mesmo que foi o governo atual que inventou os laranjas?*, e Geraldo imediatamente ergueu os braços, sacudindo os dedos em ramalhete como um italiano de comédia, *puta que pariu, rapaz, isso quer dizer que* — mas o tato de Batista mudou a conversa de rumo com um sorriso e um tapinha para não assustar o novato, *a Usina é adepta do marxismo cultural*, e o menino tenso sorriu por reflexo quando Batista tocou-lhe o ombro, *estou brincando*, e, quebrando um breve silêncio, a voz de alguém (o Mattos, é claro, o retórico, ele lembrou, como se nesse exato momento isso fosse importante, uma paixão, uma faca, uma filha da puta desaparecida, uma agonia acelerada no peito, está faltando alguma coisa cuja ausência vai me matar, *as emoções não têm idade*, alguém lhe disse; *uma pessoa apaixonada é uma criança perdida, um ser que cai num desvão do real e entra rodopiando num túnel sem a dimensão do tempo e a lógica das causas e dos efeitos moleculares*, o que, para um professor de química, é decididamente a morte, uma graça que ele fez por associação, sem sorrir) elevou-se num grupo adiante, *aqui é a sala de convívio*, informava a secretária, e a voz nítida do Mota se ergueu no vazio momentâneo, *a única coisa que define e une de fato e para sempre as esquerdas brasileiras com as direitas brasileiras é o amor incondicional ao Estado, o que faz do Brasil um país socialista de alto a baixo desde os dons Pedros, unindo do vale-refeição do velho proletário ao justo auxílio-moradia do alto procurador, do vale-transporte do povo trabalhador ao carro com motorista do importante desembargador, do auxílio social aos empresários empreendedores até o inevitável e eterno perdão das suas dívidas, das pensões militares às bolsas famílias, temos de pensar em todos, cada um na sua cor e na sua faixa de rodagem de riqueza e pobreza, que aí ficarão para sempre, e não só em A, B ou C! É um capitalismo racial religioso de Estado socialista* — e o sorriso que restou no rosto não dava para indicar o grau da ironia, na zona cinzenta de sentidos. *Em quem ele votou?*, cochichou alguém.

— Você poderia botar o nome dos filmes em português — insistia a velha. — Eu espeto a coisa (*Pen drive, mãe; a coisa chama-se pen drive*), eu espeto a coisa na televisão, e os nomes estão todos em inglês. Tem uns fáceis, como esse que ganhou o Oscar, *Green Book*, livro verde, ou aquele outro sobre o pintor que cortou a orelha, Van Gogh, *Eternity* alguma coisa, que eu achei meio chato, mas tem alguns que eu não sei mais traduzir. Eu já fui muito boa em inglês, mas língua estrangeira a gente esquece. Eu já contei a você quando fui aos Estados Unidos com o Josefo?

— Mas a senhora vê mesmo todos os filmes. O nome não é importante. Começa a ver do primeiro e vai até o último, e me devolve o pen drive para eu gravar mais. Se algum deles for chato, a senhora pula para o próximo.

O videocassete resolveu um monte de problemas ao mesmo tempo, ele explicou a Líria, como se se tratasse de um complexo processo químico com muitas variáveis em jogo, e a atenção dos olhos dela era um convite para que ele prosseguisse, depois do primeiro gole de café. *Mas aí você ainda estava no terreno da legalidade, não?* — e ela riu quase assustada, como se estivesse, pelo humor que escapou, rompendo uma fronteira não autorizada de intimidade, mas ele também riu, súbito, alegre e solto, quase derramando o café na camisa, *é verdade, tudo absolutamente legal, cópias autorizadas, oficiais, seladas, devidamente pagas no caixa da locadora.* Mas, como que arrependida da sugestão acusatória, ela explicou com um jeito de quem se desculpa, *é que meu pai é procurador federal, e passei a infância ouvindo problemas jurídicos à mesa, como quebra-cabeças,* o que acendeu um inesperado alerta no espírito de Cândido, *seria isso uma armadilha, um flagrante armado, como nos filmes do FBI?!* — e ele sorriu agora, saudoso da cena, *bons tempos aqueles, eu vou dizer ao Batista quando me encontrar com ele,* olhando para o lago verde, sob o olhar também sorridente da mulher solitária que deu dois passos em sua direção mas parou, *o cara ri sozinho,* e ele viveu um segundo de relaxamento, relembrando a resposta, *ah, mas agora você é minha cúmplice, com uma cópia ilegal do filme do Louis Malle no notebook! Se fizerem uma condução coercitiva, uma busca e apreensão do computador, você está acabada!* — e ela riu alto agora. *É verdade, professor. Como diz o meu pai, todo mundo tem rabo preso nesse país*, e ambos riram soltos, *a fantasia de viver fora da lei é atávica, no Brasil todos torcemos sempre para o bandido*, disse-lhe alguém anos atrás. *É que os mocinhos são bandidos, de modo que, pelo espelhamento de forças, os bandidos são mocinhos.*

Súbito sério, as mãos dele agora pareciam agarrar com força um pacote imaginário, mas pesado, os meandros de causa e efeito: *As vantagens do videocassete*, ele disse, *era que bastava enfiá-los na fenda* (a mão imitava o gesto curto e determinado), *ligar o aparelho e apertar um único botão do controle remoto, play!, para o filme começar*. Essa merda de controle remoto, dizia ela, atrapalhada com os cinquenta botões que estavam ali só para ela *não* conseguir ver o que queria ver, o incrível desajeito dos dedos ossudos e reumáticos dos oitenta e três anos de sua mãe conferindo a geleia, *ela não tem a mais remota habilidade manual para nada, vive um mundo puramente mental*, meu Deus, gritava ela, furiosa, por que inventam essa complicação?, cadê o maldito jornal da Globo?, agora entrou um canal de evangélico fazendo milagre, esse país está perdido, Cândido! Venha aqui, meu filho! O que aconteceu na TV? Como é que eu mudo de canal?! Tem pilha nessa merda de controle? — e Cândido riu mais alto diante do lago verde, relembrando a mãe. Quem sabe levantar daqui e voltar para casa?, passou por sua cabeça, mas a ideia evaporou — falta alguma coisa ainda. *O videocassete foi uma libertação*, ele explicou, diante dos olhos atentos de Líria (e divertidos, percepção que levou Cândido a reforçar com um ligeiro histrionismo o seu teatro da tragédia familiar).

— Uma libertação?

— Libertação dupla, na verdade. Ou tripla, se eu me incluo, por exclusão, na energia de ionização — e ele ergueu a mão esquerda para enumerar, dedo a dedo, as três libertações.

Você explica tudo, o tempo todo, disse-lhe Hélia, três anos depois da descoberta libertadora dos videocassetes, quando casaram, mas as explicações detalhadas eram apenas uma curiosidade daquele menino tímido, gênio precoce da química, jovem assombro dando aulas no cursinho e fazendo do óxido nítrico e de seus onze elétrons de valência belas equações gráficas de três cores no velho quadro-negro, elementos interessantíssimos, a figura meio desajeitada (o nariz; o nariz poderia ser melhor, uma vez ele concluiu diante do espelho), mas romântica, com essa cicatriz de mosqueteiro no rosto. Queria fixar para sempre a memória do que se seguiu ao encontro do bar na Itupava: o espírito da paixão começou com o gesto de dedos quentes sobre a mão dele, uma faísca elétrica, *a química do amor*, ele brincou mais tarde com a imagem surrada, quando rememoravam a si mesmos. *Quando você começa a relembrar a si mesmo, a ter saudade da própria imagem, a refazer o passado, é porque acabou. Você quer andar para trás e recuperar o gravetinho com alguma brasa acesa capaz de reacender a paixão, porque à frente não há mais nada, as coisas vão ficando inexoravelmente escuras*, disse Antônia, sem espírito de tragédia nem nada, só uma fria avaliação, a voz neutra de quem, nua, olha o teto (e ele deveria ter pressentido o que estava acontecendo, mas prosseguiu cego), e ele sorriu, *nós poderíamos formar uma dupla de música sertaneja, a brasa acesa da paixão perdida*, e a ironia previa os soquinhos no seu peito quando ela simulava raiva, mas desta vez não; ela voltou-se para ele e beijou-o como que com os dentes, a mordida não tão leve sugando-lhe o lábio, a tensão crescente, e ele conferiu a marca que ficou por um tempo, os dedos procurando o discreto afundadinho na pele, mais um pouco sangrava — aquilo foi estranho, mas não dei importância, ela estava nua, e quente, e próxima, e ele pensou na faca que comprou. Deveria ter pesquisado uma loja de armas — um revólver ou uma pistola talvez fossem opções mais afinadas com o espírito do tempo brasileiro, a legítima defesa do presidente, sessenta mil homicídios por ano, só quinze ou vinte por cento elucidados, atire para matar, *mas mesmo assim*, imaginou-se contando ao Batista, *o problema é que eu, entrando na loja, assassino amador, iria deixar pistas, aquela aporrinhação de apresentar documentos, negativa da polícia, bons antecedentes, caralho, quem é que tem bons antecedentes nesse país?*, e Batista daria uma boa gargalhada até a piada se esvair, e então com certeza ele tocaria seu ombro com a mão, um diplomata nato, *Cândido, faz um bom tempo que você não vem dar aulas e nem dá notícia. Está difícil assim. Vamos conversar?* Então eu vou dizer a ele, Cândido calculou, *eu preciso ainda de mais um ou dois dias.*

Amor é cultura, não química — disse-lhe Hélia, brincando com ele, um ano depois de juntados. E ele respondeu: *Errado. Cultura é o que você inventa para justificar o que a química já fez com você.* O que a química fez comigo, ele pensou, foi o que você fez comigo, os dedos quentes na minha mão. A noite seguinte foi a noite mais perfeita da minha vida, seguida de outra mais perfeita ainda, as pernas tão lisas, e mais uma noite, também mais que perfeita, a natureza do beijo, e outra cuja perfeição não encontrou limites, uma eternidade entrelaçados, e uma décima quinta noite perfeitíssima, um tamanho esquecimento, seguida de mais dezessete exatas noites, todas sublimes. Aquilo não tinha fim, porque a seguinte (o encaixe das formas, você disse depois) foi êxtase puro. Liberdade pura. *Puro sexo*, ela corrigiu, brincando. *Eu sou só desejo para você. Sou uma geleia de amora, ou um bacalhau grelhado — você só quer me comer.* Não. Você é uma deusa. Deusas a gente não come. Deusas a gente ama. Por você, eu larguei até a minha mãe, e ambos dispararam uma gargalhada. Como era bom aquilo. Partilhavam tudo, ele fantasiou, entregando-se à melancolia regressiva. Até mesmo o mais íntimo entreouvido de infância, que o marcou por todos os tempos como um pequeno lanho, a mãe dizendo à amiga: *o Josefo* (Era esse o nome do teu pai? Sim, ele explicou em outro momento; a irmã Josefa havia morrido de alguma febre com apenas dois anos, ouvi essa história trezentas vezes, e puseram o nome do irmão que se seguiu de Josefo, em homenagem à irmã morta, como em alguma genealogia bíblica de uso particular. Ali prosseguia o velho, figura eterna na parede da sala, a fatiota verde-oliva de coronel adivinhada no preto e branco bonachão, coronel Josefo, o quepe orgulhosamente empinado, no peito três medalhas de honra ao mérito, *um homem sempre de bom humor, que pena que). Pois o Josefo estava com diagnóstico fulminante de câncer de pâncreas, e resolveu adotar um bebê para que eu não perdesse a pensão do Exército; eu não era casada com ele, eu já era desquitada do Quintana (um dia eu conto, meu Deus, que destino o meu), e o Josefo também desquitado de uma sirigaita já fazia tempo, duas pessoas complicadas que enfim se acertam* (e a mãe riu solto, contando à amiga, ele criança — quatro? cinco? seis anos? — ouvindo e rodando por ali, um prato tentador de brigadeiros na mesinha de centro, e era como se ela fizesse questão mesmo de que ele também ouvisse e entendesse, para a dona Lurdes se livrar de um peso pessoal, a confissão demolidora de uma história infantil sombria cheia de malfeitores, *é bom você saber*, ela então diria sempre por qualquer motivo que motivasse culpa, o dedo ameaçador apontado para ele, *você é um menino adotado*, o que jamais disse diretamente, e hoje isso me soa tão ridículo, ele murmurou à Hélia, como se eu ainda não estivesse maduro para largar essa ponte afetiva de criança). *E veja, fulana: em apenas dois anos surge aquele câncer e o meu belo coronel Josefo, sempre tão correto, sabe aquele polaco católico, turrão, que quer sempre fazer tudo certo para não se incomodar e não incomodar ninguém depois, dos que compram terreno no cemitério com antecedência? Pois ele preferiu reforçar o direito legal da companheira e evitar complicações jurídicas, a lei de divórcio aqui no Brasil era nova e confusa, um pedido de pensão assim é como pau de enchente, vai parando em cada mesa e gaveta da burocracia e sempre tem um baixa-patente invejoso no caminho que resolve carimbar um*

INDEFERIDO bem grande no meio da página e um recurso leva outra eternidade. Mesmo assim, além do filho legalizado que seria uma garantia de sobrevivência paralela da mãe pelo menos por um quarto de século, por via das dúvidas era melhor cercar a lei dos dois lados, ele relembrou diante da água esverdeada do Passeio Público. Assim que o velho morreu, a velha saiu do hospital com o filho no colo (eu aqui!, e Hélia riu) e já contratou um advogado para comprovar sem réstia de dúvida a ligação conjugal (coisa de menos de três anos de vida em comum, na prática mesmo uma viagem aos Estados Unidos, no célebre estágio em West Point de que eu ouvi falar por anos a fio, o ponto alto de sua biografia, tempo que já era mais que o suficiente para comprovar o concubinato, ou o amasio, como se dizia (igualzinho a nós, disse Hélia, e eles riram, cadê o papel passado?), período que o concomitante processo judicial-militar, na dúvida, espichou para sete anos, comprovados ridiculamente a partir de uma foto de uma festa de formatura do filho de alguém importante no salão do Círculo Militar em 1972, uma fileira de milicos, mais verdes que brancos e azuis, com algumas damas no meio, ela a segunda à direita, uma quarentona meio passada mas faceira, ele o quinto à esquerda, na verdade um vulto, *quando nos vimos pela primeira vez*), e assim continuar a garantir a pensão mesmo transcorridos os vinte e cinco anos regulamentares de direitos do filho estudante, nunca se sabe, *a ditadura acabou e tudo é política nessa vida; pois não é que voltaram todos com o Bolsonaro, um capitãozinho de merda? O Josefo tinha estágio nos Estados Unidos, um homem estudado e equilibrado; se não tivesse morrido tão cedo, ele até que. Esse aí* (e dona Lurdes espetou várias vezes a faca da geleia no ar, para reforçar o argumento) *vai cair logo, uma estupidez atrás da outra. De repente ele vai sentar e não tem mais cadeira. Não chega ao final do ano. É um idiota. Você viu o último tuíte, ou Facebook, essas coisas dele? Deu no* Jornal Nacional. *Onde é que a gente vai parar?* — Ela suspirou, e enfim aceitou a composição química da geleia, espalhando-a cuidadosamente na torrada. A lei não é para quem dorme, dizia o coronel. *E é sempre bom você ter alguém para te ajudar* — ele fantasiou que essas teriam sido as últimas palavras do coronel Josefo no leito do hospital, tocando a mão da dona Lurdes antes de dar o último suspiro e largá-los no mundo, o menino com um ano incompleto, uma apólice de seguro indócil no colo da mãe adotiva no quarto opressivo de hospital, com suas paredes verdes (Verdes? Como é que você sabe? — e ele achou graça, surpreendido: Eu não sei. Na minha cabeça eram paredes verdes, e riram), ela com cinquenta já bem vividos e, agora, com um futuro garantido pela frente. *A gente vai ganhando amor pela criança*, uma vez ela disse, e ele escutou.

— E casou de novo?

— Não oficialmente, é óbvio, ou perderia a pensão. Imagino que apareceram pretendentes, uma viúva estabelecida com apartamento próprio, mas eu era muito criança para entender.

— Ela era de Curitiba?

— De São Paulo. Veio para cá no primeiro casamento, um gerente de vendas das Lojas Americanas, e acabou ficando. Um certo Lavinho Quintana, segundo ela um grande vagabundo, *não sei o que eu tinha na cabeça*. Jamais vi uma fotografia dele. Diz minha mãe que, quando eles enfim se separaram judicialmente, ela fez uma fogueira gigante no quintal da casa em que viviam nas Mercês, e queimou tudo, das cartas às cuecas. Não sobrou nada dele. Virou professora do Estado, de ensino fundamental ou médio, algo assim. Eu sei porque cada vez que a gente passa pelo Instituto de Educação ela me diz que tinha sido professora ali. Com o Josefo, largou tudo, é claro. Foi um prêmio de loteria — e Cândido sorriu da própria imagem: *o bilhete era eu.* — Ela às vezes me conta que a família dela era importante, mas sem muitos detalhes. Bem, o sobrenome Oliveira qualquer um tem. Já o do velho é mais original: Lorpak.

Uma família de agricultores ali da região de Castro e Ponta Grossa. Com a morte da Josefa, ficaram só os dois irmãos, o meu pai e o tio Ismael, que foi pro seminário e virou padre, bem mais velho (eu vi uma única vez, e lembro que fiquei muito impressionado com aquela batina preta e com as rugas do rosto, parecia um mapa antigo desenhado em torno de olhos tristes. *Que imagem bonita você usou*, disse Hélia. *Vou escrever um haicai. Continue.*) O Josefo saiu da roça (segundo minha mãe, era a expressão que ele gostava de usar com um toque de orgulho e desafio, *a gente saiu da roça!*) e passou no exame do CPOR, o centro de preparação de oficiais do Exército, que era ali onde hoje é o Shopping Curitiba. E fez uma carreira militar tranquila, um cara respeitado. Se não tivesse morrido chegava a general e, numa dessas, hoje eu estaria com algum cargo laranja em Brasília, nesta volta triunfal da milicada.

— E a família da tua mãe?

— Não sei quase nada. A minha mãe fantasia muito o próprio passado. Eu sempre tenho de ler as entrelinhas. Convivi afetivamente mais com a mãe dela, minha avó, também viúva, que passava meses e meses aqui, e praticamente me criou. Morreu faz uns dez anos. Eu gostava muito dela. Era carinhosa, sempre me dava presentes. Uma vez ela trouxe de São Paulo uma caixa grande com um brinquedo educativo chamado O Pequeno Químico. *Uma vizinha professora comprou para mim na Universidade de São Paulo; eles têm lá um setor de brinquedos didáticos*, ela disse. Nunca me esqueci daquilo. Um conjunto caprichado de pipetas, conta-gotas, tubos de ensaio, reagentes coloridos e vidrinhos de formatos engraçados, mais um manual detalhado, com gravuras explicativas de quarenta experiências. Era uma festa aquilo. Tinha até uns óculos de plástico de proteção. Eu achava o máximo e me sentia um gênio. Lembro que um dia tirei as fôrmas de gelo da geladeira e joguei sal em cima pra conferir o derretimento. Fiz uma zorra no balcão da cozinha, subindo numa cadeira. Como você deve ter percebido, eu me apaixonei por aquilo, e aqui estou. Professor Lorpak, o rei das moléculas! Um dos maiores professores de cursinho da cidade!

— Como você só faz aniversário de quatro em quatro anos, você tem apenas três anos incompletos — e ele riu, achando a ideia interessante.

Por que vocês se separaram? — perguntou Batista ao ouvir a confissão do amigo já bêbado. Um homem muito fraco para bebida. *Um bom amigo; eu tenho certeza de que ele sempre me considerou um bom amigo, ou não teria me convidado para a sociedade. Se bem que é melhor fazer sociedade com não amigos*, disse a mãe, mas mesmo assim assinou o cheque. Olhou para o embrulho da faca: o que eu estou fazendo, meu Deus? A mulher agora negociava com alguém, um homem baixinho e tímido, talvez um pedreiro num momento de folga, de cabeça baixa: ele não queria ser visto ali, naquela situação humilhante de ter de comprar dez, quinze minutos de sexo. Uma espécie de gasolina afetiva, para renovar o espírito; todos precisam disso. Sem isso, a máquina emperra. (Um único beijo, uma vez ele disse à Hélia, e você sobe às estrelas, e Hélia riu solto: *Meu Deus, que coisa cafona. Mas eu acho que é verdade.*) *Sou pobre, mas tenho orgulho*, quem sabe o pedreiro estivesse pensando. *E, afinal, ela não passa de uma puta*, talvez acrescentasse, para dar algum contraponto moral ao sentimento de culpa. A mulher, ostensivamente, olhou para Cândido, como a dizer algo como *veja só o que tenho de aguentar nessa vida de merda*, e Cândido sorriu em troca e voltou a olhar para a água verde. *Preciso recapitular, para sair dessa.*

Por que nos separamos? Por excesso de felicidade. Batista deu uma risada prolongada, o que momentaneamente o ofendeu. Eu ainda não resolvi essa ausência, ele pensou, e, por um instante, imaginou que a frase definia o espírito de sua vida inteira, *eu ainda não resolvi essa ausência*, não apenas o abandono de Hélia, a quem agora a memória recorria, do nada, lá se foram quantos anos?, como uma técnica de recuperação de feridas abertas. *É verdade, Batista. Eu não tenho uma explicação melhor. Vinte e dois meses inteiramente felizes: ninguém suporta isso.* Pura fantasia: os últimos meses foram esmagadores, também pelo silêncio e pela cobrança: *Você não vai mesmo comigo para São Paulo?*, ela perguntava. Lembra da Hélia sentada na cadeira vermelha de espaldar ridiculamente alto (*é Bauhaus*, ela disse, comprei naquela lojinha transada da Vicente Machado, e paguei os olhos da cara em dez prestações, mas não é maravilhosa? Sente aqui, veja, acabamento perfeito); agora, parecia uma pequena Cleópatra num trono cubista, a expressão estranhamente tranquila, firme, determinada, mas sem agressão (ela jamais foi agressiva; sempre teve um jeito *zen*, uma lentidão *erótica*, a palavra lhe ocorreu, junto com o rosto de Antônia, que voltou em fusão com Hélia como um duplo fantasma, mas o jeito zen é também uma película de perpétuo isolamento, *você não pertence a este mundo e quer deixar isso bem claro para todo mundo*), o contrato chegou ao fim, chega, está bom assim, obrigada, felicidades: *Decidi. Vou para São Paulo*. Ele esperou ela acrescentar mais uma vez: *Você não vem comigo?* E ele diria, *claro que sim!*, sem pensar, a liberdade definitiva, mas agora ela permaneceu em silêncio, um silêncio que pesou. Fim de linha. Ela poderia acrescentar, ele imaginou, quase dando a cola para ela, diga assim, por favor, que eu aceito: *Por que você não vem comigo e faz carreira acadêmica na USP, retomando o convite do Fonseca? Ele já disse: a vaga do doutorado é sua: é pegar ou largar. Vamos?* Mas agora ela não perguntou mais. Aquilo tinha sido apenas uma pergunta retórica, torcendo para que ele dissesse *não*, e ele caiu na armadilha, e disse *não*. Talvez ela se segurasse para dizer: *Fique você aqui com a obsessão dos teus filmes pirateados, o diagrama do manômetro de mercúrio e a pressão osmótica da sua mãe.* No bolso, o novo holerite do cursinho que explodia de alunos, fazendo jus ao nome, Êxito, que ele queria mostrar a ela. Subiu as escadas correndo: aos vinte e seis anos de idade, nove mil reais por mês em troca de suas abençoadas moléculas no quadro-negro. Ele poderia cuidar dela para todo o sempre, como um marido antigo. Ela podia continuar no emprego da Fundação Cultural. No *empreguinho* da Fundação, ele se corrigiu mentalmente, já que uma aura de agressão começou a bater no peito. Quem sabe até casariam de papel passado? Ele também queria mostrar a folha de questões da nova apostila (com o timbre Êxito Vest QUÍMICA, em vermelho e azul) que estava produzindo e que seria vendida aos cursinhos afiliados no país inteiro (*estão te explorando*, disse-lhe Batista), *problema 9.2, qual o ponto de congelamento se dissolvemos um mol de sulfato de potássio, K_2SO_4, em 500 g de água?* Batista olhou sério para ele. *Cândido, não leve a mal minha pergunta, que você mesmo deve estar se fazendo: tem alguém em São Paulo na jogada? A Hélia está se separando por nada?* O garçom trouxe outra garrafa, e Batista encheu os copos de cerveja, como a estimulá-lo a falar. *É que não faz muito sentido.* (O Batista é gay? — a pergunta de um colega de cursinho, anos atrás, foi um choque. *Por quê? É uma espécie de varíola?*, foi sua resposta agressiva, e o colega ergueu os braços, *não, não, por favor, nada contra. Eu só perguntei... é que... nada, esqueça. Não tive intenção.* Aquilo irritou-o ainda mais, como se a questão o envolvesse — deveria apenas ter dito algo como *acho que não; pelo menos nunca vi nenhum sinal e a ideia jamais me ocorreu*, o que era a absoluta verdade. Depois esqueceu completamente, para desenterrar agora, quando ele sugere que Hélia tinha alguém em São Paulo, o que lhe soou como dupla traição. *Isso é um absurdo.* Cândido, *você é delicado demais para a vida real*, a própria Hélia disse a ele numa noite, mas aquilo lhe pareceu um elogio, e agora, relembrando, a frase mudava de sentido.) Em vez de responder ao Batista, Cândido apontou para o copo:

Veja, meu copo de cerveja nunca faz espuma. Essa história de passar açúcar, lavar com detergente, que tem gordura no vidro etc., é tudo lenda. O problema não é o copo. O segredo é o pH da saliva. Como prova, pegou o copo de Batista, deu um gole, e o colarinho alto, como por mágica, desceu rapidamente. *Ainda vou pesquisar a fundo isso aí, a relação entre pH da saliva e adstringência da espuma, e ficar milionário. Falar nisso, você conhece algum químico milionário?* E eles riram, esquecidos da pergunta. Batista olhou o próprio copo, sem espuma agora. *Como foi que você fez isso?!*

A mãe deu uma mordida na torrada e, enquanto mastigava, o gesto repetido de mão engatilhava o que ia dizer assim que se livrasse dos farelos, *porque falar de boca cheia é uma das coisas mais desagradáveis da vida,* uma vez ela lhe disse. Quando finalmente engoliu, deu um gole do chá de erva-cidreira. Ele também se serviu do chá, e pensou em dizer, *precisamos trocar essas xícaras avulsas, velhas, encracadas, lascadas e desaparelhadas,* frase que corrigiu mentalmente para simplesmente *a senhora precisa trocar essas xícaras,* mas lembrou do filme que tinha acabado de gravar para entregar à Líria na manhã seguinte, imaginando se a dona Lurdes gostaria da Jeanne Moreau, e acabou dizendo outra coisa.

— Os filmes do pen drive de ontem, estavam bons? Coloquei seis filmes.

Minha mãe é uma boa crítica de cinema, uma vez ele disse à Hélia, em tom de brincadeira. *Melhor do que esses palpiteiros de jornal.* Hélia olhou para ele, e também brincou, a expressão séria: *Tem cura?* Ele ficou avaliando a composição química daquela pergunta. O que ela quis dizer? Mas ficou quieto. *Era como se a relação deles fosse apenas sexo,* ele pensou em confessar ao Batista. *Era bom, mas.*

— Já vi todos. Alguns bons. Mas você precisa botar os nomes em português, porque senão eu nem consigo comentar.

Como eu disse, estou quase esquecendo meu inglês. — *Agora ela vai comentar West Point*, ele pensou, uma previsão certeira. — Quando eu estive em West Point, com o teu pai, no estágio que ele fez, fui praticamente a intérprete dele. — *Agora ela vai falar das torres gêmeas.* — Depois, passamos uma semana inteira em Manhattan. Fomos passear em Staten Island e vimos as torres gêmeas do mar. — *Ela falava inglês muito bem.* — Eu falava inglês perfeitamente.

Cândido fez sinal para ela abaixar o tom de voz.

— Dona Lurdes, os vizinhos não precisam saber.

Ela enfim concordou e fez rindo um sinal de silêncio, o indicador nos lábios. E voltou a falar, agora um pouco mais baixo, mas com esganiçadas súbitas de voz aqui e ali.

— Não gostei do *Woman in Black*. Bonitinho, todo coloridinho, cheio de luz, filme de época, mas o cenário parece maquete de criança, tudo falso. Pelo título, eu achava que era filme americano com a questão racial, como aquele nome cheio de "k" parecendo risada de WhatsApp, *kkkkk*, como é mesmo o título? Esqueci agora. Se fosse em português eu me lembrava. Sobre o negro com aquele cabelão black power — e ela segurou uma bola imaginária gigante sobre a cabeça — que entrou na polícia e se infiltrou na Ku Klux Klan. Aquele era bom, gostei. Mas esse, das maquetes de época, era outra coisa. Uma bobagem australiana. O *black* do título, que quer dizer "preto", é a cor do uniforme das funcionárias de uma loja de departamentos chique de uns cem anos atrás, todas polaquinhas bochechudas, vendendo aqueles vestidos caríssimos em exposição. O que me irritou foi que todo mundo é feliz no filme. Mesmo quando tristes parecem felizes. Isso não existe. Eu nem vi até o fim. Felicidade não dá bom filme. Tem de ser realista: a gente morre no fim — e Cândido viveu uma súbita paralisia, *eu preciso dizer alguma coisa para...* e só disse, *o que é isso, mãe?, a senhora vai longe*, que lhe soou falso, porque era mesmo, uma frase trincada nos dentes, *ela vai morrer logo*, mas a velha estava em outra sintonia, atacando novamente a geleia. — Eu sei que vou longe, sempre quis distância de médicos, mas não era de mim que eu falava. É da felicidade. Minha felicidade foi feita de infelicidades, como a morte do Josefo. Com todo mundo é assim.

Excesso de felicidade. Minha mãe é meu oráculo, uma vez eu disse à Hélia, que não comentou. Era como se eu (ele imaginou agora) estivesse atrás de pedaços de quebra-cabeças para criar uma imagem final que explicasse tudo. Pensou em falar dos talentos de sua mãe ao Batista, que ainda contemplava a cerveja súbita sem colarinho, como quem admira um coelho que desaparece na cartola. *Na Inglaterra eles bebem assim, sem espuma. Parece mijo. Só que é uma maravilha*. Mas, se ele contasse dos poderes oraculares da mãe, talvez Batista dissesse *então por isso que a Hélia se arrancou*, fazendo uma piada a sério, e ele ficou quieto.

— Quer dizer, o videocassete foi uma libertação que durou pouco — e ele lembrou do rosto sorridente de Líria antecipando-se rápida à sua explicação: Sim, porque logo em seguida inventaram o DVD, e ela jogou o copinho de plástico do café no cesto de lixo e fez o gesto de um pequeno disco com as mãos claras, bonitas, quase de criança, as unhas pintadas de uma cor discreta. *E melhorou bem, não, professor? A imagem, o som, a praticidade, tudo. Imagino que sua mãe deve ter ficado feliz.* Aquele *sua mãe deve ter ficado feliz* chegou como um deslocamento, uma barreira sutil, um cordão de isolamento, *como se ela não me levasse a sério como uma... como uma "possibilidade afetiva". Ela deslocou de novo o foco da conversa para a minha mãe.* Você entende isso?, ele perguntaria ao Batista, como se se tratasse de uma tese, uma hipótese abstrata, *mulheres que instantâneas já se colocam defensivamente como* amigas, *quem sabe até* confidentes, *o que é uma terraplanagem estratégica, nenhum desfiladeiro, segredo ou mistério entre eles que pudesse povoar e assombrar (no bom sentido!) a convivência, de modo que, bem, você sabe, a amizade é brochante*, e ambos certamente ririam, e seria em Líria que ele estaria pensando. Lembrou com nitidez: a atenção dela era claramente de outra natureza: aprender química, e, de passagem, saber mais daquele exótico pirata de internet com uma cicatriz no rosto. Ou ela teria mesmo, desde aquele instante, algum plano deliberado? Bastou imaginar — a mulher de novo sozinha, acendendo outro cigarro, como se não tivesse perdido a esperança de fisgar o homem soturno sentado num banco público com as costas encurvadas, que contempla a água verde e parada e revira nas mãos um pequeno pacote — e uma nova rede de causas e efeitos se ramificou instantânea como fissuras que abrem irresistivelmente o chão onde pisamos, sem tempo para fugir: *Ela me levou à Antônia. Foi deliberado.* Não. Não faz sentido. Mas a ideia voltava, tentadora; ambos, Antônia e eu, fomos vítimas. Era como a sombra de um perdão. *Nem preciso matá-la*. Precisava agora rever com nitidez aquele primeiro momento, *em que fui levado.*

— Sim, melhorou tudo, imagem e som; comprei um bom tocador de DVD, e até mesmo — e ele abaixou a voz, como num confessionário —, como se já previsse o meu futuro negro de pirata — e ela riu —, desbloqueei o aparelho, que, pela divisão do bolo vídeo-digital do mundo, só tocava discos da região 4, onde está o Brasil.

— Ainda existe isso, DVD europeu, DVD americano, que não rodam aqui? Faz tanto tempo que eu...

— Ainda tem essa divisão, o que é ridículo. Bem, pesquisei na internet e peguei o código e as instruções. Era uma coisa meio jogo de criança, tipo "deixe a bandeja do DVD aberta, aperte menu e stop ao mesmo tempo", daí vai aparecer *code* ou *factory* na tela, algo assim, e então você digita os números no controle, fecha a bandeja e *plim!*, desbloqueado o aparelho para sempre, que passa a ler qualquer DVD do mundo. Tinha uns sites (lembro de um muito bom, Videorama ou Audiorama, se não me engano), que devem estar no ar ainda, porque logo surgiram os blu-rays, que deram uma sobrevida a essa era do plioceno digital; os sites davam listas imensas de todas as marcas e modelos com o respectivo código de desbloqueio, tudo por ordem alfabética, organizadinho.

— Pois faz tanto tempo que não vejo mais DVD, lá em casa é Netflix direto. Para você ter uma ideia do fanatismo, minha madrasta transformou um quarto do apartamento em sala exclusiva de cinema. Ela assina a HBO, e outros canais, tem milhões de opções. Mas nenhum canal — e ela mostrou a bolsa onde estava o notebook — passa filmes antigos como esse, *Elevador para o cadafalso*, que você gravou. Minha madrasta vai amar. Não há clássicos para ver, ou muito pouco. Assim, professor, acho que dá para justificar eticamente a pirataria. Vou até argumentar com o meu pai sobre isso.

Meio sorridente, meio séria, o tom de voz animado, como alguém de fato diante de um importante problema jurídico. Cândido levou instintivamente a mão à cicatriz do rosto, inquieto pela referência ao procurador federal:

— Sim, há pouquíssimos clássicos em streaming, e, de fato, você encontra milhares disponíveis em torrent, mas — e a voz dele ficou sombria, *como um orgulhoso dono de carruagem da virada do século XX que vê pela frente a chegada dos sinistros automóveis, que hão de torná-lo um dinossauro inútil nos novos tempos*, disse ele ao Batista; *em pouco tempo*, completou, *tudo isso vai ficar quase de graça na internet e ninguém mais vai querer se aporrinhar com pirataria. Até porque não é simples; você tem de dominar o sistema torrent, tem de localizar os bons arquivos, saber o que quer dizer H265 (e por que esse codec não roda em TV mais antiga) ou repack ou 1080p ou DL ou CAM ou BD, os signos que acompanham os torrents, e ainda tem de baixar legendas, que nem sempre estão sincronizadas; às vezes você tem de corrigir o ratio recodificando o arquivo em programas especiais, ou ripar um áudio original bom que tem um vídeo ruim, sobre um vídeo bom com áudio dublado em russo e sincronizar tudo. Cara, pirataria de qualidade é foda. Veja o que aconteceu com a música* —, mas eu acho, Líria, que logo vão aparecer canais streaming (*o segredo do streaming*, comentou Batista na roda, *é que você escolhe o horário; essa foi a verdadeira revolução libertária do cinema e da própria vida; só nesse momento a TV tradicional e a própria sala de cinema ficaram obsoletas, e aí toda a nossa relação cotidiana com o tempo e com o espaço foi mudando, a começar por esta merda*, e ele mostrou o celular) só de filmes antigos e clássicos, assim, na base de dez ou quinze reais por mês, tipo Spotify. Claro que ia ter um ruído no início pela briga dos direitos autorais, tipo assim, Orson Welles na mão do estúdio X, Fritz Lang do Y, Cantinflas no Z, *mas não há problema nenhum nesse mundo que o capitalismo não possa resolver em duas penadas para felicidade geral do povo* — a frase irônica que ouviu de Mattos caiu da memória para encaixar-se ali. — E a tua madrasta poderia ver todos os filmes da Jeanne Moreau em sequência madrugada adentro, quando quisesses, só com dois ou três cliques no controle.

Líria deu uma risada, e enfim Cândido jogou o copinho vazio na lixeira. Ela provocou:

— E aí o senhor ficaria desempregado. O capitalismo produz desemprego, não é isso que dizem?

Ele riu alto. Era uma esgrima bem-humorada:

— Mas o meu negócio é química. A pirataria é só esporte. — *Há um deslocamento de profissões; no fim, tudo se encaixa*, ele pensou em acrescentar, mas a memória de um tapinha irônico nas costas, anos atrás, *Cândido e o otimismo!*, o faz calar.

Seria o momento exato de ela simplesmente se despedir, *até a próxima aula, professor*, e avançar para as escadas, mas Líria ficou imóvel por alguns segundos, *os olhos matutando alguma coisa*, ele lembrou agora, diante do lago verde, *divertindo-se com aquilo. Uma provocação de criança*. O problema de um eventual streaming dos clássicos, ela disse de repente, é a tal da oferta e da procura, como diz o meu pai. *O pai sempre entrava na conversa*, ele lembrou. *Era uma espécie de barreira psicológica, um "não se aproxime, por favor, ou eu chamo meu pai"*. Ele achou graça da imagem, *eu chamo meu pai*, olhos parados na água. *Mas seria isso mesmo? O procurador federal*, e ele levou a mão à cicatriz. *A lembrança do pai soava-lhe sempre como uma ameaça*. Isto é, ela prosseguiu, ninguém mais quer ver essas velharias. Uma Netflix só de clássicos não teria público. Não valeria o investimento. (Ele pensou em repetir o que contou ao Batista, *há um site de filmes antigos e raros, não em torrent, mas em download direto, e você acha coisas do arco-da-velha, como* Brazil, *com "z", não o de 1985 do Terry Gilliam, mas um de 1944, um filme americano, ou pérolas obscuras como* Stowaway, *de 1936, com a Shirley Temple. O problema é que o site é pago, o que é crime de lesa-pirataria. Um bom pirata caseiro jamais paga por um filme baixado; é desmoralizante*, e Batista deu uma risada, e acrescentou, *sempre atento à grana*, ele brincou depois, *até porque, imagino, nessa área cinza da internet você nunca sabe onde está pondo o número do cartão de crédito*.) Assim, professor, o senhor sempre terá o seu nicho de mercado. É a reserva de mercado da pirataria — e eles riram.

— Dizendo assim, parece que eu... — e voltaram a rir. Aquilo estava mesmo meio ridículo e ele tentou recuperar alguma aura de homem sério, *o professor*, e talvez até alguém naquela sala estivesse achando um pouco alegre demais essa conversa entre professor e aluna, *as pessoas falam*, alguém uma vez lhe disse referindo-se a um escândalo de cursinho, um marido de aluna esmurrando por engano o professor de português, quando o culpado, digamos assim, era o de geografia, e era como se ela imediatamente entendesse a mensagem silenciosa, e uma película de seriedade súbita cobriu-lhe o rosto, a postura sutilmente entrando em modo de formalidade social, a discreta rigidez aprumando a coluna:

— Mais uma vez, professor, obrigada pelo filme. Eu...

Isso sim é ridículo, ele decidiu, e tocou-lhe perigosamente o ombro com uma espécie de convite, Eu também estou saindo, vamos pegar o elevador privativo, e antes que, surpreendida, ela dissesse *obrigada, eu vou aqui direto pela escada* ou algo assim, ele imediatamente brincou, É a única mordomia que os professores têm aqui na Usina, um elevador particular da diretoria, porque fora isso não conseguimos nem xicrinha de porcelana pro café (*Você precisa parar de desfazer da empresa de que é sócio, Cândido, nem por brincadeira; as pessoas acreditam no que você diz, por incrível que pareça*, disse-lhe Batista rindo, e ele pensou nisso, *as palavras têm força*), e enfim ela quebrou a postura e sorriu, seguindo-o pelo corredor e recuperando o fio daquela meada de bom humor, *assim o senhor me tira o único exercício do dia, descer e subir essas escadas*, e ele pensou em dizer *você nem precisa fazer exercício* pensando na elegância magra da menina, uma leveza diáfana, levantando pela cintura seria uma pluma, *eu, sim, que ando meio gordinho*, mas achou melhor não dizer nada, *as palavras têm força*, por que você está dando corda?, é como se ela fosse uma isca e eu inconscientemente já soubesse disso, mas a dúvida se desfez porque ela mesma preencheu o vazio, *quer dizer, eu faço pilates, que é muito bom*, e aquilo soou quase como uma recomendação a um velho tio relapso a quem temos afeto, *faça pilates, professor, na sua idade é bom o senhor...* (e Cândido sorriu sozinho no Passeio Público imaginando-a dizer aquilo, como se a memória desistisse dos fatos e passasse a inventá-los para corrigir o passado como a edição de um filme na tela do seu Mac, corte aqui, acrescente ali, encaixe essa cena nesse trecho, suprima essa fala, escolha um bom sorriso, o silêncio nesse instante é melhor), e ele deu uma corridinha de cinco passos para garantir a porta aberta do elevador que acabava de chegar, Beatriz passando por eles ligeira, como se no limite do atraso, o que era muito raro, *bom dia, Cândido!*, um sorriso e um olhar faceiros que não deixaram escapar a presença tímida da aluna naquele espaço privativo, *será que tem alguma coisa aí?*, talvez ela se perguntasse sem nenhuma maldade, apenas a alegria instintiva e inocente do cupido, *juntem-se os casais*, disse Deus, e ele decidiu, como num estalo que se perdeu lá atrás, que ele havia deixado passar o instante e agora era tarde: ela, Beatriz, sim, *essa* valeria a pena, uma mulher tão nítida, ele pensou quando a mãe, torrada novamente parada no ar, perguntou, *você anda com namorada nova nesses dias, pensando longe assim?*, e antes que ele se recuperasse da pergunta inesperada como uma agulha, *a Hélia deu notícias?*, e ele ergueu os olhos assombrados para a mãe, *mãe, faz anos que a gente se separou*, mas desistiu de responder, porque ela, enfim estalando a torrada entre os dentes, não se interessou pela resposta. Era outra questão:

— Lembrei dela, não sei por quê, pelo filme que vi ontem, *Ship of Fools*, em preto e branco. Você sabe que eu gosto de filme antigo, até para ver a roupa e os penteados de antigamente. Esse eu já tinha visto, anos atrás. É baseado num romance famoso, *A nau dos insensatos*. Eu li esse livro. Na época foi um best-seller, mas não me lembrava de mais nada da história. Uma viagem de navio antes da Segunda Guerra. Tem o pessoal fino no andar de cima, e o povão, latinos pobres, é claro, lá embaixo no porão, tipo imigrantes. Coitados, um horror. E, pensando bem, o filme trata eles como lixo. Chapéus ridículos, todos violentos, grosseiros, sujos, querendo fazer revolução. E lá no meio do povo chique, dançando no salão dos ricos, tem uma puta que é uma cigana espanhola, é claro. Engraçado, acho que quando li o livro não percebi isso. O tempo passa e a cabeça da gente muda. Você assistiu?

— Não, mãe. — Ele pensou nos traços levemente latinos da mãe (*Teu pai dizia que eu tinha pele de azeitona*, e ela ria, *que ideia*). *De fato, eu não vejo nem dois por cento dos filmes que baixo. Minha mãe é uma draga inesgotável de filmes, ela não faz outra coisa na vida senão ver filmes; impossível acompanhá-la*, ele disse, e o procurador, também com um salgadinho parado no ar, achou muito interessante, balançando a cabeça, pensativo, atrás de alguma coisa que interpretasse em definitivo aquela informação.

— O filme não é bom? Todo mundo diz que o livro é sempre melhor.

— Assim, assim. Passa o tempo. O personagem principal, era isso que eu queria contar, um médico bonitão que lembra você, pela cicatriz no rosto. Igualzinha. Por que você não faz de uma vez essa barba rala? Disfarça mal assim. Ficaria até charmoso de cara limpa, um nobre desafiado num duelo. O ator é bem parecido com você, só que mais loiro. Acho que é alemão. Schumann alguma coisa, os letreiros passam rápido, não dá pra ler direito. Os letreiros do próprio filme, no final, não os que traduzem o que eles falam.

— Os créditos do filme, mãe. E o que eles falam são legendas.

Ela, é claro, não ouviu; deu um gole de chá, pensativa, e ele imaginou que ela estava refazendo suas conclusões apressadas.

— Quer dizer, quem salva o filme mesmo é a Simone Signoret. Aquilo, sim, é atriz. Que mulher maravilhosa. Ela entra em cena e todo o resto se apaga. Pensando bem, é a única coisa boa do filme. Uma pessoa verdadeira, você sente isso, mas viciada em drogas. Uma tristeza. O alemão se apaixona por ela, e ela por ele. No começo eu até achei que ele era gay; tem um diálogo esquisito com o capitão, logo no começo. Pensei: aí tem. Mas acho que não, foi só impressão. Bem, naquele tempo não era como hoje — Deu mais um gole de chá, e ele podia sentir a perna dela, pequena e magra, tremendo sob a mesa, o cacoete de sempre, mil batidinhas do chinelo no chão. — Se eu fosse começar minha vida de novo, queria ser atriz.

— Mãe, fale mais baixo — e ele repetiu o gesto inútil com a mão. Insistiu mais uma vez, mas tudo era inútil: — Eu posso levar a senhora ao médico, e a senhora põe um aparelhinho no ouvido. — Era ele que estava gritando agora, e percebeu os olhos dela nos seus lábios, os olhos tensos, *tentando fazer leitura labial, o que, é incrível, ela consegue fazer*, mas ele achou melhor não contar esse detalhe à Líria quando ela, já saindo do elevador, perguntou qual era afinal o problema dos DVDs. *Não me fale de médico*, ela disse num rompante; *estou muito bem nos meus oitenta anos* — há anos ela se aferrava à âncora dos oitenta anos — *e vou viver mais vinte, porque sempre tomei o cuidado de não ir ao médico, que é tudo charlatão. Eu não tenho nada*, e estendeu o braço a ele: *Escute meu coração. Melhor que isso, estraga. E minha pressão é onze por oito. Ontem passei ali na praça Osório, tinha uma tenda de estudantes de medicina tirando a pressão das pessoas, uma campanha pública a favor das caminhadas, da saúde, dos exercícios, essas coisas que estão na moda. Também espetaram meu dedo e viram o sangue. Índice de glicemia perfeito, noventa e nove, por aí. Estou ótima. O estagiário até fez uma piadinha comigo. Se eu fosse mais nova até ficava braba pelo assédio*, e a velha sorriu, sonhando com a ideia. Líria e ele desceram em silêncio os três andares, com o constrangimento milimétrico de dois semiestranhos num elevador torcendo para a viagem chegar logo ao fim porque o fiapo de assunto parecia que se esvaía, *elevador para o cadafalso*, ele quase brincou, mordendo o lábio a tempo, e quando a porta abriu (o braço estendido dele para que ela saísse antes), ela retomou os DVDs, e mais uma vez a pergunta, *ainda não entendi a relação entre o pirata e a pobre da sua mãezinha, porque com os DVDs...*

— Aí é que você se engana! — ele exclamou, uma exclamação quase de triunfo, uma carta na manga que lhe abria uma avenida de explicações e a *absolvição final*, porque, para falar bem a verdade, diria o procurador federal uma semana depois, essa é uma área jurídica verdadeiramente confusa, porque o sistema *peer to peer*, que é o dos chamados torrents, não é exatamente uma cópia direta de um filme de alguém para alguém, em que o usuário final, você, por exemplo, ou mesmo a Antônia (e ele riu, olhando para ela, que acabava de sentar diante deles e cruzar as pernas, e ele lembrou de Sharon Stone e desviou os olhos, *jura que você lembrou daquela cena?*, e Antônia deu uma gargalhada, *você é completamente... meu Deus!*) com esse pen drive cheio de filmes pirateados sem autorização que você acabou de entregar a ela, um e outro funcionam como *receptadores* de mercadoria, digamos, furtada, como um rádio de carro (*Pai, não existe mais "rádio" de carro, agora é tudo* — disse Líria metendo-se na conversa), ou um iPhone, e ele fez um gesto amigável de mão tipo *filha, deixa eu acabar o raciocínio*, só que, em vez de objetos físicos, que se podem pegar com a mão, agora temos, ele frisou com o polegar e o indicador riscando uma linha diagonal imaginária no ar, uma *codificação digital*, uma coisa que parece não ocupar lugar no espaço, um filme *puramente mental, é isso, puramente mental* (e o procurador admirou a própria imagem, estalando os dedos num passe de mágica), alguém que pega um disco físico, copia em bytes e joga uma cópia na rede sem autorização do proprietário intelectual ou, mais propriamente, de quem detém os direitos exclusivos de reprodução e — *Só não vá me dar ordem de prisão*, disse Antônia erguendo os braços, e o marido riu novamente, a mão avançando para a mesinha onde repousava o copo de uísque já vazio. *Ou, se for para prender alguém, que prenda a mim, que fiz a encomenda, e não o coitado do professor Cândido, que só me fez um favor*, e ela (ele tentou se lembrar se já naquele momento havia uma segunda intenção no gesto, assim como na perna cruzada; ele não gostou do *coitado*, ainda que afetivo, o que criou outra pequena sombra àquele encontro teatralizado em que ele era a grande novidade antes da chegada dos demais convidados, ainda um encontro íntimo de novos amigos, *um tímido professor de química que pirateia filmes, um hacker do bem*, diria Antônia na quarta-feira seguinte, quando ele lhe levou *Uma janela para o amor, você conseguiu?! Adoro esse filme!*), e ela tocou-lhe o joelho de leve (ele gostou do toque, uma faísca breve, quase um sinal secreto que misteriosamente recordou-lhe a mão quente de Hélia na mesa do bar anos atrás, *alguém que me toca*, e ele contemplou a mulher solitária, enfim acendendo o cigarro, o pedreiro ainda ali), numa cumplicidade de *ladrões*, e Cândido sorriu com a ideia (*se eu pudesse partilhar com Antônia, se ela me permitisse vê-la mais uma única vez, pelo menos ouvi-la, não quero mais nada, só o som da voz, puta que pariu*), *ladrões*, talvez *assassinos*, e revirou o pacote nas mãos suadas diante da água verde, agora eram duas prostitutas adiante numa conversa tranquila, o pedreiro parece que evaporou-se, Como está o movimento?, ou Quem é ele?, *ou pelo menos eu, o cândido assassino*, e ele tentou ver a consistência de si mesmo empunhando a faca em direção a ela, *assim o filme faria sentido? E quanto a mim, eu faço sentido?*

— O torrent — prosseguia o procurador, agora especialmente mais satisfeito consigo mesmo, o copo de uísque novamente cheio sob o olhar atravessado de Antônia, *Dario, você...*, e o idiota ensinando o padre a rezar missa —, o torrent, se entendi bem, funciona com outra lógica, quase irrastreável, cada arquivo são milhares de pedaços de informação lançados na rede (*atenção ao detalhe* — e ele ergueu o dedo, quase acusatório —, *sem nenhum destinatário específico e sem previsão de alguma contrapartida monetária; é como se eu, por livre e espontânea vontade, deixasse um iPhone, digamos, num banco de praça; não posso reclamar se alguém passa por ali e pega o celular, porque, afinal, o Brasil não é uma Finlândia, aqui a possibilidade do roubo, da violência, do furto, do assassinato, do esquartejamento, da ocultação de cadáver, do incêndio criminoso, do linchamento, a possibilidade da agressão de qualquer tipo, enfim, é uma variável permanente da nossa cabeça; seria um crime o simples gesto de largá-lo ali, assim como eu deixo um arquivo de filme na rede sem cobrar nada nem exigir nada nem saber nada do que fará o bilhão de pessoas que circulam por acaso ali?*), e no exato momento em que cem por cento do objeto furtado está fragmentariamente no ar, um quinto com beltrano no Brasil, um terço com fulano em Madagascar, um centésimo com sicrano na Ucrânia, e assim por diante, o meliante original pode apagar sua cópia, já multiplicada na galáxia, sem deixar rastro. (*O sofisma*, ele acrescentou com um sorriso vitorioso, *talvez esteja no fato de que o celular que eu larguei no banco de praça não seria meu, mas ele pode perfeitamente ser meu, eu posso tê-lo comprado legalmente na loja.*)

— É isso, não?, foi a pergunta retórica dele, inchada de satisfação. *Sim, é exatamente isso; o senhor* (Me chame de você, por favor!), *você já pode fazer parte da associação dos piratas caseiros de internet, que têm desculpa para tudo*, e as mulheres deram uma gargalhada instantânea (a risada de Antônia foi particularmente cruel, com um discreto rasgo ofensivo; *ela não gosta do marido, ou tem algum problema não resolvido com ele; é visível*), tanto pela quebra inesperada da timidez do professor de química atrevendo-se a fazer piada com a autoridade presente, quanto com o absurdo da simples ideia, *um procurador federal de raiz, dos altos escalões da purificação moral brasileira, envolvido e comprometido não em diálogos do Telegram ou WhatsApp, mas em pirataria digital direta, que manchete maravilhosa!* Cândido pensou em explicar à Líria assim que chegaram à calçada, o sol forte nos olhos, uma manhã belíssima de céu azul, *o friozinho curitibano*, ela disse, *minha madrasta, que é mineira, não gosta muito, mas eu adoro*, e ele pensou em perguntar de onde ela, Líria, era, mas precisava antes fechar o fio argumentativo que estava devendo, e eles pararam ao sol, um imaginando para que lado o outro iria, e ele antecipou-se, *você vai para aquele lado?*, o lado da universidade, obviamente, e ela disse *sim, eu tenho que passar na biblioteca e*, e ele fez um gesto feliz, *então, se você não se importa, eu te acompanho até a rua XV, vou dar uma caminhada até em casa*, e ele ainda se pergunta por quê, que espécie de laço ela despertou nele, alguma coisa não imediatamente visível, vagamente afetiva mas não sexual, talvez apenas um desejo neutro de companhia, uma vontade gratuita de se exibir, *alguém com quem conversar* (Você já pensou em fazer análise?, perguntou Batista quando Hélia foi embora; é bom conversar com alguém completamente de fora, e ele respondeu, *eu não saberia nem por onde começar, você entregar a própria vida a um estranho completo; pois a ideia é justamente essa, um olhar de fora*, disse Batista, e ele insistiu, *mas tem alguma coisa mais ridícula do que dizer "eu estou sofrendo porque minha mulher me largou sem nenhuma explicação"? A felicidade é justamente não ter explicação, é melhor assim*, a psicanalista poderia dizer; *ou você preferia*, a própria Hélia talvez decidisse dizer, *que eu confessasse ter um amante em São Paulo?* Era como se ela mesma desse a ideia do que ele, em branco total, deveria perguntar: *Você tem um amante, ou uma amante, em São Paulo?* E ela, sem vacilação, até irritada, diria, é claro, *não, não tenho amante nenhum, nem homem, nem mulher, que coisa mais antiga, amante; você não consegue entender que a nossa vida em comum acabou, que eu só quero tomar outro rumo? Já deu.* Os homens estão fodidos, disse Batista, o que era para ser engraçado, acompanhado de um brinde de cerveja, mas ele não riu nem ergueu o copo, aliás sem espuma. *E então, como se arrependida de decidir pelo rompimento, Hélia suavizou a voz*, ele lembrou, um tom de voz que ele guardou na memória como um talismã de uma inesperada gentileza, de que fazia parte até o gesto da mão que avançou para ele, igualmente de intenção gentil, mas que desta vez não *chegou a tocá-lo, justo para lembrá-lo de que não haveria retorno: Foi maravilhoso o que vivemos, Cândido. E ela não acrescentou nada, nenhuma palavra: Fim. Acabou o filme).*

— Claro que não me importo, vamos conversando — e Líria parecia animada com a ideia, até feliz por merecer a consideração do seu simpático professor particular de química; sol nos olhos, lembrou da pergunta de avaliação que ele fez durante a aula, *que reações ocorrem quando a luz do sol atinge o cloreto de prata*, e a estranha palavra "cerargirita" ficou-lhe na cabeça: *Vou estudar isso, professor.* — Assim o senhor me explica por que eu me enganei com os DVDs e eles não resolveram o problema de sua mãe. Bem — era como se, ao ar livre, ela também se sentisse livre e mais à vontade com o seu exigente professor, ele imaginou —, o senhor ainda não explicou a relação entre a pirataria e a pobre de sua mãezinha — e ela sorriu.

— Não é bem *mãezinha* — ele brincou; *a velha não é fácil*, e a conversa mudou momentaneamente de rumo sob perguntas picadas de Líria, *ela está com mais de oitenta anos, eu nunca sei exatamente, porque parece que ela tem sempre a mesma idade*, ele respondeu, *e uma saúde de* — quando ela, ao mesmo tempo, na animação de não deixar espaço vazio na rua, perguntou se ele não tinha carro, com um toque de admiração. *Ah, eu já tive um, que ficava mais na garagem do que na rua e acabei vendendo. Não me arrependi. Tudo é perto na minha vida. E hoje, com o Uber...* Talvez ela queira me perguntar se eu tenho namorada, ele imaginou, num desvio absurdo da cabeça, falou da mãe, falou do carro, a próxima etapa é a namorada, e veio-lhe à cabeça a imagem fugidia de Stelinha, *é Stella, assim mesmo, do latim, ela explicou, escrevendo o próprio nome na toalha de papel da pizzaria, com a faceirice de uma adolescente. Significa "estrela", em latim; meu pai foi professor de latim; meus irmãos se chamam Augustus e Severus. Virei "Stelinha"* (ela representou as aspas com os dedos) *lá em casa, a caçula temporã, com um "l" só na grafia, e ela riu do "temporã", como se fosse uma fruta. Parece uma criança, mas tem algo misteriosamente antigo no rosto de Stelinha, ele pensou, uma foto em sépia, talvez o modo como ela prende o cabelo, uma* normalista, *como diria minha mãe: elas não existem mais. Depois foram ao cinema, mas ele estava tão acostumado com a imagem brilhante da* TV *de* LED *em que assistia os filmes no quarto, seu novo investimento em quarenta e oito polegadas (o investimento anterior ficou de presente para a Hélia, ele fez questão, gentil, leve para você, como se a separação fosse amigável, essa fantasia civilizada), e fazia tantos anos que não frequentava uma sala de cinema real que achou a imagem pálida e sem graça, a projeção ruim, o som descompensado, o público barulhento, as luzes vermelhas de saídas de emergência desviando o olhar. Um filme sobre Grace Kelly — dizem que é bem bom, a história da princesa que era atriz, ela garantiu. Sim, claro, vamos ver, ele concordou, animado pela animação dela, ela gostava de filmes e ele teria muito que conversar, e ele, exibido, citou imediatamente* Janela indiscreta, *de Hitchcock, você viu?, o* James Stewart *com a perna quebrada e um binóculo bisbilhotando a vizinhança e a Grace Kelly de enfermeira cuidando dele, um clássico; e ela disse, acho que esse não vi, é bom?, e ele imaginou baixar a filmografia completa do Hitchcock e presenteá-la com um pen drive, "tem tudo aqui", ele diria, "inclusive* O terceiro tiro, *que é raro na rede", ideia que esqueceu na manhã seguinte. Durante a sessão, pensou em beijá-la como um adolescente, chegou a inclinar a cabeça em sua direção esperando que ela fizesse o mesmo, mas ela não tirava os olhos embevecidos da tela;* eu estou desacostumado a namorar, nem mesmo segurei sua mão com medo da reação, *e no surto gelado da timidez sentiu uma saudade brutal de Hélia, o fantasma afetivo de dois ou três ou quatro ou cinco anos sem notícia, e percebeu, como um soco, numa intensidade que lhe pareceu novíssima, o choque da perda.* As emoções não têm idade, *lembrou ele de novo, com um estalo: foi um médico que disse, nem sei mais a troco de* quê, mas a memória da frase reapareceu nítida: a criança de sete anos permanece adormecida dentro de você para sempre, assim como o adolescente de treze, o jovem de vinte e dois, o quase adulto de trinta e cinco, o adulto de cinquenta e um, o velho de setenta e dois. Súbito, eles acordam e mostram os dentes. Nenhum dos nossos habitantes dorme, nem quando dormimos. Cândido, esqueça: o que você sonha, a volta da Hélia, chama-se "página virada", disse-lhe Batista. Stelinha virou amiga, *o que mata qualquer mulher*, e ele sorriu, *virou amiga, fodeu-se toda esperança, ó boa alma!*, e alguém replicou, o tom mais pesado do que a intenção da piada: *Você percebeu a estupidez do que você disse? Uma psicanálise lhe faria bem — ou você acha que duas pessoas que se amam não podem ser amigas?*, e o clima pesou por nada. *Não foi o que eu quis dizer.*

Em frente ao lago verde, a mulher começou a se afastar, mas ainda virou a cabeça ostensiva para ele, o queixo erguido dizendo *esse desmazelado aí está se achando, que se foda*, e ele pensou ouvir o celular, mas era só a imaginação do desejo; está no silencioso. Tirou o aparelho do bolso, ainda com bateria, doze por cento — quem sabe um recado dela, um milagroso *vamos conversar* qualquer, caralho, o silêncio é — mas ela não tem nem telefone, *com esses vazamentos seletivos no Judiciário*, e havia sete chamadas do Batista não respondidas e um único recado, também dele, *onde você está? Caramba, vou ter de ir à polícia para te achar? Dê notícia!* e um bonequinho amarelo triste. *Estou num banco do Passeio Público, com um punhal na mão, pensando em me matar, em matar Antônia ou transar com uma prostituta, ou tudo isso, em sequência inversa.* Talvez contar a ele onde tenho passado as noites. Uma criança perdida de oito anos, e ele guardou o celular sem escrever nada, olhando para o alto: talvez chova. Pensou absurdamente em substâncias puras e na diferença química entre composto e mistura; na mistura, ele explicou à Líria numa das aulas seguintes, quando começava a se sentir culpado, *isso não vai dar certo*, as substâncias puras podem variar em proporção de massa, e ela brincou, *tudo junto e misturado, como o Brasil, diz o meu pai.*

O procurador parecia satisfeito: uma espécie de "banho de juventude", talvez, e depois do discurso sobre o torrent, *é um bom tema para se pensar numa atualização jurídica, nossas leis são jurássicas, parecem todas consuetudinárias, uma sabedoria rural-muar, a simples memória dos ancestrais tem mais poder que o incômodo da realidade, e com essa inacreditável tropa de imbecis que está governando o país, ou desgovernando-o, vamos levar umas duas ou três gerações para recuperar o estrago mental que o quadrúpede está produzindo no Brasil*, e levantou-se sorrindo, para renovar pela décima vez a dose de uísque, sussurrando um *melhor ficar quieto, que amanhã vou para Brasília*; antes de se servir, crescentemente animado, lembrou o caso de Aaron Swartz, *você já ouviu falar, professor? Imagino que sim, pois foi teu colega de profissão paralela, por assim dizer, não? É um assunto que me interessa*, e Cândido apressou-se a oferecer, *eu tenho o documentário da história dele, de 2014. Uma cópia boa. Se você quiser, eu...*

— É mesmo?!, o procurador surpreendeu-se, e nitidamente pensou em aceitar a oferta pirata, mas desistiu e virou-se para colocar mais gelo no copo, num novo surto de animação retórica, *o caso dele foi politizado porque tinha mesmo um toque político-messiânico-adolescente no discurso do menino. Mas, do ponto de vista estritamente jurídico, foi um massacre. É difícil entender o que houve.*

— Mas de quem vocês estão falando? Ele era químico? — perguntou Antônia, com um gesto de irritação, como se o marido usurpasse a sua propriedade, *Cândido é conquista minha*, talvez ela pudesse dizer, *eu que trouxe ele aqui, e, como sempre, você se apropria do que é meu e do meu espaço* (e Cândido avaliou a possibilidade de realmente ela ter dito algo assim ao marido, num sopro sentimental, *ela já estava com ciúmes desde aquele momento, dava para sentir*) — e o procurador, copo cheio e sem gelo renovado à mão direita, a esquerda agarrada à garrafa de uísque, dois coquetéis molotov prontos a ser arremessados, voltou-se para ela como quem diz o óbvio, *não, querida, não era químico, era um pirata como o professor aqui, um hacker genial*. Aquilo foi agressivo, e de relance ele viu Líria se encolher na poltrona, há alguma coisa errada nesta sala; *eu sempre desconfiei de quem chama a mulher de "querida", a palavra parece ter sempre uma gosma irônica*, disse-lhe Batista uma vez; antes que Cândido pudesse gaguejar modéstia, *veja, eu só sou um baixador de filmes, um hacker verdadeiro domina linguagem de programação, invade sistemas, quebra senhas, uma área de que eu só sei rudimentos vagamente teóricos*, o procurador prosseguiu:

— O Aaron Swartz, o menino gênio da informática, americano, que foi processado pelo FBI por piratear milhares de artigos acadêmicos que, segundo ele, deveriam ser de domínio público, e que uma empresa controlava ganhando uma grana preta sem pagar nada aos autores. Acho que controla ainda. Capitalismo de raiz. — Voltou-se ao Cândido, o copo já pela metade. — Graças ao ativismo do menino, a famigerada SOPA, a lei contra a pirataria que esteve por um triz de passar pelo Congresso americano e que, por efeito colateral mortal, acabaria por destruir de vez a internet, foi derrotada. Isso foi incrível, e de fato inesperado. O menino tinha poder, com o tecladinho dele na rede.

O procurador estava feliz por se exibir atualizado sobre um tema de *millennials*, o que parecia deixá-lo automaticamente mais jovem, *um bom sujeito esse teu amigo pirata*, talvez ele dissesse à filha, quem sabe até à mulher, que agora contava com um *fornecedor exclusivo de filmes, já que, como ela diz, não há nada a se fazer em Curitiba, exceto ver filmes e pedir pizza por telefone*. "É bom falar com pessoas comuns", contou-lhe Antônia, imitando a voz do marido — ele de vez em quando diz que é bom falar com pessoas *comuns*, elas são sempre "um pequeno choque de realidade", e você é uma pessoa *comum*, e ambos riram. Mas eu sou mesmo uma pessoa comum?, ele perguntou, intrigado pela ideia. Não, meu querido Cândido, decididamente você não é uma pessoa comum. *Só não se acostume comigo. Eu não sou de confiança.* Ele não levou a sério o que ouviu. A eletricidade tranquila do olhar de Antônia: *eu nunca vou conseguir formular isso quimicamente*, ele pensou em dizer ao Batista, quando tivesse a coragem de confessar o que aconteceu, e talvez ele respondesse, com um sorriso, *senhor químico, isso que você quer definir chama-se simplesmente tesão, que não se encontra na tabela periódica*, e agora aquele primeiro momento lhe parecia tão absurdamente distante, como outra vida, no tempo em que os animais eram felizes e falavam, mais distante ainda do que os dois anos rápidos que partilhou com a Hélia. Uma memória paleolítica encravada para sempre na pedra e, no entanto, foi ontem. Um homem perpassado, ou esmagado, ou triturado, pelo ridículo ou pela ausência, dependendo de onde se vê, como em nenhum outro momento da vida. *Eu nunca senti antes esta espécie de vazio, e isso não é uma frase de efeito, é uma dor real no peito, que vai rasgando até a garganta, e o único remédio possível é ela: pode haver algo mais ridículo? Você* precisar *de uma mulher?*

— Eu chorei com o Gordo e o Magro — disse-lhe a mãe. — Esqueci o nome do filme, o Gordo e o Magro depois de velhos, na Inglaterra. É uma infelicidade que chega a ser bonita, para quem vê. E aquelas mulheres tão horrorosas que chegam a ser engraçadas. Como é que eles aguentavam?

— *Stan & Ollie*, mãe. Entrou na rede semana passada, e consegui uma legenda boa. Eu não vi ainda. É bom mesmo?

— Muito bom. — Dona Lurdes parou um momento, pensativa, a perna tremendo mais intensamente sob a mesa, o olhar em algum ponto das sombras da cozinha. Os olhos vivos, ele pensou: em torno deles, a vida vai se estiolando, desenhando uma rede implacável de rugas e pequenos acidentes inesperados, berrugas, irrupções, manchas, mas os olhos permanecem vivos, acesos, ocultos na face, dois animaizinhos acuados e assustados e inquietos na sombra, mas é como se eles sustentassem o corpo, e não o contrário, enquanto o mundo se fecha escuro em torno (*os olhos são animais solitários*, ele lembrou aos pedaços de um haicai da Hélia, que, na época, lhe pareceu bonito, *animais ariscos riscando rápidas linhas ao vento, que se dissolvem*, algo assim). — Eu me comovi com a história deles e chorei — dona Lurdes confessou, e ele pensou o quanto isso seria verdade: jamais viu sua mãe com lágrimas nos olhos, mas frequentemente ela dizia que havia chorado horas, sempre à noite, por isso ou aquilo, sempre bobagens sentimentais. Mentiras comoventes, ele contou à Hélia, que ouviu e ficou quieta, pensando.

— O teu pai que ia gostar. Ele adorava o Gordo e o Magro, que chegou a ver no cinema. É um filme sobre a amizade, de como ela marca as pessoas para sempre. Parece uma besteira, filho, mas é verdade. É por isso que eu nunca tive amiga na vida, amiga mesmo. Porque chega um momento em que — e ela felizmente interrompeu a frase, como nos surtos em que ela resolvia repetir besteiradas de redação escolar como se fossem diamantes filosóficos. Ela jamais havia comentado o amor de seu pai pelo Gordo e o Magro; *inventou isso agora para dar um sentido suplementar ao filme que acabou de ver, criar outra ponte de fantasia*. Ele ficou à espera: diga algo sobre o filme, dona Lurdes. Não invente. *A minha mãe é uma ótima crítica de cinema. Eu sempre gosto dos filmes que ela gosta, mesmo que seja pelas razões mais esquisitas. Em* Pitfall, *um filme americano de 1948, ela disse: Não tem nenhuma cena de sexo, esses americanos moralistas. E o filme é inteiro sobre sexo. Você viu esse? Ou quando ela comentou* Wolfsburg, *um filme alemão de 2003 ou 2004: Gostei, disse ela; é uma história inteira sem conversa fiada, e o sujeito é um vendedor de carros. Os alemães são muito esquisitos. Parece que eles não falam. Você tem mais filmes desse diretor? Ele dá a impressão de quem não enfeita; só conta o essencial do que acontece.* Petzold, ele anotou o sobrenome, depois de consultar o site do IMDb, e baixou todos os filmes dele que encontrou na rede, e era como se, finalmente, ele conseguisse conectar sua mãe com Hélia, que assistiu a todos em sequência, talvez em busca de pegar a sogra em flagrante. No fim, entregou os pontos: *Esse cara é bom mesmo*, ela disse. *A sogrinha acertou. Tem mais dele?* E eu interpretei aquilo como uma vitória pessoal, ele contou ao Batista, num de seus confessionários de bar. Sou um idiota. *Não*, disse Batista. *Você apenas gosta da sua mãe. Ainda não é crime.* E eles riram. Mas não contou da recaída recente: quando ele baixou *Transit*, em 2018, tentou descobrir o endereço da ex-mulher em São Paulo só para lhe mandar o último Petzold num pen drive. E até diria no bilhete que planejou colocar no envelope imaginário, repercutindo a mãe, sem citá-la: *não gostei tanto. Tem coisa demais na história e eu fiquei confusa. Os outros são mais nítidos. Depois me diga o que você achou.* A questão da imigração na Europa tratada com uma parábola nazista: faz *mesmo* sentido?, alguém perguntou comentando um artigo de jornal mas que ele ouviu como se o filme, e não a notícia do dia, fosse o assunto.

— A minha opinião eu já deixei escapar, graças ao soro da verdade — e ele mostrou e sacudiu o copo de uísque, de novo com apenas pedrinhas tilintantes de gelo —, mas e você, o que está achando desse governo? — perguntou o procurador com uma expressão irônica no rosto, e era como se ele mesmo já estivesse armando uma resposta esmagadora, a ser frisada com volúpia. *O presidente também é, por assim dizer, antiestablishment*, acrescentou, *como os jovens e idealistas piratas*, e seguiu-se uma risada prolongada, seguida de mais uma risada, e outra, num surto que chegou a encher seus olhos de lágrimas, fazendo um *não* inexplicável e absurdo com a cabeça, *o idiota quer acabar com os radares de controle de velocidade, com a cadeirinha de bebês e com a tomada de três pinos, são as cerejas do bolo de seu plano de governo, um novo Brasil se inaugura*, e Cândido olhou para Antônia, aflito, *o que aconteceu?*, e ela se inclinou para o marido, que não parava de rir, irritada e desconcertada e ainda lutando por simular discrição. Cochichou audivelmente, apertando-lhe o ombro, dedos tensos, *por favor, Dario, você tem de ir a Brasília amanhã cedo. Vá deitar.*

Cândido olhou para o lado: a mulher desapareceu. Talvez fosse um sinal para ele se levantar e tomar alguma decisão, *matá-la*, e ele testou a palavra e a ideia que a acompanhava, se pudesse ainda encontrá-la em algum lugar da Terra; olhou para o céu, como se o seu destino dependesse do tempo, uma chuva providencial qualquer e a vida, num estalo, tomaria outro rumo, uma chuva forte muda todos os planos, e acabou por fixar os olhos na água verde, cloro, é apenas cloro, um halogênio, símbolo Cl, número atômico 17, dali escapando novamente para aquela memória obsessiva: *ele já estava bêbado, ou muito próximo disso. Pessoas que bebem muito desenvolvem grande resistência ao álcool.* O olhar de Cândido buscou a presença de Líria para fugir do constrangimento da cena, quase um pugilato sussurrado entre mulher e marido, mas ela felizmente não estava mais ao seu lado, porque a campainha tocou e mais alguém estava chegando àquele encontro, *a gente espera o senhor, sexta à noite, professor, assim o senhor leva outro pen drive e conhece minha madrasta e o meu pai; vai chegar também uma turma de amigos, e depois nós vamos sair, e se você quiser, tem uma balada*, e Líria se afastou para abrir a porta, e ele manteve o olhar no corredor como se quisesse fugir da pergunta do procurador ridente que parecia ocupar o país inteiro, minuto a minuto, mas Líria demorava a voltar — ouviu risadas e cumprimentos e palavras soltas, eram três ou quatro pessoas que chegavam, *entrem um pouco, eu acabei me atrasando,* ele ouviu, e em seguida as vozes *gárrulas*, ele nunca esqueceu a palavra do poema de Hélia, falaram ao mesmo tempo —, e Cândido voltou os olhos para o procurador, que agora baixou a voz, ainda com lágrimas nos olhos e um rastro de gargalhada no rosto, e avançou a cabeça sobre a mesinha entre eles para contar um segredo, um "fica entre nós" pouco mais que cochichado, e ele percebeu Antônia se afastando, como quem desiste, mas não — ela foi esconder a garrafa de uísque, como se isso pudesse mudar o clima. *O presidente é completamente débil mental. Isso não é uma metáfora: ele é, mesmo, um imbecil completo, daqueles que, como diz a piada, se caírem de quatro nunca mais se levantam, numa comparação que chega a ser ofensiva com os pobres e úteis quadrúpedes, sempre tranquilos no pasto. Ele tem um único plano na cabeça, que é dar um golpe de Estado, para o qual ele se joga como um bode, dando marradas na cerca para testar repetidamente a resistência do arame. Tirante isso, tudo, absolutamente tudo dele, é avassaladoramente idiota; é um idiota cognitivo e um idiota moral, uma combinação raríssima; burros, em geral, dão boas pessoas, o mundo está cheio de cretinos bondosos, imbecis de boa índole, retardados gentis.* — Antônia inclinou-se em sua direção, num cochicho perceptível de fúria e vergonha que, diante deles, Cândido era obrigado a ouvir. — Dario, chega. Por favor. O professor Cândido... — Sem ouvi-la, o procurador saboreou sua última frase e, olhos em Cândido, repetiu a expressão, *imbecis de boa índole*, que se transformou em nova risada, que Cândido acompanhou, em menor escala, por força de uma gentileza assustada, não tanto por ele, mas por ela, que insistia, *você vai viajar amanhã para Brasília. Por favor. Estão chegando os amigos da Líria.* Mas ele prosseguia, numa obsessão circular. *Imbecis de boa índole... Não é o caso dele; aliás, nem dele, nem dos filhos dessa dinastia sinistra, que lutam ombro a ombro, diariamente, para disputar a mais aguda mentira, a última ofensa, a violência menos defensável, a agressão mais escatológica, o melhor sadismo, a cretinice mais cristalina — é uma luta perpétua pelo último limite da mais grotesca insensatez, exercida orgulhosamente, como um arroto, do alto da Presidência; a estupidez é completa, total, esmagadora, asfixiante, homicida.*

— Querido, basta. Por favor. Estão chegando mais visitas, a Daurinha também, pelo amor de Deus, a Daurinha. Nunca se sabe — e como se Cândido deixasse entrever seu desajeito de testemunha, ela explicou a ele, também num sussurro ansioso, *a Daurinha é filha do Sauro, o homem dos vazamentos.* Com alguma volúpia, Dario aproximou a cabeça sobre a mesinha, para explicar melhor: *É daqueles fanáticos que interrompem festinha de aniversário de criança para todo mundo rezar de joelhos. Na PGR é unha e carne com...* — Por favor, Dario! Ninguém rezou de joelhos, era só uma roda de mãos dadas, uma bênção discreta lá deles, eles são religiosos, pare com isso... — Como se quisesse tranquilizá-la, ele segurou sua mão dando alguns tapinhas, *tudo bem, tudo bem*, mas sempre olhando para o professor de química. *Aquilo estava muito esquisito*, ele pensou em contar ao Batista no dia seguinte, uma notícia bomba, *você não vai acreditar, mas eu estive na casa de um dos*, o que ele não fez, porque em breve a noite o levaria, de modo fulminante, em outra direção, *mais interessada e irreversível*, ele diria, e decidiu não desfiar a história toda desde que a menina repassou à madrasta *Elevador para o cadafalso*, e ele acabou por entrar de cabeça *num túnel emocional paralelo*, como lhe dizia Hélia — e no banco do Passeio Público ele conferiu mais uma vez o celular à procura de uma válvula de escape deste *fim de linha*, ele imaginou explicar mais tarde a quem quisesse ouvir, e a essa altura devem ser muitos, *ele desapareceu*, vão dizer; *a bateria já em nove por cento, e eu estava me sentindo*, ele poderia dizer, *como um cyborg com os minutos contados para, de acordo com a programação, apagar de vez os circuitos cerebrais. Preciso de uma tomada urgente.*

E o homem prosseguia o seu monólogo cada vez mais irritadiço, a cabeça quase encostando na cabeça de Cândido: — *Ler notícias diárias sobre a Presidência se transformou num exercício excruciante de masoquismo, ferro em brasa no cérebro. E os filhos da puta que o apoiam ainda repetem aquela expressão que é o mantra da boçalidade e da vulgaridade contemporâneas, "aceita que dói menos"* — e o procurador deu uma risada comprida. — *Ele gostaria de matar as pessoas diretamente, a tiros, de metralhadora, da rampa do Planalto, o tempo todo entrincheirado nele mesmo, porque essa parece ser a única resposta de uma vida inteira de que ele dispõe para dar conta do mais ressentido fracasso mental. Ele está sempre testando o seu limite, que não existe; ele sempre pode ir adiante, porque não há nada ali, o seu vazio não tem chão nem parede. Ao mesmo tempo, a projeção do seu mundo mental não ultrapassa a extensão de uma cozinha e um banheiro, mas imagina-se um Trump na América, de boca cheia — é a tragédia do encontro mal-amado da imaginação esquizofrênica com a solidez da burrice, o transtorno brasileiro por excelência. Nem a última Presidência, nem ela chegou a tanto, embora tenha se esforçado muito, casco a casco, dia a dia, você lembra? Aquilo também foi épico. E, no seu último arranque, depois da bonança das malas do vice, o eterno interino, que sempre foi um mala mesmo, ou um mala de dinheiro, hahaha, veio a inacreditável apoteose lulista, a opereta final do nosso rei carnavalesco, o inacreditável elogio da máscara, lembra? Todo mundo alegremente com uma máscara no rosto, uma multidão, milhões de brasileiros com máscaras de cartolina no rosto pedindo voto na hora do recreio* — e, com o empurrãozinho providencial de uma facada de um idiota na barriga de um imbecil, acabou-se por produzir espetacularmente a nova e definitiva Presidência. Quod erat demonstrandum! *O ponto-final: no comando, rodeado de nulidades, alguém incapaz de articular uma única frase moral e sintaticamente equilibrada, e, sem nenhum eixo de fixação, biruta ao vento, vive atiçado por uma nervura histérica e neurótica que não para de se mover. É uma estupidez ofensiva, que faz da carência intelectual a sua força, extrai da própria mesquinharia o orgulho ostensivo do valor da violência. A religião é a sua muleta totalitária, messias crente de si mesmo. Ele é absolutamente incapaz de dizer qualquer coisa banhada que fosse de uma mínima, mesmo remota, honestidade intelectual, o que aliás ele não sabe o que é — para ele, é um princípio inalcançável.* Agora segurou com alguma força o braço de Cândido por sobre a mesinha, puxando-o mais, num último sussurro, o tiro de misericórdia antes que as visitas finalmente chegassem do corredor à sala levando um cacarejar feliz de risadas: *O filho da puta mandou demitir o fiscal que o multou anos atrás. Lembra? Já tivemos um presidente que queria proibir o biquíni; este quer acabar com os radares. Nada definiria melhor um caráter.* Antônia enfim desistiu — *com o Dario é inútil, quando ele começa a beber*, ela diria depois, num sussurro envergonhado, desculpando-se por ele. *Bem, querido, é melhor acabar com os radares, que vivem mesmo me multando, do que com os biquínis, que deixam o mundo mais alegre.* Cândido sorriu sem graça diante da carranca do procurador, e ela levantou-se em direção às visitas:

— Daurinha, querida! Como vão o Sauro e a Lúcia? Faz tempo que não vejo vocês! — e Antônia deu a volta na mesinha para trocar beijinhos.

— Professor! Deixa eu te apresentar o... — e Cândido ergueu-se inseguro, agora livre da mão firme do procurador, que, em repentina introversão, tilintava o gelo do copo novamente cheio, olhos baixos, como que em depressão pelo surto retórico, até que ergueu o rosto com um falso sorriso, tentando sintonizar-se com o rearranjo do espírito da sala pela invasão dos amigos da filha. *Ele sempre bebe demais e fala demais, e cria caso demais, é por isso que a vida dele não decola, e eu já meio que me acostumei, o que é péssimo*, Antônia lhe confessaria mais tarde na mesma noite, com um suspiro pesado, *desculpe,*

Cândido, a mão no seu joelho abrindo a página inesperada de uma intimidade que o deixou ansioso, o que já havia começado um pouco antes, com a chegada das outras visitas, ele rememorou, olhando para o lado — a mulher da rua ainda ali, no batente da espera, o mesmo cigarro apagado —, vivendo uma indecisão excruciante e paralisante diante da água verde.

— ... o Beto, ele é...

— Professor Cândido! O senhor aqui?! O senhor nem deve se lembrar, mas fui seu aluno no cursinho, no Êxito, professor! — e Beto apertou-lhe firmemente a mão, como alguém de fato feliz por vê-lo na casa do procurador, o sorriso esfuziante e sincero diante de um espécime raro, *um professor de química!* — Vou lhe dizer uma coisa, professor: tudo que sei de química aprendi com o senhor. Nunca me esqueço da primeira aula, sobre o tal método científico! — e Beto virou o rosto feliz na direção de Líria, para comprovação do que dizia, recitando com o dedo comicamente erguido, *fato é um enunciado baseado na experiência direta, de acordo com observação consistente e que possa ser reproduzida!*, a decoreba perfeita — *Acertei, professor?* — e Líria sorriu, feliz pelo amigo, talvez orgulhosa dele (seriam namorados?!, e uma pequena ansiedade invadiu sua cabeça, um sopro idiota de ciúme, como se a amizade partilhada perdesse sua importância, *você é muito inseguro*, disse-lhe Hélia, quando chegaram ao fim) — e, como se tivessem ensaiado, explicou em seguida, *no vestibular, ele gabaritou em física e química, professor. Mas decidiu ser advogado!*, e Beto acrescentou, *sempre que me falam da definição jurídica das fake news, que estão na moda, lembro do seu método científico, professor!* — e Cândido ia dizer *não é o meu método, é o da ciência; eu mesmo sou pouco científico*, como uma brincadeira, mas viu-se diante de Daurinha, que parecia conversar um tanto tensamente com Antônia (ou é uma invenção dirigida pela minha memória?), *prazer*, disseram-se ele e ela com sorrisos mecânicos, ou indiferentes (o aperto de mão dela não foi suficientemente firme, e ele achou que, distraído, havia exagerado na força contra aqueles dedos aquecidos e um tantinho úmidos, talvez machucando-a, ela alisando a mão direita com a esquerda assim que se cumprimentaram, e ele quase disse *desculpe, eu...*), uma menina mais alta que ele, bonita, de cabelos negros e lisos que desciam grossos e longos sobre um vestido verde frio e inteiro destoante, *um verde que não existe na natureza*, uma vez ele brincou com Hélia sobre a cor de uma peça de louça; e um rosto excessivamente branco e sério, meio de santa de gesso mal pintado, *você precisa de sol*, pensou em dizer, como se emulasse o humor invasivo de Beto, que, seguindo o professor, sempre feliz pela surpresa do encontro, meteu-se no cumprimento para dizer que *ela vai estudar teologia, professor, veja só, ela que está certa, falta Deus na vida das pessoas. Uma menina bonita dessas estudando teologia, o mundo está perdido!*

— O engraçadinho idiota da roda — disse Batista —, sempre tem um engraçadinho na roda — comentando a mania do professor Paulo de fazer e contar piadas em qualquer situação, *o que eu lamento mesmo é que não se fazem mais piadas como antigamente; meu pai sempre diz que os generais da ditadura eram uns filhos da puta, mas pelo menos rendiam piadas de burro; numa delas, um general dizia, batendo com força a mão na testa, como continência, que era o ângulo reto que fervia a noventa graus, e não a água, como ele tinha pensado*, e segue-se uma gargalhada exagerada que acaba contagiando a roda, *mas veja, hoje, o filho da puta do presidente é só um filho da puta, mas não rende piada, daquelas clássicas, boas, com começo, meio e fim, do papagaio fanho, da tia tarada, do aleijado milagreiro, nada; nem para isso serve*, e Cândido esforçou-se por voltar à roda em que estava, com a Daurinha agora elevando a voz, *o que você tem contra Deus, meu Deus?!*, e Beto pediu paz erguendo as mãos, *calma, Daurinha; é que não é sempre que a gente encontra uma teóloga, é pura admiração, até um pouco de inveja*, e ela voltou a sorrir, *não é inveja; é só o velho machismo de sempre, eu diria, se fosse falar com a linguagem de hoje, o que não quero fazer* — e o verde do vestido, nos olhos de Cândido, parecia ocupar todo o espaço da sala, uma cor destacada do preto e branco como naqueles ridículos filmes colorizados que foram moda durante um tempo nos anos 1980, *e logo você, que jamais repara na roupa de ninguém*, disse-lhe Hélia há alguns anos; *se trancarem você numa sala com três pessoas durante quatro horas, no fim você será incapaz de dizer o que elas vestiam, qual a cor das roupas, ou detalhes dos penteados ou chapéus ou sapatos e coisa nenhuma — você só vê propriedades químicas, que, como Deus, não existem, estão em parte alguma*, e ele riu, concordando, e ela insistiu no teste, *como o Batista estava vestido hoje? qual era a cor da camisa dele?*, e Cândido fechou os olhos para refazer a cena, mas não via nada, apenas rostos. *É que eu vivo um mundo puramente mental.* Fechou os olhos e tentou lembrar como Antônia estava vestida naquele primeiro encontro. *Não sei. Só lembro que o marido dela estava de terno, mas não me pergunte a cor da gravata.* Enfim o procurador levantou-se de seu breve torpor, quase gentil, simulando outro homem, completamente diferente da figura demolidora e escarmenta de minutos antes mas que tinha equilíbrio incerto; apoiou-se na poltrona para não cair e reaprumou a coluna: — Tudo bem, Daurinha? O Sauro está em Brasília? Eu vou amanhã para lá, temos uma reunião de-ci-si-va na PGR, o indicador sublinhando cada sílaba, e ela sorriu sem disfarçar completamente a estranheza, *ele está bêbado*, Sim, sim, o meu pai contou, falei com ele há pouco. — Uma incrível capacidade camaleônica, matutou Cândido, como eu queria ser normal assim, mas ele não soube discernir, na continuação, se se tratava de ironia, pela seriedade do rosto: *Você e seu pai estão certos, Daurinha. Ouvi o que você disse. Está faltando Deus neste Brasil*, e Beto levantou o punho numa pantomima a que, visivelmente, não conseguiu resistir: *Deus acima de tudo!*, mas só

Líria achou graça, uma risadinha fina que ela cortou imediatamente — *talvez, e isso só lhe ocorreu agora, porque a atenção do Beto à teóloga estava um pouco excessiva, mesmo considerando a intimidade de três amigos, e era preciso criar algum ponto de atrito para recolocar as coisas no lugar. Mas seriam mesmo namorados? Nunca conversei com Antônia sobre a vida afetiva da Líria.*

— Sentem-se, por favor! Belisquem um salgadinho antes de saírem — disse imediatamente Antônia, para não dar a mínima chance a algum mal-estar, *eu odeio situações desconfortáveis, eu odeio confrontações, eu odeio rupturas, fissuras, fraturas, eu odeio hostilidade, eu odeio quebras, eu odeio tudo que me deixa infeliz, eu odeio essa ansiedade desagradável que se arrasta no meu peito, puta que pariu, eu não sei por que me juntei com o Dario, ele cria e representa exatamente tudo o que eu odeio o tempo todo, todos os dias, um homem em guerra,* Cândido ouviria na semana seguinte. *Eu quero sempre ter outra vida, e é por isso que vou trocando de vidas* — ela deu uma risada, e ele lembrou, um déjà-vu real, de dona Lurdes levando outra torrada à boca, ao comentar o filme espanhol *Durante la tormenta*, dizendo exatamente a mesma coisa, *eu também queria ter outra vida, como na história da moça, a Vera Roy, até bonitinha ela. Mas, filho* — a mãe acrescentou, como se ele estivesse reivindicando outra vida —, *infelizmente não temos outra vida, é só essa mesmo, do jeito que vem e vai, e, pensando bem, está bem assim. Fiz tudo que quis, sempre, e foi dando certo. Você viu esse filme?*

— Não vi ainda. Se não me engano, é do mesmo diretor de *Contratiempo*, que a senhora gostou bastante, lembra?

— Ah! Aquele era bom! Até melhor. É o mesmo diretor? Pois aquele enganava a gente direitinho, do começo ao fim. Tem o atropelamento, que até parece a cena do filme daquele alemão que eu comentei, como é o nome dele? (*Petzold, mãe.*) E daí as coisas vão se complicando, e a gente fica torcendo não sei bem pelo quê. O final é meio completamente absurdo

(*Mãe, fale mais baixo*), mas é *real*. Não tem um marciano chegando pra resolver as coisas e nem uma realidade paralela para confundir. Pode até ser absurdo, mas tem lógica. Por isso que eu gostei. Não é milagre, como nesse, o... como é mesmo o nome? *Durante a tormenta*. Eu não acredito em milagre. O teu pai era religioso, meio que acreditava em milagre. Era tradição de família, o irmão era padre, essas coisas de Igreja, os poloneses são chegados nisso até hoje. Teve até um papa polonês. Bem, se bem que hoje tem até papa argentino, o que é bem esquisito; polonês combina mais com religião. Todo filme polonês que você me passa tem Igreja no meio, como aquele da semana passada, aliás muito bom, como era o nome? Escreve *Kler*, e ela desenhou um K com o indicador, uma coisa assim, sobre três amigos padres, um mais safado que o outro. Bem, para falar bem a verdade — e dona Lurdes baixou o tom de voz até o limite do sussurro, não porque percebesse que falava alto demais, mas para representar o clima de um segredo importante —, o teu pai era meio espírita — e dona Lurdes fez uma careta indefinível, entre o espanto e o desagrado. — Até hoje tem um livro dele ali na estante da sala, sobre o evangelho do espiritismo, depois dê uma olhada, do Allan Kardec, o sujeito que inventou a coisa toda. Teu pai fazia anotações a lápis nas páginas do livro, como um estudante de colégio. Mas nunca foi fanático. Era quase um hobby. Ele dizia que a ciência ainda ia explicar tudo isso um dia, tim-tim por tim-tim, como ele dizia. Para ele, Jesus Cristo não foi esse milagreiro de rua que está na Bíblia, mas um médium poderoso. Lembro que sempre me contava e recontava uma mesa espírita de que participou quando jovem, e ele ficou muito impressionado, *Lurdes, é verdade, os mortos falavam!... Eu vi pessoalmente, não tinha truque nenhum, era um pessoal sério*. Ele nunca esqueceu aquilo. Mas a vida no Exército bota ordem na cabeça das pessoas, pão, pão, pedra, pedra, escreveu não leu, o pau comeu. Tanto que esse presidente idiota foi expulso de lá. Pegue mais uma torradinha. Você não come nada de noite. Já vai dormir? Você nunca conversa comigo sobre os filmes. Aliás, você nunca conversa comigo.

Ele voltou a sentar.

— Eu tenho de dormir, mãe. Amanhã tenho aula cedo. E eu não consigo ver todos os filmes. Mas vou anotar esse da tormenta. E aquele da cicatriz. — Ele pensou na nova aluna de química, Líria, e imaginou-se entregando a ela o filme com a Jeanne Moreau, no fim da aula. Ela diria: *Puxa vida, você conseguiu mesmo. Nem sei como agradecer.*

— É. Passa o tempo. Ver cinema é uma distração. E a gente aprende muito, sobre a vida e sobre as pessoas. — A voz dela prosseguia inesperadamente baixa, como um sussurro alto. Ela parecia ainda concentrada no filme, engasgada com algum argumento. — O que não me convence é essa ideia de que é possível, na vida real, uma existência dupla. De que você pode mudar o passado. Você não consegue mudar nem o futuro! — e a voz dela se ergueu. — As coisas todas acontecem de um único jeito, e uma vez só, e para todo o sempre, e sabe-se lá por quê! Ou você vai querer me dizer, por exemplo, que eu, Lurdes Maria Oliveira Lorpak, não existo, que sou só o resultado da imaginação maluca de alguém que pode num estalo decidir tudo por mim e que sabe mais de mim do que eu mesma? Que entra na minha cabeça e lê meus pensamentos? Que eu sou apenas um personagem de filme ou de livro, com quem se pode fazer o que quiser? Pior: escolhe-se aquilo que eu mesma vou pensar, dizer, respirar. — Ela suspirou, e a voz baixou novamente. — Ora, faça-me o favor. Não existem vidas paralelas, tempos duplos. É coisa de criança. Foi isso que me irritou. A moça do filme fica sabendo do que aconteceu no passado por uma televisão velha que capta o tempo antigo numa tempestade de raios, uma ideia ridícula, e avisa o menino antes de acontecer a tragédia, e então ele não atravessa a rua (bem, tem um crime do vizinho no meio da história, o que dá um tempero na coisa). Ele não atravessa a rua e não morre, mas as duas vidas, ele morto, ele vivo, coexistem no mesmo espaço em planos diferentes. Isso é uma loucura. Eu gosto só de filmes que, mesmo inventados, sejam *reais*. Eu gosto da re-a-li-da-de. Pão, pão, queijo, queijo. — Ela olhou para a travessa, pegou mais uma torrada e contemplou-a como a uma prova irrefutável do que dizia. — Pegue mais uma torradinha. Você nunca come nada à noite. Não presta dormir em jejum.

Ele sorriu. *A sua mãe é uma figura*, dizia-lhe Hélia, num tom não exatamente amistoso. *E eu tenho de cuidar da minha vida.* Duas frases de tempos diferentes, um ano e meio de distância entre uma e outra, que agora se juntaram na sua cabeça, como um *eureca* tardio.

— Mãe, é só imaginação. Para distrair a cabeça. Estimular a inteligência. A realidade é sempre sem graça. É preciso fingir um pouco, porque senão ninguém aguenta. É só um filme. Uma *película*, como dizem os espanhóis. — *A tensão superficial da água pelas ligações de hidrogênio forma uma película sempre pronta a se romper*, e Hélia disse, *isso é bonito como as lágrimas, que também se sustentam redondinhas por películas*, e eles riram. *Tensão superficial. Vai crescendo, e* pluft! E eles riram de novo.

— Eu sei que é só um filme. Não sou idiota. Mesmo assim, é uma bobagem. Se eu não tivesse encontrado o teu pai naquela festa do Círculo Militar, você não teria sido adotado e a gente não estaria aqui conversando agora. Até aí eu entendo e aceito perfeitamente. A gente vive pelo acaso. Mas você acha que ao mesmo tempo que estamos conversando aqui e agora, comendo torradinhas com geleia, há outro mundo e outra vida em algum espaço fantasmagórico no qual eu realmente *não* encontrei o Josefo e você hoje seria, digamos, um catador de papel na rua? E eu uma artista de cinema, ou frequentadora de um inferninho ali na Cruz Machado, Deus me livre, ou sei lá o quê, vivendo lá em São Paulo? Não faz sentido. É tudo uma única coisa só, e bem real, o tempo todo. Os mortos espíritas do teu pai só existiam na cabeça dele. Morreu, está morto. Acabou.

— Muito engraçado, você, com esse "Deus acima de tudo". Já sei onde você quer chegar com a ironia: falar mal do governo. Eu aceito um salgadinho, dona Antônia — e ela avançou o braço verde para o pratinho estendido —, adoro esses canudinhos salgados.

— E o Beto adora provocar, tem alma de advogado — disse Líria, como se absorvesse o vocabulário e o gesto implícito de conciliação da madrasta aproximando-se com um sorriso e o prato de salgadinhos — *e o resto do pessoal, não chegou ainda?* —, mas ainda sob um fio de tensão, puxando o provável namorado (*eu nunca soube; é como se, depois do impacto de Antônia, eu apagasse Líria da cabeça*) para sentar ao seu lado num sofá com almofadas numa das cabeceiras da mesinha, no lado oposto da poltrona onde Daurinha se acomodou, próxima de Cândido, os joelhos juntos sob uma franja de saia verde de onde desciam duas pernas brancas e simétricas até um par de sapatos pretos de verniz, com fivelinhas discretas. *Tão nítida: de onde tirei essa memória?* Entre a filha e Daurinha, contemplando as pedras de gelo, agora abundantes, como se elas pudessem cortar os efeitos do álcool, que ele sacudia como um chocalho, o procurador parecia pensar no futuro imediato, soturno, a testa franzida, *esta vida é uma merda*, beber ou não beber mais? Docilmente, aceitou a mão de Antônia retirando discretamente o copo de suas mãos, a voz baixa, *você tem de viajar amanhã. Por favor.*

— Então eu não sei?! Fui colega do Beto no Santa Cruz, sabia? Ele já era assim desde aquele tempo. Bons tempos aqueles, não? — e a frase caiu num ridículo vazio de artifício, *filmes dublados têm essas frases engraçadas*, ele dizia ao Batista; *OK, rapazes, levantem esses traseiros gordos daí*, ou *Mike, que tal a gente sair com umas garotas legais?*, ou *seu bastardo, isso não ficará assim!*, ou *macacos me mordam se não é o velho Steve que acaba de chegar*, e Batista riu, *é bem assim mesmo*, e, como ele queria demonstrar, *é por isso que eu só vejo filme com áudio original e legendas, o que é um traço inesperadamente sofisticado da cultura cinematográfica brasileira, aqui se preferem as legendas, exceto na televisão e em filme infantil*, e Batista disse, *é verdade, os americanos só veem filmes dublados, isso quando veem alguma coisa estrangeira, o que é raro*, e Cândido acrescentou, sob o prazer crescente de falar das idiossincrasias de sua especialidade de pirata, *os russos são piores ainda; é a mesma voz que dubla todas as falas, monotonamente, enquanto se ouve ao fundo o áudio original, a dublagem é um* troll *invisível azarando tudo, parece sintonia dupla de estação de rádio*, e Batista se espantou, *você está brincando? Dublam em cima do áudio original, que também se ouve?!*, e ele fez que sim; *E mais: se o arquivo baixado não tem as duas trilhas de áudio separadas para você refazer o filme só com o som original, fodeu-se, não dá pra ver a coisa.*

Ou talvez o ridículo só existisse na minha cabeça, como tantas vezes, ele lembrou, porque em seguida, como que do nada, Daurinha disparou através da mesa com uma voz aguda, com uma sombra agressiva (depois de uma troca de frases de que ele esqueceu completamente, pensando no copo do procurador que Antônia depositou gentilmente num balcão próximo, para em seguida lhe estender um prato, *pegue um salgadinho, Dario*, que ele recusou, levantando-se para recuperar o copo no balcão, e nas fivelas dos sapatos de Daurinha, para onde os olhos inseguros fugiram, *o que eu estou mesmo fazendo aqui?, já entreguei o pen drive com cinco filmes*, e ele recordou os títulos, como um jogo da memória — *El contratiempo, Mi obra maestra, Ninotchka, Una donna ha ucciso* e *On the Basis of Sex*, todos baixados do YIFY Movies, arquivos pequenos com qualidade HD, para caberem no pen drive de dezesseis gigas —, *deveria ter ido embora imediatamente*), *se você é tão sabido assim, me responda, Beto, à pergunta que todo ser humano em algum momento da vida terá de fazer: o que você espera da eternidade?* — e houve alguns segundos de silêncio, dois, três, *uma eternidade*, e ele sorriu com a lembrança, mais um instante ridículo do encontro, como se aquilo fosse uma aula, um sorriso melancólico que levou a mulher, ou a prostituta, para dar nome nítido às coisas, sempre à espera de seu possível cliente, a minissaia, as coxas, o sapato vermelho, a clássica bolsinha, de onde ela tirou outro cigarro, a imaginar, quem sabe, que o sorriso daquele homem estranho se dirigia a ela, nesta manhã nublada em Curitiba no cercado do Passeio Público, árvores, duas moças correndo com fones de ouvido na trilha de contorno do lago de águas verdes, e Cândido fechou o rosto, retomando a cena: o procurador enfim ergueu o olhar da mesa em direção *à pequena fanática, igual ao pai, uma família inteira de pastores fundamentalistas*, iria lhe dizer Antônia alguns dias depois, também relembrando a cena; mas ele parecia cansado para responder, e Cândido especulou o *atrito profissional que haveria ali, os poderes se confundindo, Judiciário e Executivo, enquanto o Congresso vai à deriva*, comentava Batista na reunião de sócios do começo do ano, *a questão é saber o que será da merda da educação brasileira na mão desses loucos, e isso nos interessa e nos afeta diretamente*, e Cândido fez humor, *eu também tenho horror à confrontação, Antônia*, o programa de química está protegido; acho que o governo não vai mudar a tabela periódica. E Marcos deu uma gargalhada: *Se for uma tabela periódica marxista, fodeu-se! Não foi o Stálin que revogou as leis da genética burguesa? Esses caras são iguais. Não tem salvação: estamos rodeados de imbecis de todos os lados.* E alguém levantou o braço, *espere aí, eu só estou vendo um lado de imbecis aqui, o que está simplesmente no poder; o resto é fantasma, certo?*, e alguém fez *não* com o indicador repetidas vezes, estendendo o braço como uma arma, *espere aí, fantasma não; são figuras bem reais, presidiários, ex-presidiários, pré-presidiários, tornozeleiras eletrônicas, réus, foragidos, comparsas, meliantes, delatores, corruptos, denunciados, e por aí vai, um rosário sem fim de ladrões, os amiguinhos de vocês!*, e antes que o bate-boca crescesse, a professora de inglês (Cândido sempre esquecia o nome dela) timidamente propôs que a Usina abrisse cursos de educação familiar, *homeschooling*, que está na moda, se está escuro, não reclame e acenda uma vela, é o foco total do governo, terceirizando a tarefa dentro das próprias casas, o programa escolar rigorosamente sob orientação dos pais, *a família nos contrata e a Usina, de acordo com a nova lei que estão propondo* — de Bíblia na mão!, gritou alguém —, *vai lá dar os cursos, sob estrita supervisão familiar, sem que o estudante sofra a contaminação social dos colegas*, e houve também um silêncio curto, *uma eternidade*, porque ninguém sabia se a sugestão da Isaura (esse o nome!) era irônica ou não. *O governo aboliu a ironia*, ele ouviu alguém dizer, e o designer do logotipo da Usina (*Ficou muito bom!*) sugeriu que pessoas que *cometam ironias* sejam presas, arrastadas e torturadas até que —

— O que eu espero da eternidade?! Ora, setenta virgens no Paraíso. É o mínimo que Deus pode fazer por mim, que sempre fui uma boa pessoa. Ou não? — e houve outra pequena *eternidade* de silêncio, um segundo, até que a gargalhada de Antônia estourou e reprimiu-se em seguida, repetindo baixinho a graça, *setenta virgens! que coisa mais démodé!*, e um Beto feliz e ansioso olhou em torno, sorridente, conferindo o rastro mais discreto porém visível de aprovação a seu senso de humor, que não estava completamente ausente de Daurinha: ela balançou a cabeça lateralmente com um sorriso entre o amarelo e o divertido, *esse é o Beto que eu conheço, não leva nada a sério*. Cruzou as pernas ajeitando repetidamente a franja verde do vestido sobre os joelhos como quem avalia com cuidado as possibilidades de resposta, e houve outra *eternidade* de alguns segundos, quando as risadas se esvaziaram e seria preciso sair daquele buraco, até que ela ergueu a cabeça, *Beto, meu querido, um dia essa pergunta vai fazer algum sentido sério para você, e então* — e houve outra brevíssima pausa, acrescida de um tom quase invisível de ameaça que levou o procurador a se erguer abrupto, *Bem, setenta virgens em lingeries no Paraíso, liberadas por Deus, ou meia dúzia de anjinhos barrocos voejando em torno da nossa alma pia sobre nuvens diáfanas, eu fico com as virgens. Eu acho que o Islã tem uma imaginação mais...* gráfica, *por assim dizer, tem que tirar os véus, todo o rito do desnudamento... eu acho que...* — e simultaneamente Líria, que se ergueu como uma mola (*Pai! é melhor o senhor...*), e Antônia, como se percebendo o sopro de um desastre ainda maior (*Você não acha nada, Dario! Pare de beber, ou... ou...*), ergueram-se aflitas (*Ele tem problemas sérios com o alcoolismo, e o efeito anda cada vez mais rápido, bastam três doses, às vezes nem isso*, disse-lhe Antônia três horas mais tarde, como que do nada, quando apenas os dois restaram ali) —

— Ou o quê?! — o procurador explodiu, súbito esquisito, e estendeu a mão para Antônia num gesto infantil atrás do copo sequestrado, e ela brusca virou as costas e saiu dali num rompante em passos rápidos, Cândido ouvia o *toc toc toc* do salto do sapato no piso de madeira preenchendo a longa sala (aquele apartamento deve ter uns quatrocentos metros quadrados, por aí, ele contaria ao Batista, como se esse detalhe fosse parte integrante do seu desastre) até desaparecer por uma porta, levando o copo, o que dava à cena um fechamento implicante duplamente ridículo. Cândido sentiu o peso bruto do silêncio instantâneo, *o que está acontecendo aqui?!*, e imaginou-se fazendo ou dizendo alguma coisa para quebrar a tensa paralisia que congelou a todos num segundo; talvez levantar-se para se despedir, *amanhã tenho aula cedo*, ele diria, *eu dou aula aos sábados*, mas sob o impacto da timidez permaneceu sentado mantendo os olhos no procurador, que desfez as rugas da testa ampla, suspirou, e enfim se ergueu, cambaio, inclinado à esquerda, depois à direita, os braços estendidos em contrapeso momentâneo, e afinal levantou as mãos num gesto de quem, desenxabido, pede paz: *Bem, desculpem* — era uma desculpa com um eixo habilmente deslocado, *mas tenho de deixá-los*, a voz agora acoplada a um sorriso, *tenho uma viagem complicada amanhã, é ridículo uma reunião em Brasília aos sábados, eu sei, mas é, digamos, algo extraoficial de que depende meu futuro, talvez eu me mude para lá, o ministro...* e ele sorriu como se se tratasse de uma brincadeira, o que ninguém entendeu, mas em segundos uma aura de alívio desceu entre eles, exceto para Líria, que sentia uma espécie de vergonha antecipada pelo pai, e aproveitando uma brecha no novo clima ela olhou ostensivamente o relógio, *o Arthur está demorando com o pessoal*, o que foi uma espécie de senha para se mudarem todos os assuntos e o mundo social voltar à normalidade com frases simultâneas e desencontradas em torno da mesa de centro, *vocês vão para que balada hoje?*, o procurador ainda perguntou sem ênfase, numa jovialidade postiça, e ficou sem resposta; *que horas o Arthur disse que chegava, é cedo ainda, tem azeitonas com queijo aqui*, Líria ofereceu do nada ao professor como para distraí-lo do mal-estar, e Cândido sentiu três tapinhas às suas costas, depois a mão do procurador em seu ombro como um apoio momentâneo, *professor, foi um prazer, mas é hora de eu tomar meu comprimido de amitriptilina*, e a simples palavra, lentamente pronunciada, como um jogo também jovial de mistério, pareceu divertir a todos numa nova camada de alívio, *amitri o quê?*, perguntou Beto, e Cândido imediatamente explicou num murmúrio *é um muriato, em que o ânion combina-se com*, que ninguém ouviu, e ele tentou erguer-se como uma mola para explicar melhor, mas a mão do procurador segurava-o firme onde estava, *é só um comprimido para dormir*, e Cândido teve de torcer a cabeça para o lado e para trás, *por favor, fique sentado, e obrigado pelos filmes ilegais para a Antônia. Um dia ela ainda vai me levar para a cadeia, como tem sido a regra dos meliantes, as mulheres entregam tudo*, e Cândido sorriu sem graça na tentativa de sintonizar a natureza do sorriso dele, e a cabeça mais próxima pareceu-lhe muito mais velha, um homem cansado de bolsas sob os olhos sombrios e os cabelos mais ralos do que pareciam à distância, *um certo fatalismo*, ele rememorou diante da água verde, como se se tratasse de um detalhe fundamental para entender o passado. *Filmes ilegais?! Como assim?*, interessou-se Beto, como quem descobre um filão jurídico novo de algum jogo inesperado para se divertir. *Esse lado do professor Cândido é completamente desconhecido para mim. Não vai me contar, Líria?* E era como se eles se divertissem comigo, ele diria ao Batista — *Ora, todo mundo tem um lado desconhecido e poderoso*, lembrou-se de dizer Daurinha olhando para ele com um sorriso desarmante, que ao mesmo tempo parecia esperar alguma confissão —, se divertissem com a minha falta de jeito, ele pensou no elevador ao descer sozinho os dezesseis andares, um momento que ele gostaria que se estendesse por mais tempo para lhe dar espaço para pensar sobre a felicidade explosiva que lhe acontecia antes de enfrentar a amplidão da rua, as luzinhas do painel piscando rapidamente andar a andar; *divertindo-se comigo* — não era exatamente uma sensação ruim, porque tinha o toque afetivo em direção de alguém que precisa ser protegido, e ele se refugiou na ideia, que lhe pareceu justa; *justiça poética*, costumava dizer Hélia, sempre que alguma coisa errada acabava resultando em algo bom, como se Deus existisse e olhasse por nós mesmo nas pequenas coisas. *Só que o que houve não foi uma pequena coisa, foi a coisa mais importante que aconteceu nos últimos... cinco, seis?, anos da minha vida*, e era como se ele fosse o verdadeiro vitorioso, como se se tratasse mesmo de um jogo de ganhar ou perder, e ele estava ganhando, e o elevador parou numa freada lenta e suave, abriu a porta também com delicadeza e ouviu-se uma voz de mulher, metálica porém claramente gentil, *térreo*, e só nesse momento lembrou que precisava chamar um Uber, a cabeça ainda na cabeça de Antônia, *de onde não mais sairia*, ele soube dias depois, e a telinha do celular iluminou dramaticamente seu rosto no corredor escuro do prédio, Para onde?, e ele clicou em *Casa, Rua Comendador Araújo*, e círculos concêntricos brotaram sobre um mapa que se formou instantâneo, e ele imaginou-se diante do seu computador assim que chegasse em seu quarto com uma tarefa inadiável: levantar outra lista de bons filmes para presentear Antônia, o que lhe pareceu nesse instante ansioso o seu único poder real sobre ela.

— Não há nada de filme ilegal nem coisa nenhuma errada, seus bocudos! — explodiu alegremente a voz de Antônia, voltando à sala com mais dois pratinhos de salgados, num crescendo do *toc toc toc* do salto na madeira que silenciou a todos, e, era visível, o *bocudos* dirigia-se mais ao Beto que ao procurador, como se o objetivo fosse mesmo descartar o marido, que já deveria ter ido dormir, descartá-lo por indiferença, como se aquele traste desagradável não existisse mais ali, e Dario ergueu as mãos num gesto de quem enfim confessa a derrota, o prumo inseguro, ainda relutante em sair de cena para seu muriato de amitriptilina, *preciso do comprimido que o médico liberou com um pouquinho de álcool*, e o olhar de um segundo entre Beto e Antônia, no momento mesmo em que ela depositava os pratinhos — azeitonas pretas grandes em um, queijos temperados com azeite e orégano em outro, Cândido sentiu uma pontada de desejo, talvez pegar um palito e espetar uma azeitona —, foi acompanhado de um sorriso duplo, quase cúmplice, que só ele parece ter flagrado, sorriso que misteriosamente incomodou-o, numa espécie de ciúme antecipado da leveza de Antônia, aquele jeito *solto*, *ela é uma mulher inexplicavelmente leve e livre*, ele ponderou, avaliando os movimentos da sala como gestos no palco de um teatro lotado; *porque já estava acontecendo alguma coisa ali que ele ainda não sabia o que era. Acontecendo comigo.*

Olhou mais uma vez para a telinha do celular, oito por cento de bateria, à espera de algum *deus ex machina* que o salvasse dali, a síndrome do pânico brotando-lhe vagarosa em direção ao pescoço, e veio-lhe à cabeça a imagem engraçada do professor Mattos, o Brasil precisa de um *deus ex machina* para salvá--lo de seu instante de mais completa barbárie mental, tomado por um Cantinflas (alguém aqui sabe quem foi Cantinflas? É inútil pregar, é tudo um bando de idiotas, ninguém sabe mais nada e acha isso maravilhoso), por um Cantinflas sinistro, uma paródia do humor, o humor ao avesso, repito eu, e sua trupe de imbecis de sangue, todos adoradores da tortura e da morte como solução final, dizia o professor Mattos ao café, *esse misto tríplice de São Tomás de Aquino, Descartes e mestre-escola*, na definição de Batista, *mas um extraordinário professor de história, eu fui aluno dele; ainda lembro de uma de suas frases, dar um sentido retrospectivo à história é a tarefa mais perigosa e traiçoeira do pensamento, porque leva à soberba de controlar o futuro.* Mas o problema é que, para o povo, professor Mattos, o presidente é que foi justamente o providencial *deus ex machina* que há de nos salvar; ele não foi eleito pelos silogismos, senos e cossenos, cálculo integral, inteligência precisa, fineza política ou coração cristão; ele foi eleito pelos socos do gorila no peito peludo; os urros do gorila é que foram a sua irresistível flauta de Hamelin; como ninguém pensou nisso antes?, disseram os outros macacos, extasiados, e passaram a urrar também, e o resultado está aí, completou Batista, e Beatriz deu uma risada tão solta que derramou café na blusa branca, *ô meu Deus! e a reunião vai começar agora, eu com essa mancha enorme*, mas continuou rindo. O professor Mattos olhou fixo e sério para a blusa de Beatriz, consternado, aquele fio escuro do peito à altura do umbigo, e balançou severo a cabeça não pelo café derramado, como parecia: *Sim, tem razão; estamos mal de deus ex machina; os gregos eram melhores nisso*. Desculpem, mas para quem ouve vocês falando, aproximou-se Juçara, provocando um clarão instantâneo de silêncio (todos sabiam em quem ela votara, o pesado e brilhante botão verde e amarelo, pendurado como uma insígnia no peito orgulhoso durante aqueles dois meses assustadores de campanha), parece que o Brasil inteiro sempre foi "iluminista", para usar uma palavra de que vocês tanto gostam, um iluminista que sofreu, do nada, um apagão das trevas. Isso é ridículo. Como se o interminável governo anterior, aquele um, e ela fez o sinal do dedão por sobre o ombro apontando algo lá para trás, com um esgar nos lábios, o governo dos presidiários, o dos pixulecos, o das negociatas de Pasadena, o das maravilhas do pré-sal, o dos milionários de Estado, o da taxa dos aposentados recolhida ao partido, o dos mensalões e dos mensalinhos, e o que mais?, vão anotando aí, a lista não tem fim; e era como se fosse tudo a sétima maravilha redentora aqui debaixo do Equador, agora injustiçada pela eleição de um gorila. Pelo amor de Deus, professor Mattos. Eu respeito muito o senhor, fui sua aluna, mas fala sério. Diante da roubalheira, o que diziam os tais "intelectuais"? Onde é que estava a tal da esquerda aquele tempo todo? Por quem batiam os sinos sábios da universidade? Quem é que peitava aquilo? Todos achavam mesmo que a festa duraria pra sempre? A esquerda é a maior corporação autoprotetora do país. Perto dela, os empresários da Fiesp são mamulengos de brinquedo, que passam de um lado para outro a um estalo de dedos. Qualquer astrólogo de meia-tigela sabe disso. Não reclamem agora do suposto gorila. Foram cinquenta e sete milhões de brasileiros, eu entre eles, que puseram ele lá.

Um silêncio de pedra caiu em torno da mesa, rompido apenas pelo arrastar de cadeiras quando todos largaram o balcão do café e começaram a se acomodar para a grande reunião mensal da Usina, segundo os planos democráticos do Batista, o tópico agora era *como fica o nosso projeto diante das diretrizes atuais do Ministério da Educação* (se é que fica alguma coisa em pé em algum lugar com esse governo, comentou alguém, o ministério é inacreditável), e de tudo Cândido guardou apenas a expressão "*deus ex machina*", o que significa mesmo? Um dia eu soube, e pensou em discretamente consultar o Google no celular, mas alguém levantou a mão tímida para romper aquela bolha esquisita de silêncio, *o que a senhora chama de corporação da esquerda, ou marxismo cultural, ou seja lá que nome ridículo seja dado a esse fantasma, engloba um conjunto imenso de conquistas civilizatórias dos próprios capitalismo e democracia ocidentais que, na turbulência e violência de sua evolução, ocorrida nos últimos duzentos anos justamente por pressão da social-democracia da esquerda europeia, acabaram por atualizar, desenhar e definir o que hoje entendemos simplesmente por "condição humana"*, e Cândido viu os dedinhos no ar representando as aspas. *É uma condição que se faz em mil pontas, das exigências da vida urbana em comum aos direitos das nações indígenas; da recusa do trabalho escravo e do trabalho infantil à semana de quarenta horas; do respeito à ciência, às artes e à inteligência e o direito à diferença; da equiparação real dos gêneros e orientações sexuais, tanto na dimensão econômica como na dimensão cultural, até a manutenção fundamental da separação entre Igreja e Estado, restringindo-se a fé religiosa ao horizonte intocável da vida pessoal; é uma condição que recusa moralmente o princípio da desigualdade de oportunidades sociais, e inclui, é claro, o direito universal à liberdade, à educação, à saúde e à imprensa livre. Enfim*, e ele suspirou tímido, quase inseguro, enquanto falava, talvez surpreso com a atenção que despertava a inspiração ansiosa e emocional de sua retórica (era o jovem, promissor e respeitado professor de geografia, contratado três semanas antes), *trata-se de um cardápio gigantesco de valores de convivência comum em torno dos direitos do cidadão, do próprio conceito de cidadão, valores já introjetados na vida social e cultural do dia a dia deste mundo mais ou menos civilizado. São valores sociais poderosos, construídos pelo tempo, que têm raízes históricas que vão desde o cristianismo primitivo mais distante até a sofisticada social-democracia dos nórdicos de hoje*, e Juçara cortou a prédica (havia um toque quase pastoral naquela fala) com um visível toque de irritação: *Tudo muito bonito, professor Álvaro, mas e a roubalheira, como fica?*, e como desta vez ela caiu no vazio, numa extensão tensa de silêncio, Beatriz entrou na conversa quase num tom de monólogo, esquecida do fio de café que manchava o branco de seu peito, a voz igualmente baixa de quem sussurra uma reflexão para si mesma e pela estranheza atrai a atenção, *é interessante essa ideia de ver no cristianismo primitivo o primeiro movimento realmente global e globalizante da cultura humana, desde que Paulo decidiu que a nova religião não poderia se reduzir simplesmente a um ramo sectário do judaísmo; a ambição universalizante deu um salto naquela pequena seita, e o encontro com o inovador imaginário político da civilização romana foi fundamental nesse processo, porque ela também foi organicamente globalizante, e portanto juntou-se a faca com o queijo, por assim dizer*, e Beatriz ergueu os olhos e sorriu, *desculpem, dei uma viajada me metendo na seara alheia... é que eu estou lendo* O Reino, *do Carrère, alguém leu? Um escritor que, esse sim, merecia o Nobel. É maravi...*, e o professor Mattos encerrou a questão, *ninguém lê mais merda nenhuma nesse país*, o que provocou uma risada coletiva de média intensidade, de que até a professora Juçara participou, aliviando momentaneamente a eletricidade emocional da roda, *vamos enfim à reunião. Deus ex machina*, pensou Cândido, *tem a ver com teatro, pelo que me lembro.*

— Nada de ilegal nos filmes. Bocudos é o que vocês são, fofoqueiros falando mal do professor Cândido, que, graças à Líria, me conseguiu a raridade de um filme com Jeanne Moreau que há anos eu queria ver de novo! Lindo filme! E que trilha sonora, meu Deus! Já vi três vezes. O cinema permite o prazer de cometer um crime sem cometê-lo. Seus bocudos e botocudos! Vocês não sabem o que é a arte! — insistiu Antônia, com um sorriso, e os olhos deslocaram-se dos olhos de Beto para os olhos de Cândido, surpreendido pela inesperada irrupção afetiva, com o seu toque criminoso, ele pensou, uma absurda sombra cúmplice que se completava com a mão dela chegando ao seu ombro num toque leve: — É duro, professor, viver rodeada de procuradores, juízes, advogados, policiais, cruzados e fanáticos pela lei em geral, Deus sabe o que eu passo aqui. Daqui a pouco me prendem. Eles veem crime em tudo! *Meu pai era juiz*, Antônia lhe contaria, poucos dias depois; *eu sempre achei que ele sentia um prazer secreto nas condenações, um jeito de "dever cumprido". É que ele veio de uma família meio disfuncional. Meu avô, pai do meu pai, viveu uma história muito mal contada e chegou a ser preso. Ninguém falava nisso em casa. Na verdade, ele matou um cara numa briga, num rolo de terras que vinha de longe. Diz a lenda que ele arrancou a cabeça do sujeito com uma foice. Acho que isso marcou a família inteira, e especialmente o meu pai, que era o mais velho de cinco irmãos. Eu sou mineira, sabia? Mas desde pequena vivi em São Paulo, na região em torno de Ribeirão Preto. Ali que eu conheci o Dario, ele viúvo, eu divorciada duas vezes. Não, não segui carreira jurídica. Nem fiz o exame da Ordem. Nunca gostei mesmo de advocacia, do mundo jurídico. Gravata demais, pose demais, toga demais, nó cego demais. Viraram todos os reis da cocada preta. Eu queria ser atriz, mas depois do primeiro casamento, quando fui morar em Brasília, a minha vida própria ficou pra trás. Dinheiro é muito bom, mas tem preço alto.* Depois de um momento de silêncio mútuo, ela sorriu: *Você tome cuidado comigo, viu? Tem assassino na minha família. Está no sangue.* Ele manteve o sorriso. *Este é um estado de paixão absoluta*, ele pensou, olhos nos olhos dela. *Eu não vou conseguir me livrar.* Ela estendeu a mão e tocou o seu rosto: *Adoro essa tua cicatriz.* Os dedos apalparam o rosto dele, como uma cega tentando ver uma estátua. *Você tem um rosto bonito, que esconde na barba.* Agora eram as duas mãos puxando-o. *Venha.* Ele olhou para o celular: seis por cento de bateria. Seria bom conversar com o Batista agora. Síndrome do pânico: será esse o nome do que estou sentindo agora? — e fechou os olhos. Pensou ouvir os passos da prostituta em sua direção.

Beto ergueu os braços, inocente: Por favor, Antônia! Quem falou em ilegalidade aqui foi o dr. Dario! Tudo que o mestre fala me interessa — graças a ele que enveredei nessa carreira, não é verdade, Líria? Eu só fiquei curioso: o que pode haver de ilegal no empréstimo de um filme? — Todos olharam para o incerto procurador, de novo sentado, que parecia buscar um fôlego novo no meio da névoa. *"Empréstimo" não é bem o termo. Uma cópia multiplicada, é disso que o professor se encarrega, não é, Antônia?* Um breve clima hostil se instalou, mas ele parecia falar para si mesmo, olhando fixo para a mesinha, como se pela força do olhar o copo de uísque ressurgiria diante dele, a voz quase inaudível. *Digamos que é uma zona jurídica cinzenta. Nosso bravo governo revolucionário, que parece empenhado em acabar com a tomada de três pinos, poderia cuidar também da pirataria de filmes, talvez até regulamentá-la, ou liberá-la totalmente, já não sei mais nada dessa merda*, e o procurador ergueu as mãos desarvorado. *O que o professor Cândido acha?* Cândido, afundado na poltrona, sentiu o calor da vergonha subir ao rosto, na combustão do silêncio. *Eu estava fazendo um papel ridículo ali*, e Antônia beijou-o com uma suavidade carinhosa. *Nada disso, meu anjo caído. É que você tem uma aura de pureza e inocência que atrai as pessoas. Ninguém mais sabe o que é isso. A beleza ingênua. O homem naïf. Isso atrai. Espécie em extinção. Era só isso — a química não explica? Dizem que a química explica a paixão. É verdade, professor? O que estamos sentindo é apenas uma reação química de átomos malucos girando microscopicamente na nossa cabeça? Jogamos nossas vidas estáveis e certas e morais e éticas e sólidas tudo para o alto e que se foda o mundo? Essa história é antiga, e volta sempre, no mundo e na vida das pessoas.* Cândido disse, comovido pelas palavras que ouvia: *eu amo você.* Mas ela jamais disse o mesmo a ele, e a ideia, ou o fato, bateu-lhe na cabeça como uma chave de sua vida. *Isso é mesmo importante?*, disse-lhe Hélia uma vez, sorrindo. *Precisamos sempre "dizer" as coisas? O que está na pele não fala.*

— Nada de ilegal! — disse Beto, quebrando o silêncio e ignorando o estado visivelmente deplorável do procurador, como se ele não estivesse ali. — Pelo que vocês disseram, imagino que o professor Cândido apenas copiou num pen drive um DVD que não existe em lugar nenhum, exceto, quem sabe, lá na loja da Amazon americana, caríssimo, em dólares, mais imposto de cem por cento e o escambau, uma cópia sem legenda em português e que ainda por cima não vai mesmo rodar no aparelho brasileiro obsoleto porque é um DVD da região 1, enquanto aqui no Brasil estamos na região 4, esse mapa que inventaram para nos segregar até mesmo para ver filmes. Esse é o crime dele! *Mas ele copiou de onde?* — e Beto ergueu o dedo acusador, com o sorriso da chicana, e o procurador enfim levantou a cabeça bamba e sorriu, a voz enrolada: *Nós já discutimos isso hoje; você chegou tarde. E nosso professor pirata foi absolvido por unanimidade. Consulte os autos. Bem... eu acho...* — Que é hora do seu comprimido, Dario, disse Antônia abrupta, sem olhar para ele; *mas com álcool?*, perguntou Líria, em voz baixa, caindo num vazio; e em seguida, no curto silêncio, Daurinha ergueu-se da poltrona, intrigada, como quem ouve vozes, e disse, *eu acho que tocou o interfone em algum lugar, não?* — e a própria Líria completou, desistindo do pai, *o Arthur deve ter chegado, vou dizer para ele subir, ainda é cedo para a gente sair*, e enquanto ela se afastava, Cândido tirou os olhos da mesinha, ergueu-se e voltou-se a eles com a ideia vaga de aproveitar aquele pequeno caos de falas e movimentos que irrompia na sala para ir embora, *tenho aula amanhã*, com um palito e um caroço de azeitona na mão sem saber onde colocá-los, pensando ainda em explicar, talvez, se o assunto voltasse, que *alguém*, um solitário qualquer, copiou o DVD original antes dele, num formato digital fácil, básico, acessível e compacto, e generosamente colocou o filme à disposição de qualquer pessoa de qualquer ponto do mundo que disponha de um computador simples e um sinal de wifi, não é possível que isso seja um crime, e sentiu os dedos de Antônia recolhendo o palito e o caroço de sua mão insegura, *deixe comigo, Cândido, vou trazer uma cerveja, você não quer? Por favor, não vá ainda, que essa conversa vai longe*, e pela primeira vez, de fato, ele prestou uma atenção especial no olhar de Antônia, que parecia sugerir alguma coisa a mais, e séria.

— O problema do DVD é que ele, de fato, não representou a libertação da minha mãe, ele explicou sorrindo a Líria enquanto caminhavam ao sol na Doutor Faivre. Os DVDs não facilitaram em nada a vida dela. As velhas fitas tinham imagem meia boca em comparação com a qualidade do DVD, mas uma vantagem prática maravilhosa: era enfiar o cassete no aparelho e apertar o play. E só. Alguém tocava o telefone? Bastava apertar o quadradinho stop, a imagem congelava, atendia-se o telefone, apertava-se o play de novo e voltava-se ao filme. Bem, logo os discos começaram a entrar no mercado (lembro até de uma piadinha das locadoras para os novatos na nova mídia, *não esqueça de rebobinar o DVD*), e eu, é claro, levei a grande novidade para a minha mãe. Começava ali outra longa história — e, numa sombra da memória, ele lembrou da frase seca de Hélia, *eu vou cuidar da minha vida*, como a mulher que sai para comprar cigarros e nunca mais volta (ele sorriu da velha piada, e o pior é que foi mesmo mais ou menos assim, embora ela —), como se houvesse uma relação arcana entre uma coisa e outra, entre a sua devoção à mãe e a despedida da mulher. O primeiro problema foi convencê-la a comprar um tocador de DVD (a tirar moedas de sua rica e metódica poupança para gastá-las numa maquineta incerta e cara — talvez Líria, que faz psicologia, explicasse se é verdade que velhos têm obsessão por poupança mais por carência afetiva do que pela insegurança da morte próxima, como leu num artigo de revista), mas a velha acabou se entregando, quando expliquei que as fitas simplesmente desaparecer do mercado e ela ficaria sem os filmes. *Mãe, é pegar ou largar.* Quando comprei um videocassete, sugerindo as fitas, a luta para convencê-la havia sido mais fácil. Desta vez pesava, quem sabe, o medo crescente das novidades, e foi necessária esta pequena e eficiente chantagem, *ou a senhora compra o aparelho ou não tem mais filme* — na verdade, eu é que queria entrar no mundo maravilhoso dos DVDs, e o dinheiro era bem mais curto naquele tempo, e tudo era mais caro, *no patriótico país das reservas de mercado aos senhores de muito engenho*, como dizia Mattos. Minha mãe entrou na fase em que a solidão começava de fato a pesar muito (*mas eu confessei mesmo tudo isso à Líria naquela primeira caminhada? Não, eu acho que disso eu não falei, é claro*), todos os poucos amigos mortos, a velhice acelerada, e dona Lurdes passou a ficar profundamente dependente dos filmes, que pareciam suspender a agonia do tempo.

— Mas ela gosta de ler? — perguntou Líria num momento, disso eu lembro. Ele imaginou que houvesse na pergunta um interesse de futura psicóloga e a curiosidade fosse uma espécie de estudo experimental de caso; *o cara é muito louco*, ela contaria a alguém, um gênio da química, hacker de internet, pirata de filmes, e ao mesmo tempo um Édipo total, escarrado, que perdeu o amor de sua vida, uma tal de Hélia, para proteger a presença da mãe, e Cândido sentiu um sopro de angústia no peito, como alguém que, pela primeira vez, formaliza numa equação claríssima, setas coloridas no quadro-negro, qual é o seu problema, aliás conspícuo, óbvio, ostensivo, elementar. *Você vai ser uma grande psicóloga, ou psicanalista*, ele então diria, libertado pela Verdade, como diria o presidente da República. Mas voltou rapidamente à razão depois daquele pequeno torneio insano da imaginação: *Minha mãe leu mais na juventude do que lê hoje, que é quase nada, nem jornal mais, como ela gostava, porque nem existe mais jornal em Curitiba*, a primeira grande cidade do país a optar inteiramente pela informação via WhatsApp, seguindo sua vocação moderna, como disse alguém no cursinho, quase que certamente sem ironia, *e ela não pode nem pensar em frequentar um computador ou uma telinha digital na vida — "não tenho mais idade para isso, eu me atrapalho toda", ela diz, com toda a razão, mexendo os dedinhos reumáticos em pânico quando eu dou a sugestão protocolar. Mas eu sei que ela já leu mais na vida porque tem uma estante lá em casa com alguns livros dos seus tempos de jovem, com a assinatura dela, a letra volteada e caprichada na página de rosto, Lurdes Lorpak, alguns com anotações, romances antigos, Machado de Assis, Morris West,* Madame Bovary, *Pearl S. Buck,* Exodus, *e outros do meu pai, tipo* Eram os deuses astronautas?, *essas coisas daquele tempo, mas a família (quer dizer, ela e eu, porque não conheci meus pais, nem o real, nem o de adoção) nunca foi de fato leitora de livros, ainda que o mundo deles — mas tudo isso ele apenas pensou num* zapt *confuso da memória, sem dizer — me atraísse bastante; por que outra razão eu me apaixonei por uma poeta de haicais* (o olho vê/ o céu azul/ folha de outono — Cândido lembrou, do nada)? *E eu adorava ouvir a Hélia contar os livros que havia acabado de ler* (que livro louco desse inglês, Reparação — posso te confessar uma coisa? eu já fiz um aborto uma vez, *ela me disse de repente*, e aquilo foi um choque de que ainda não me recuperei), *ou por que me agrada tanto escutar a professora Beatriz ao café falar de contos e romances que está traduzindo, ou da essência da era romântica?* (Ainda vivemos uma era profundamente romântica, embora poucos se deem conta disso, ele ouviu-a dizer a um professor novato de história, citando um escritor de sobrenome Berlin, do que eu me lembro bem porque um dia antes eu tinha baixado para a minha mãe o seriado alemão *Babylon Berlin*, que eu achei maravilhoso, e olha que eu não sou muito de séries, meu negócio é filmes, com começo, meio e fim, sem rabos presos, ele pensou em dizer, fazendo graça; *o Berlin eu não li ainda*, o rapaz disse, *está na minha pilha de cabeceira*, e Cândido se viu tentado a se meter de fato na conversa e perguntar mais, *porque eu sempre me senti uma pessoa romântica*, ele poderia dizer brincando, se tivesse mais proximidade com ela.) *E, enfim, por que os filmes baseados em livros sempre me atraem tanto, mesmo que eu nunca tenha ouvido falar deles? É como se o livro ainda fosse uma coisa sagrada.*

— Voltando às origens: *e o que eu vou fazer da minha vida?*, minha mãe perguntou. E eu respondi: *Boa pergunta, dona Lurdes. O que a senhora vai fazer da sua vida sem os filmes?* Líria parou, olhou nos olhos de Cândido e deu uma risada alta. *Professor, a sua mãe deve adorar você, não? Incrível como você cuida dela. Isso é muito raro hoje.* Ele também parou, indócil com o último elogio, que parecia cair em falso mas que lhe agradou pelo afeto — estavam na esquina da Deodoro, ele indeciso se se despedia dali, *isso está criando uma intimidade estranha, talvez seja melhor eu...* e já quebraria o caminho em direção ao centro, na sua boa caminhada para casa, ou, o que era tentador, se seguia mais uma quadra com Líria até a XV, espichando o prazer da conversa e da companhia. A pergunta era boa, porque ele de fato não sabia a resposta. *Não sei. Com as mães, nunca é tão simples assim*, e ela riu novamente, agora com menos intensidade, como se pensasse no que tinha ouvido, avaliando o tom do professor. *Eu entendo, professor; nunca é tão simples assim*, o que era engraçado. *Mas mãe é mãe, não?*, ele completou, rindo do lugar-comum, e ela disse sem pensar, *sim, mesmo as falsas*, arrependendo-se no mesmo instante, mas o *desculpe* que se seguiu foi inteiramente coberto por outra risada, esta mais alta, do professor, *tem razão, mesmo as falsas!* Quase acrescentou: *como as nossas*. E como para apagar qualquer rastro de desconforto, Líria voltou ao fio da meada: *Muito bem, professor — estamos nos DVDs agora. O senh... você ainda não era um pirata nesse momento. Eu queria chegar nesse momento exato em que o senhor enveredou pelo mundo do crime, por assim dizer.*

Ele olhou para ela, tentando avaliar a natureza *química* daquele humor: ela estava se divertindo com o professor. *Eu sempre fui uma pessoa exótica*, ele disse anos atrás ao Batista, quando ainda eram apenas colegas. *Professores são pessoas exóticas. É muita exposição, o tempo todo; inevitavelmente ficamos ridículos, fechados naquele aquário ali na frente, diante do quadro-negro ou do PowerPoint*. Mas, naquele tempo, a ideia parecia secretamente interessante, a válvula de escape dos tímidos: *ali, temos o direito oficial de aparecer diante dos outros, numa posição ao mesmo tempo destacada, relevante e distante, portanto protegida*. Ele percebeu nos olhos de Líria uma alegria infantil em provocá-lo, como quem conquista um palmo de intimidade e ganha um espaço exclusivo de amizade. *Não, não era pirata ainda*, ele concordou, e diante dela riu solto da ideia, um riso que reverberava ainda à beira do lago verde — a prostituta agora olhava tensa para o céu, como se prevendo chuva, e dava uma última e longa tragada no toco do cigarro, e a fumaça ficou um tempo abrigada no seu peito estufado (ela parecia um desenho colorido, a cabeça para o alto, o peito para a frente, uma perna de apoio firme e outra esquisitamente dobrada, como uma ridícula pose estudada com o exagero da saia curta, de um vermelho agressivo no cinza da manhã), antes de ser soprada com lentidão, volutas vaporosas que relutam em se afastar, uma nuvem parda em câmera lenta diante de sua cabeça, o ar parado e úmido, e ele passou a mão nos cabelos, que lhe pareceram banhados em óleo. Talvez seja uma boa ideia conversar com o Batista. A bateria está em cinco por cento, e ele fechou os olhos pensando nas coincidências, *eu não gosto muito de filmes que contam histórias de coincidências, porque parecem falsas*, disse-lhe a mãe no exato momento em que ele se levantava para ir dormir, *tenho aula amanhã*, mas era no filme da Jeanne Moreau para entregar que ele pensava, *alguma coisa nova que se abre na minha vida*, ele intuiu despreocupado naquele momento. *A minha mãe, quer dizer, a minha madrasta, gosta muito de filmes antigos*, disse-lhe a nova aluna, e aquela junção de elementos aleatórios, madrasta com filmes, soava como um convite ao paralelismo e às coincidências; *fique mais um pouco*, disse-lhe a mãe, estendendo a mão em sua direção como se pela primeira vez na vida, quase um choque para ele; *é cedo ainda*, ela insistiu quase num grito, e ele sentou-se novamente, sob um fio de agonia. *Aquele filme austríaco,* Antares, *que você me passou na semana passada — é tudo coincidência. Mas eu acho que, mesmo assim, os sentimentos são verdadeiros. Você tem mais filmes daquele diretor?* Alguns dias depois, quando ela viu *Revanche*, do mesmo Götz Spielmann, disse que as coincidências continuavam, *mas desse eu gostei bem mais, principalmente da segunda parte. O filme vai ficando mais pesado. Quer dizer, mais profundo, mais... filosófico.* Minha mãe às vezes usa a palavra "filosófico", ele pensou em explicar à Líria, como indicação de algo misterioso e inacessível mas cuja simples evocação, "filosófico", dignifica a pessoa. *A moça só parece que é puta, mas não é. Eu digo, a mulher do policial. Quer dizer, a que morreu também. O filme mistura tudo. Todo mundo quer preservar uma vida estável, o que só é possível para pensionistas ou aposentados de sorte como eu. Não sei explicar.* Desta vez ela estava na penumbra do quarto, recostada em dois travesseiros na sua velha cama de mogno, pesada e antiga, diante da televisão de LED. *Isso é a oitava maravilha do mundo*, ela confessou, quando ele apareceu com o novo aparelho de cinquenta e cinco polegadas e um operário contratado que fez os furos na parede para o suporte da TV. *Mãe, é melhor assim, na parede, fica bonito e não ocupa espaço,* e ela disse *depois tem de passar o aspirador de pó que essa furadeira faz uma sujeirada no chão*, e se entregou enfim aos *prazeres do consumismo*, e Batista riu quando ele contou, a consciência ocidental luta o tempo todo, desesperadamente, contra os terríveis prazeres do consumismo, uma coisa atavicamente demoníaca. *Tem o lado da exploração capitalista, a velha e sempre viva sombra do século XIX, trabalhadores escravos morrendo de fome de um lado, burguesia gorda fumando charuto de outro, e tem o toque religioso, o prazer é sempre uma culpa. Dessa parte é dureza se livrar. Da outra também.* Ela lembrou de perguntar: *Quanto custou essa televisão? Deve ter sido uma fortuna.* E ele disse: *É presente meu. Não se preocupe. Vou começar a ganhar bem agora. Sou sócio de uma escola que ainda vai crescer muito. Graças à sua ajuda, mãe.* Ela pareceu ter ficado satisfeita com o reconhecimento, porque fez um gesto de mão curioso, uma espécie de "deixa pra lá, isso não é nada", o que lhe bateu como algo completamente novo na aura da mãe, súbito uma outra pessoa, afetiva e carinhosa. *As pessoas se transformam: será isso verdade? Como elementos químicos numa pipeta? Nosso cérebro é uma pipeta de substâncias? Ou é apenas a simples proximidade da morte que acelera a transformação dos elementos?*

— Você viu o *Revanche*?

— Não, mãe. Eu baixo cinco, seis, sete filmes por dia. Não consigo ver quase nada. E tenho de trabalhar, preparar aulas, as apostilas do curso. As coisas estão corridas. Os filmes são para a senhora.

Era quase um tom acusatório, um misterioso desejo de criar tensão. Mas ela não percebia: estava mesmo imersa na memória da história.

— Tem uma coisa que me tocou especialmente no filme, e não foi a mulher do policial, nem a morte da menina no carro, que coisa estúpida, nem mesmo a ideia de vingança, que é só uma bobagem. O que ficou mesmo na minha cabeça, acabei de ver o filme, é o velho camponês dizendo ao neto, ele já está bem acabadão, mais pra lá do que pra cá, todo trêmulo, os dois naquela mesa molambenta naquela casa meio que caindo aos pedaços no meio da roça, ele feliz com suas vaquinhas e com as macieiras que dão as melhores maçãs da região, só lamentando a perda da mulher: *Mas logo eu vou me encontrar com ela no outro mundo.* E o que me espantou foi que ele acredita mesmo nisso. É um sentimento verdadeiro para ele. Parece até que ele está feliz porque vai morrer. — E, da cabeceira da cama, dona Lurdes olhou para o filho, os olhos brilhantes na penumbra. Ele se sentiu paralisado no batente da porta, à espera do que ela iria dizer. — Você acredita nisso, Cândido? Que as pessoas depois de mortas se encontram no céu? Ou no inferno, ou no limbo, ou em algum lugar, não sei, mas de fato se encontram? Você acredita? Viramos anjinhos de mãos dadas revendo as pessoas que amamos, felizes para sempre?

— Há idiotas para tudo — ele disse, num rompante, e se arrependeu em seguida: *Ela está próxima da morte; ela quer se tranquilizar, e eu digo uma barbaridade dessas.* Mas não se corrigiu, tenso, como um adolescente teimoso. Dona Lurdes não reagiu emocionalmente, ele contou mais tarde ao Batista. Continuou olhando para ele, como se pesasse com frieza as palavras do filho.

— Eu também acho. É história da carochinha. Mas nunca esqueça que o teu pai acreditava piamente nisso. Ele acreditava nessa coisa de transmigração das almas. Pouco antes de morrer, você no meu colo, ele apertou minha mão com carinho, na cama do hospital, como uma despedida, e chegou até a sorrir. Lembro como se fosse hoje. Me dá até um arrepio quando penso, parece uma cena de filme.

Tudo falso, ela montando um cenário de isopor para dar sentido à própria vida, ele imaginou, falsidade ainda mais visível na voz metálica da surdez fora de registro, quase aos gritos, o que o deixou tranquilo: é a dona Lurdes de sempre, firme e forte, e ele voltou ao quarto, decidido a assistir um filme qualquer antes de dormir. Ele gostava de vê-los na tela do Mac de vinte e uma polegadas, pernas espichadas sob a mesa de trabalho, sonhando com o dia em que compraria o modelo maior, que custa uma fortuna (logo ficarei rico com a Usina, e ele banhou-se de otimismo), tela 4K, a perfeição da imagem, e conferiu a pasta de arquivos do mês, nomes sempre em minúsculas e sem acentos nem caracteres especiais, *my week with marilyn (uk 2011), can you ever forgive me (usa 2018), una famiglia (italia 2017), unga astrid (suecia-dinamarca 2018), a face in the crowd (usa 1957), mu-roe-han (japao 2015), styx (alemanha--austria 2018), el desconocido (espanha 2015), manila in the claws of light (filipinas 1975), till det som ar vackert (suecia 2009), isadora (uk-franca 1968), gegen die wand (alemanha-turquia 2016)*, um milhão de filmes para tão curta vida, e num impulso clicou duas vezes em *the reckless moment (usa 1949)*, que a mãe havia comentado, *ela é uma boa crítica de cinema*, ele sempre brincava com o Batista; em duas ou três palavras faz sempre uma síntese boa e engraçada. Abriu-se o VLC, e ele clicou novamente para deixá-lo em tela cheia, a estátua fulgurante da Columbia Pictures, o acorde triunfal da música, os créditos iniciais, *James Mason & Joan Bennett in*, e em seguida *The Reckless Moment*, com a legenda entrando sincronizada com o ridículo título brasileiro, *Na teia do destino*, e Cândido reclinou-se tranquilo com as mãos atrás do pescoço, pernas espichadas, um sentimento discreto e agradável de melancolia, a solidão afagada, é sempre bom ver um filme, *no começo parece que é uma história simples de chantagem, mas aquela mãe de família entra em parafuso com a besteira da filha e ela mesma, para defendê-la, vira uma criminosa, com aquela inexplicável atração pelo sujeitinho; no fim*, disse-lhe a mãe, *parece que, mais uma vez, tudo é sexo, o que só a morte resolve, a faxina moral de sempre* — não, a "faxina moral" era uma expressão irônica de Hélia, e a imagem dela veio-lhe à cabeça como que do nada.

Eu amo filmes antigos, Antônia lhe disse, quando ficaram finalmente a sós naquele primeiro encontro, que parecia interminável. Ele mais uma vez já se erguia da poltrona para se despedir quando ela voltou do corredor, *toc toc toc*, depois de despachar o grupo no elevador, ele ouvia ainda próximo um desencontro de vozes animadas, mais tensas que felizes, que súbito silenciaram, e ela estendeu o braço, *por favor, fique mais um pouco, Cândido. Dá uma depressão quando sai todo mundo ao mesmo tempo, parece que todos vão me deixar sozinha para sempre*, e ela sorriu, inocente. *Vou buscar mais uma cerveja, e eu finalmente vou te acompanhar agora*, e antes que ele dissesse *não, por favor, eu*, ela já estava longe, *toc toc toc*, o salto na madeira, *e eu pressenti naquele instante que estava acontecendo alguma coisa desagregadora*, ele diria ao Batista; *o súbito silêncio daquela sala enorme, as sobras de salgadinhos na mesa, copos e garrafas de fim de festa, e imaginei em que nível de sono estaria o procurador àquela altura, depois do muriato de amitriptilina caindo como um veneno sobre o álcool consumido à vista de todos*. Pai, você pode tomar isso com bebida alcoólica?, e a voz de Líria tinha um tom acusador genérico, *como se a culpa de algum fracasso do pai (havia um fracasso ali, ele podia sentir, um fracasso que a viagem a Brasília não resolveria, que nenhuma viagem a lugar nenhum resolveria) fosse da madrasta* (É um roteiro clássico, disse-lhe Antônia: a culpa é sempre da madrasta ou do mordomo, e ambos riram, mas ele se sentiu vagamente culpado, como se o ectoplasma de Líria prosseguisse ali entre eles), e a Daurinha, igualmente preocupada, mas por outras razões, voltou-se ao Cândido, *o professor, que é químico, deve saber se são incompatíveis*, e um dos amigos do Arthur, embarcando no clima, brincou, *ele é químico, não médico*, o que desencadeou imediatamente uma rusga de brinquedo, *mas químico sabe dessas coisas, a mistura dos elementos é sempre perigosa, não é, professor?*, e as mãos do outro amigo de Arthur, o mais alto, depois de um gesto de prestidigitador, fizeram explodir os dedos no ar na mímica de um ramalhete, *bum!*, seguindo-se uma risada — mas confundo os tempos, ele pensou, contemplando a água verde e o celular: quatro por cento. Isso foi depois, porque o procurador resistia a sair dali: *doces pássaros da juventude*, ele disse com a voz pastosa num momento, quase que só para si mesmo, e Cândido lembrou-se vagamente do nome de um filme. A primeira cerveja chegou exata no momento em que Arthur e seus dois amigos pareciam entrar na sala já numa temperatura alta de discussão, de que ele captava apenas fragmentos, *é um governo ainda absolutamente sem rumo, só não vê quem, se o homem não*, e a garrafa long neck tocando a mesa de vidro cortou a frase, a cabeça de Cândido ao lado das pernas de Antônia, o *toc toc toc* súbito amortecido pelo tapete felpudo, *está geladinha*, ela disse, e ele ouviu a pulseirinha de ouro tilintar no seu braço no momento em que ela punha a garrafa diante dele, e percebeu a discreta tatuagem no pulso ao mesmo tempo que ouviam-se explicações animadas simultâneas, desencontradas e crescentes às suas costas, *é duro estacionar aqui por perto, eu não sei, cara, o que vai acontecer, sério mesmo, ele acabou achando uma boa vaga, a gente chegou meio cedo mesmo, a Valéria não vai?, janelão maravilhoso, daqui dá pra ver o parque do Papa?, a festa só começa à meia-noite, podemos fazer uma horinha, muito prazer, Daurinha, Daurinha é filha do dr. Sauro, ah, não me diga! Sou um admirador do trabalho do seu pai, ele está realmente ajudando a transformar o país, se todos fossem como*, e ele pressentiu Líria se aproximando às suas costas, *mas deixa eu te apresentar o...* e o Beto interceptou-a, como num dueto farsesco, *o grande professor Cândido, gênio da química e pirata da internet*, uma expressão inesperada de intimidade que provocou um fluxo de sangue no rosto de Cândido no momento em que ele se levantava para cumprimentar os recém-chegados, a timidez envergonhada mas com um certo fio de satisfação (*Eu gostei daquele "gênio da química"*, ele diria depois, rememorando, e ela riu), e recebia a solidariedade afetiva de Antônia, *a culpa é minha*, ela disse com um sorriso e a mão no seu ombro como um pedido implícito de desculpas, *fiz tanta propaganda do filme que você conseguiu para mim, que agora começam com essas acusações loucas deste povo justiceiro. Claro!*, disse Arthur imediatamente. *Este é o Partido da Justiça, não é assim que eles dizem? O povo da toga e da* PGR *que há de purificar o país, haha!* Daurinha imediatamente respondeu, um tom com um rasgo tenso, uma breve faísca nos cumprimentos, *uma acusação que é um absurdo; aqui no Brasil a simples ideia de que a justiça pode ser feita parece ofensiva, a ideia de que lugar de ladrão é na cadeia parece uma ofensa à civilização*, e ela calou-se, pressentindo algum descompasso. *Algumas coisas se fazem mas não se dizem, e sempre foi assim*, disse-lhe Antônia em voz baixa, numa intromissão que a Cândido soou inesperada — *estão descobrindo isso agora com os vazamentos, que vão botar tudo a perder.* Daurinha mordeu o lábio e sorriu, como que para passar a limpo a ameaça de mal-estar e, pelo silêncio, proteger a figura pública do pai da sombra — *O grande inquisidor*, Antônia diria irônica a Cândido duas semanas mais tarde. *Pelo menos nisso o Dario está certo. Figurinha escrota —*, que parecia descer entre eles. *Bem*, Líria elevou a voz cortando a conversa, *o Arthur é colega do Beto, mais um advogado!*, e ela sorriu, *e o Breno é meu colega de curso, e você... desculpe...* O segundo amigo de Arthur havia ficado para trás, na sombra, de onde Arthur o resgatou, *mas vai caber todo mundo no carro?*, perguntou alguém enquanto o rapaz tímido era puxado para aquela roda. *Mas sentem, por favor*, repetia Antônia. *Eu já estava mesmo de saída para a minha cama*, e o procurador levantou os braços, num gesto que ninguém viu, todos os olhos em direção ao suposto primo distante do Arthur, *veio de São Paulo para uma pesquisa comercial de um negócio que vamos fechar, chegou ontem e ainda está meio perdido — e em política é o meu antagonista, por assim dizer, hehe. Não falem em governo aqui, qualquer um, que ele é contra. Prazer, Hildo. Uma cerveja, um uísque, uma Coca? Não se preocupe, dona Antônia: estou com a* SUV *do velho, que leva oito pessoas com folga.* Beto encaixou a brincadeira: *Dá até para morar naquele carro. Mas é mesmo uma maravilha. É cedo ainda; temos uma hora e meia de folga, para o esquenta. Acho que vou tomar daquele uísque ali, dona Antônia,* e o *dona* soou vagamente irônico nos ouvidos de Cândido. *Quem vai dirigir? A Daurinha, que é nossa teóloga, cuidará disso — nem uma gota de álcool!* — e Beto abraçou-a cordialmente, como que para amortecer uma eventual interpretação agressiva do *teóloga*, o título mais uma vez relembrado ali, a figura exótica de verde brilha entre eles, um abraço que, assim do nada, mereceu o olhar rápido de Líria, e Cândido sentiu-se de novo perdido, *prazer, Cândido*, agora diante de Hildo, *a única gota de sangue negro ali*, dizia o professor, *mas uma gota só, para dar a justa cor brasileira*. A ideia de que aqui existem apenas brancos e negros, e, neste cercado, tirante índios e orientais, não há mais nada, sendo todos os intermediários, eu, você, o pipoqueiro da esquina, ou brancos, ou negros, com todas as implicações jurídico-cidadânicas, por assim dizer (e Batista achou graça da expressão, *"cidadânicas" é uma palavra maravilhosa; sugere "cidatânicas"!*) é absurda; o Brasil não é nem os Estados Unidos, nem a África do Sul. Não me pergunte por quê, nem como, porque todas as respostas estarão erradas, mas aqui, na *Terra Brasilis*, ocorreu a maior e mais complexa miscigenação racial da história do mundo, com ramificações culturais que reverberam — reverberam mesmo?, e ele sorriu. "Reverberar": um belo verbo! —, reverberam até no jeito como a professora Beatriz, que é inteira polaquinha, vejam só, segura o café. Alguns sorriram, outros não. (*A professora*

Beatriz me lembra a Sophie Marceau de Firelight, *só que mais clarinha, Cândido disse para si mesmo, contemplativo: a imagem séria de uma mulher bonita.* Um filme muito água com açúcar, *reclamou dona Lurdes.* Mas diverte. Eu gostei do jeito como ela domou aquela bastardinha mal-educada.) O professor Mattos mimeticamente segurou o cafezinho no ar, como se avaliasse o peso de suas próprias palavras, inteiras na xícara de café, talvez ainda incerto de que aquilo fizesse sentido para dar conta da pergunta que historicamente não calava — *O que fazer com o racismo estrutural brasileiro?* Num rompante, buscou apoio: Você não acha? Novo silêncio. Beatriz prosseguiu o sorriso, pensando, e devolveu o copinho de plástico, já vazio, ao balcão. *Sim, de certo modo. A questão é como preenchemos esse espectro. Você é o que declara ser: muito justo. Você é dono de si mesmo. O problema é que quem fornece as gavetas disponíveis, por assim dizer, diz que só há duas opções. Engraçado que, na luta pela liberdade das identidades sexuais, o leque se ampliou — seja o que você quiser ser, que você tem direito a isso; na identidade racial, ele reduziu-se à polarização básica. Branco ou preto. Qualquer categoria intermediária será ofensiva.* E o professor Mattos explodiu em outro rompante, implicitamente um "por favor, não me interprete mal", *o que deixa o racismo brasileiro, também um dos maiores do mundo, exatamente do mesmo tamanho que sempre teve. Não é essa a questão.* Deu um último gole de café, agora frio, e silenciou alguns segundos, olhando o copo vazio nas mãos. *Estive pensando: simbolicamente* — de novo os olhos se voltaram para Beatriz —, *o nascimento do filho do príncipe Harry com a princesa Meghan, na Inglaterra, que afinal é o primeiro herdeiro inter-racial da monarquia britânica, tem um efeito coletivo na criação do ideário de uma democracia racial para os ingleses mil vezes mais eficiente do que os milhões e milhões de* DNAs *mestiços soltos na vida real, e radicalmente segregadora, do Brasil.* Diante do breve vácuo de silêncio, ela acrescentou: *Eu disse "simbolicamente". Símbolos são poderosos.* Daniel deu um passo à frente, e Cândido previu a tensão: *Beatriz, você continua traduzindo para a editora Saga aqueles pensadores de direita, um mais fascista que o outro? É um trabalho que faz mal.* Aquilo foi grosseiro, o que ele reconheceu no mesmo instante (*a esquerda é* naturalmente *emocional*, uma vez disse Juçara numa discussão, como se explicasse uma reação básica de laboratório; *a direita é* naturalmente *fria*, e como as mãos dela, uma à esquerda, uma à direita, pareciam segurar pipetas imaginárias, Cândido ficou com a imagem na cabeça, imaginando algum cálculo químico das misturas e dosagens possíveis — por exemplo, divagou ele, a mistura de esquerda e direita funcionaria como suspensão, solução ou coloide, e matutou se didaticamente a metáfora seria útil no quadro-negro, a partir do tamanho das partículas); o reconhecimento era o esforço de um sorriso e as mãos levantadas: *Desculpe, Beatriz. Não foi o que quis dizer.* — *Mas disse,* intrometeu-se Mattos, *e disse-o mal*, e o jeito engraçado dele, com o dedo de mestre-escola levantado em reprimenda, foi desarmante. No rápido silêncio, Mattos contemporizou o dedo empinado: *Bem, o país reduziu-se a um patamar mental tão radicalmente miserável (e o que digo não é retórica), que tudo que falamos parece grego, isso se alguém ainda conhece os sentidos multifacetados da palavra "grego". Bem, tenho esperança de que não corremos o risco da barbárie, protegidos aqui nas catacumbas da educação. Lá fora, dois ou três tuítes analfabetos e o sujeito vira ministro de Estado. Vivemos a paródia de Trump, que, por si só, já é uma paródia global.* Mas a roda pós-reunião se desfez, *tenho aula agora*, disse alguém, provocando a diáspora, e Cândido viu Daniel se aproximar de Beatriz para uma conversa de — talvez — desculpas, e ele ouviu a palavra "fascista" sair com um sorriso dos lábios de Beatriz no meio de um comentário, e sentiu um fio estranho de ciúme por não estar ao lado dela, em sua defesa.

Quase embarcou no Uber por engano, *seu Cristovão?*, sorriu o motorista, acendendo a luz interna — outro carro, também escuro, na rua mal iluminada, chegava ao mesmo tempo —, *não, sou o Cândido. Desculpe, errei, é aquele!*, e ao abrir a porta do carro certo entreviu um vulto mais gordo que magro sair apressado do mesmo prédio e chegar à calçada com um celular na mão esquerda, a direita acenando uma espécie de *sou eu!*; e, ao se acomodar no banco de trás (ao contrário do que imaginava o motorista, que no mesmo instante, gentil, puxou o banco ao seu lado para a frente de modo a abrir um espaço mais amplo ao passageiro), imaginou que na era dos aplicativos ele não poderia *roubar* um táxi chamado por telefone, fingindo ser a pessoa que o pediu, como em tantas cenas de filmes, porque agora já há por princípio um destino inexorável a nos levar, início e fim marcados, com registro exato de endereço, itinerário, nome, fotografia, tempo de viagem e preço, o que engessa por princípio todos os enredos, e puxou pela cabeça para se lembrar do filme que tinha visto há poucos meses com uma troca de táxis, ou um *furto de corrida*, e ele sorriu com a lembrança, sobre um professor honesto porém ridículo, eram tantos, todos parecidos, *não, não é* O anjo azul, *nem o* Topaze — *do* Topaze *tem o original de 1933, e as versões de 1951 e de 1961, este com o Peter Sellers. Eu tenho todos mas não vi nenhum, interessam a você?*, ele perguntou uma vez, ostensivamente exibicionista (*Isso é muito raro com você*, disse-lhe Hélia depois. *Eu estranhei*), enumerou a um colega de Hélia na Fundação Cultural, talvez mais conhecido que amigo, um cinéfilo com quem saíram para jantar mil anos atrás, e ele nunca esqueceu daquela noite desagradável, um sujeitinho de nariz empinado metido a gênio a lhe falar de filmes como se pontificasse sobre altíssima filosofia enquanto "explicava" gentilmente a Cândido que o próprio Hitchcock costumava aparecer em seus filmes numa espécie de "marca de autoria", frisou o cara, uma "assinatura", prosseguiu ministrando o idiota, como se aquilo fosse uma grande novidade, como se ele tivesse chegado por inteligência própria ao décimo algarismo significativo do Número de Avogadro, *quase que eu disse isso ao seu amigo*, Cândido desabafou quando chegaram em casa, *esses idiotas intelectuais se acham a oitava maravilha do mundo*, e Hélia, surpresa, *quem é você?*, abriu um sorriso (em que ele entreviu mais ironia que prazer), como se ela estivesse súbita diante de um fenômeno absolutamente extraordinário: *Não me diga que você está com ciúme?!* E ele desmontou-se, gaguejando *nãos* enquanto tentava descobrir o foco da própria irritação, *por que eu estou irritado?*, relembrando o que Hélia havia dito aos dois em seguida, teria sido mesmo isso? *Hitchcock era um grande filho da puta que destruiu a carreira de Tippi Hedren — a atriz de* Os pássaros, *e de outro filme sobre uma ladra* (Marnie, de 1964, Tippi Hedren com Sean Connery, eu tenho em casa, apressou-se Cândido, como que submetido a uma gincana de cinefilia). *Sim, é isso. Lembram dessa atriz? Uma sueca linda. Pelo assédio sexual jamais correspondido, insistente, agressivo, sua vida artística acabou. E, por influência direta do Hitchcock, nunca mais ela conseguiu um contrato.* A observação — talvez pelo perceptível decibel acima, um tom deslocado — criou um silêncio de alguns segundos. Cândido e o amigo de Hélia se entreolharam, como se inimigos partilhassem uma surpresa de terceiros, que tivessem de resolver em comum antes de continuar a luta. *Eu tenho um telefilme de 2012 sobre o caso*, Cândido pensou em dizer, numa reação automática, mas calou-se. *Bem*, disse enfim o amigo com um meio sorriso, *a sorte de Hitchcock foi ter morrido em 1980. Se fosse hoje, na era do* Me Too *e do* Mexeu com Uma, Mexeu com Todas, *estaria crucificado até o fim dos tempos, provavelmente na cadeia, filmes sem distribuição, zero de mídia favorável, boicote universal, depoimentos e denúncias em toda parte, arrependimentos públicos de colegas e parceiros etc.* E ele arriscou um sorriso, como se fosse engraçado, e o peso do silêncio voltou; Cândido lembrou de Woody Allen, e quase disse *os tempos mudaram*, mas ficou quieto, num estado de paralisia — o problema não era o assédio, o massacre das mulheres, o destino de Hitchcock ou quem tem razão, mas a simples presença daquele idiota argumentando ali na mesa. Hélia talvez avaliasse o que havia de ironia na postura do amigo, visível até no recuo defensivo do peito, talvez até um fio de deboche no sorriso inocente, e fez o teste, com uma dureza na voz que, às vezes, surpreendia Cândido, o jeito calmo de todo dia se transformando numa resistência esquisita ao mundo: *E você acha que isso seria injusto? Alguém que destruiu estupidamente, por um capricho, a vida profissional de alguém?* Um novo silêncio, uma nova estranheza. O amigo olhou para Cândido como se, perdido, suplicasse apoio, mas este voltava a cabeça em direção ao garçom, levantando o braço, em busca de uma cerveja estratégica. O rapaz suspirou, enfim: *Com Woody Allen certamente não foi justo, porque nada se provou juridicamente e ele acabou destruído. Ou quase.* Foi a vez de Hélia contemporizar, numa pequena trégua (*Será que foi isso que me irritou?*): *Sim, no caso dele, talvez. Tem uma zona de sombra ali que nunca vai se resolver.*

— Eu, com ciúme?! Isso é ridículo — ele lembrou ter respondido, os dedos coçando a barba rala sobre a cicatriz, e lembrou que ambos riram de repente, a situação é que era ridícula e a tensão se desfez, o que pareceu mais um bom sinal naquela noite extraordinária de sua vida, pegando o Uber de volta para casa, e lembrando também de estalo o nome do filme em que o professor rouba o táxi de outro professor, *Lucky Jim!*, exclamou ele mentalmente, *Lucky Jim*, um filme inglês de 1957.

— Rua Comendador Araújo, é isso, não, seu Cândido? — perguntou o motorista conferindo o itinerário pelo celular, e ele disse *sim, isso mesmo*, desejando que a viagem durasse mais, *o elevador chegou ao chão como um bólido, as coisas estão muito rápidas na minha vida*, para que ele pudesse processar o que pareceu *ciúme* de Antônia, uma conclusão absurda que lhe veio à cabeça quando ele se afastou alguns passos em direção à janela, de copo na mão, conversando com Hildo, como se os dois estranhos daquele ninho, por puro instinto e inexplicável simpatia, buscassem proteção mútua num ambiente potencialmente hostil que se sentia no ar. *Professor de química? Puxa vida, sempre fui ruim em física e química*, e ele sorriu, e baixou a voz, mais por pantomima, como se fosse perigoso ser ouvido pelos outros: *Não espalhe, mas embora eu trabalhe numa área mais comercial, sempre me senti, até por profissão, mais próximo da área de humanas, que anda em desgraça total*, e ele olhou para o grupo sorridente que conversava em torno da mesinha, o procurador ainda perdido entre ir para a cama e ficar mais um pouco, *tenho uma viagem para Brasília*, ele repetiu várias vezes, já um lamento. *Ir para Brasília não está mais um negócio tão bom como costumava ser*, disse Arthur, em um tom ambíguo que Cândido, de entreouvido, não soube interpretar, se era humor, se advertência, e os olhos de Cândido encontraram os olhos de Antônia, que pareciam procurá-lo — *acho que foi nesse momento que se deu a primeira faísca* —, e ele sentiu ali uma estranha cumplicidade, *o sorriso de Mona Lisa, era um sorriso de Mona Lisa*, e ela imitou para ele o que seria "um sorriso de Mona Lisa", *assim?*, e ambos riram e se beijaram, lembrando da cena — *eu estava preocupada com o Dario, que ia acabar caindo ali mesmo, em cima da mesinha; ele já fez dessas* —, quando ela foi em direção a eles; era um misto de curiosidade e ciúme, como se o estranho que o arrastava à janela para certamente falar mal de todos, *eu já conheço o Hildo, ele deve estar dizendo que tinha caído por acaso num ninho de nazistas, ao mesmo tempo que faz negócios com o Arthur*, pudesse arrancá-lo do radar e do interesse de Antônia.

— Vocês não querem salgadinhos? Tem ali na mesa — e a mão dela tocou o braço de Cândido, na verdade um ligeiro aperto de dedos, alguma coisa cifrada, ele imaginou, *depois quero falar com você; umas encomendas!*, e, ao lado, Hildo ficou imediatamente sério, uma espécie de *falei demais*, o que foi desfeito assim que ela se afastou, porque Cândido sorriu para ele retomando a conversa, *mas o procurador me pareceu bastante crítico; para mim, chegou a fazer um comício engraçado contra o governo.* Melhor mudar de assunto: *Você trabalha com quê? Também é professor?* Mas Hildo respondeu outra coisa, retomando algum fio da memória, *o Arthur e o amigo dele (não sei quem é, nunca vi) são inacreditáveis. Você escutou a defesa da liberação das armas para a população? Esse pessoal enlouqueceu completamente.* Sim, disse Cândido sem pensar, o olhar em direção ao pessoal da mesinha. *Me diga uma coisa*, e o amigo do Arthur espetou o dedo indicador no peito do Beto num gesto não exatamente amistoso, *um vagabundo entra na tua casa, estupra a tua mulher, mata a tua filha, e você faz o quê? Chama os direitos humanos? Você tem mais é que descarregar o trinta e oito na cabeça desse filho da puta.* E Daurinha levou as mãos ao rosto, um meio sorriso, *meu Deus, que horror!*, sem que Cândido decifrasse exatamente a origem do seu horror, se do estuprador ou da evocação homicida, e a cena pareceu aproximar os dois intrusos na festa.

— Nesses momentos — disse Cândido com um sorriso, relembrando a expressão do velho Mattos no café — eu entro em estado de paralisia argumentativa. *Paralisia argumentativa*, repetiu Hildo — que bela imagem! *Touché!* — e deu-lhe dois tapinhas nas costas. *É exatamente o que sinto neste país, cada vez mais.* O velho Mattos prosseguia, didático: é o desejo de matar que cria a sua lógica subsequente, para justificá-lo sem culpa. Rompeu-se algum freio, matutava o professor, deixando o café esfriar, como sempre, enquanto buscava a palavra exata, rompeu-se algum freio já lá em 1968. Paz e amor, diziam. É proibido proibir. Nada menos que tudo. Aquilo reabriu uma caixa de Pandora que o fim da Segunda Guerra havia momentaneamente fechado. Já estava em Dostoiévski, cem anos antes, o célebre "tudo é permitido", se não nos submetemos a algum imperativo teológico-moral inescapável. Deu no que deu. Abriu os lábios e inclinou a cabeça para, enfim, o primeiro gole do café, mas antes lembrou de perguntar: Você leu *Os irmãos Karamázov*? — e Cândido fez que não (qual foi a última vez que você leu um livro?, perguntou-lhe Hélia, e ele não soube responder, franzindo a testa em busca de um título, e acabou respondendo com um sorriso defensivo, *eu vejo um filme por dia — você já lê por mim*) e pensou em oferecer ao velho Mattos o seriado russo *Bratya Karamazovy*, de 2009, uma raridade em doze capítulos, que dona Lurdes amou — *Que história linda, meu filho, aquela família se matando com paixão; como os russos são loucos, meu Deus!*

Hildo ainda balançava a cabeça, sorrindo, *paralisia argumentativa*, como quem acaba de achar uma pepita retórica para brilhar. Na memória de Cândido, fechando o vidro do Uber, o carro arrancando, as palavras de Hildo se confundiam com discursos do professor Mattos e conversas de café. — Sim, paralisia argumentativa. É uma boa imagem. Às vezes me ocorre a ideia de preguiça, preguiça argumentativa. Você ouve coisas tão completamente absurdas, tão excruciantemente irracionais, tão desprovidas de um mínimo fio adulto de lógica, submetidas apenas a relações rotas de sentido, que não dá vontade de dizer nada. Quando todos gritam, afundados na histeria, o silêncio emerge como proteção instintiva. O país acordou, súbito, num outro planeta, falando e ouvindo alguma coisa incompreensível parecida com uma língua mas que não é mais uma língua. É um código secreto de horrores sintáticos e semânticos, de que, parece, ninguém detém mais a chave. Uma imensa guilda de cretinos populares escondeu-a, com risadas escarmentas e pulinhos de alegria e vitória. Alguém saberá mesmo o que está acontecendo? Seja sincero: você sabe? Eu não sei. As explicações vão das teorias conspiratórias ao simples efeito cotidiano do caos, do acaso, da sorte. O meu medo é que essa paralisia se espalhe pelo país inteiro. A gente nunca avalia direito o poder da estupidez. A estupidez é invencível. Ela volta sempre, com força redobrada. A estupidez é a verdadeira fênix. Eu quero que 2019 acabe logo. *Sinceramente, professor Cândido*, e Cândido acordou do devaneio da memória, *sou cataléptico*, uma vez ele disse à Hélia, descobrindo a palavra, *sinceramente, a minha vontade mesmo é sair do país. O senhor dá aulas na Federal? O Beto, que é alguém que sabe das coisas, me disse que o senhor é um gênio da química.*

Parece que vai chover, disse o motorista do Uber, exatamente a mesma frase de Hildo, até na entonação, olhando pela janela aberta, ao lado de uma enorme porta de correr envidraçada que dava para uma varanda, uma noite muito escura, e a imagem de Antônia não saía mais de sua cabeça, desde aquele discreto aperto de dedos no seu braço, *tenho umas encomendas a fazer*, e era como se ele acordasse: alguma coisa está acontecendo. O desejo como ponto de partida, e ele olhou para a água verde, parada. Estou cansado, murmurou, estou cansado — isso tem de acabar logo, preciso dormir. *O senhor tem preferência de itinerário? Como a Mateus Leme mudou de mão, eu posso ir pela Nilo Peçanha ou pela Cerro Azul.* A imagem de Antônia: era como se alguma coisa nele resistisse ao sentimento, a verbalizar simplesmente *meu Deus, que mulher bonita*, o que não era apenas aparência (talvez dois ou três anos a mais que ele; talvez dez anos a mais que ele, se prestasse bem atenção), mas principalmente uma *leveza* (era mais que isso, ele planejou dizer ao Batista, era algum senso visível de *liberdade, ela é o tipo de pessoa que pode fazer o que quiser, quando quiser, porque tudo se sustenta*, ele pensou sobre o que isso queria dizer, qual o seu sentido, *eu, por exemplo, posso fazer o que quiser?*); o bloqueio, entretanto — *eu acho que o mais simples é ir pelos fundos do Palácio do Governo, virando na rotatória, o trânsito é tranquilo nessa hora*, respondeu o motorista à sua própria pergunta para preencher o silêncio, olhos à espera no retrovisor, e Cândido enfim disse *sim, sim, sim*, que o homem se calasse, por favor, estou no meio de um perigoso experimento químico, sem aparato de segurança, e não posso me distrair —, o bloqueio emocional que ele afinal rompeu pelo desejo e pela entrega estava na presença viva da enteada (*e sua aluna, jamais brinque com alunas*), ansiosa e insegura entre o pai verdadeiro e a mãe falsa e ambos insuficientes para equilibrar a sua vida; naquele exato momento, entre um procurador alcoólatra em crise profissional (ir ou não ir a Brasília e entregar a alma ao demônio, como um pequeno Fausto de província, com o sonho de manipular o Rei com suas artes de Maquiavelinho burocrata movido a tuitadas e fotos bregas no Facebook, ou apenas cultivar orquídeas nesta varanda alta e protegida e esperar sua boa aposentadoria especial?) e uma madrasta, que sussurrou alto o suficiente, mais uma vez a empurrá-lo para o corredor, *vá dormir, Dario, por favor, não me envergonhe mais.* (O olhar agudo e aflito de Líria, a filha esquecida, apenas ele entreviu, conversando com Hildo.) Assim, desenhou ele, o coração batendo: um homem travado, uma mulher livre, *que parece estar acima da realidade*, e ele avaliou essa expressão, "acima da realidade". *Como seria bom viver sem o peso dos fatos. Ela me passa essa impressão, alguém que vive à margem dos fatos*, como um novo elemento químico, grupo dos metais, número atômico 117, símbolo Ab, de *absentia*, seria um bom nome, e tomaria o lugar do *tenesso*, que ninguém sintetizou ainda, é quase uma abstração química, *e nós somos tão reais*, ele diria a ela, e sorriu sozinho sob o olhar do motorista no retrovisor: desejou contar imediatamente para Antônia seu projeto de atualização da tabela periódica.

— Na verdade eu sou fotógrafo — disse-lhe Hildo, como quem confessa um segredo só partilhado com pessoas especiais, e aceitou mais cerveja de Antônia, *eu acho que está bem gelada*, ela disse, *fiquem à vontade*, e deixou um pratinho de salgados no parapeito da janela, *está frio para sair à varanda, bate um ventinho toda noite aqui, mas se quiserem ver a vista da cidade, a porta está aberta*, ela ainda acrescentou, com um sorriso endereçado ao Cândido. Quer dizer, era fotógrafo, fotojornalismo, fiz o circuito paulista de todo mundo, Abril, *Estadão*, *Folha* e enfim frila, pessoa jurídica, e quando comecei a fazer casamento e formatura pra completar o orçamento (minha mulher, quer dizer, ex-mulher, a gente se separou, é funcionária municipal, para ela é sempre uma graninha certa), achei que estava na hora de mudar de ramo. Enfim, o romantismo acabou, quer dizer, aquela aura antiga da profissão, *bah, o cara é um baita fotógrafo, maravilha, veja isso, cara, lembra o estilo do Bob Wolfenson, puta foto*, isso acabou completamente, hoje qualquer idiota com um iPhone na mão é fotógrafo, e o pior é que é mesmo e ninguém precisa mais do que isso, um celular e uma aulinha de edição de cinco minutos no YouTube, e ele riu. Nas redações, hoje o próprio repórter já tira a foto e manda junto com o texto; nem é preciso dobrar a despesa contratando alguém. Quer dizer, como só sei fazer isso, achei que não era exatamente o caso de mudar de ramo, mas de lado do balcão. Já que todo mundo agora é fotógrafo, um mercado se abre — o capitalismo não dá trégua, mesmo na merda brasileira, e ele riu. O que, para dizer a verdade, foi mais um plano da minha ex-mulher, que é de uma família de comerciantes. Uma ideia até simples, um ovo de colombo: por que não abrir uma loja de material fotográfico, com foco em acessórios? É um mercado em ascensão, todo mundo agora é fotógrafo, tem mil cursos na internet, altíssima procura. E a própria internet já é o maior mercado do mundo; tudo que você precisa é de uma boa página, um Facebook, um Instagram, e botar na rede. A ideia era abrir uma lojinha em Pinheiros, perto de casa — você conhece São Paulo?, e Cândido confessou que muito pouco, alguns cursos na USP, e lembrou de Hélia, o que o entristeceu, uma breve sombra, como se a animação divertida de Hildo lembrasse cruamente a ele, em comparação, *o seu atual estado de nada*, e o olhar dele, como que por instinto, procurou Antônia na sala. A ideia, prosseguia Hildo, era começar pelo simples, até porque vender legalmente câmeras e lentes Canon, Panasonic, Nikon, Sony, qualquer marca boa que seja, pelo dobro do preço aqui no Brasil, pelo imposto, deixa a coisa inviável. E viver de contrabando é arriscado, se bem que, é claro, sempre tem quem faça, só que de repente assaltam o ônibus do Paraguai e você perde tudo, ou então a Polícia Federal fecha a estrada e te arranca seis meses de lucro, sem falar em prisão e processo. Estou fora. Bem, é muito melhor e mais seguro vender traquitanas de estúdio, tudo com nota fiscal, softbox, sombrinha difusora, rebatedores, adaptadores, filtros de lente, gelatinas, tripé, líquido de limpeza de sensor, essas coisas, tem um mundo gigantesco de quinquilharias úteis e inúteis a explorar aí, e cabe tudo numa saleta. Você não imagina o que um amador gasta para se imaginar um Platon da fotografia. Já ouviu falar? O papa mundial dos retratos, o cara é um Da Vinci da área, putas fotos. Dê uma olhadinha na internet. Vai cair o queixo, o cara é bom mesmo. O incrível é que parece fácil. Enfim, a lojinha pode crescer em duas direções: passar progressivamente para a venda de eletrônicos e, também, a ideia até me atraía mais, dar oficinas de fotografia. Mas a Doroti achava que isso é besteira, e ela estava certa, não rende nada, tem uma competição brutal e dá uma baita encheção de saco, lidar com os outros, sempre é dureza lidar com os outros, eu fico imaginando como é a vida de professor, e Hildo riu alto. Bem, começando pelo casamento: à medida que fui perdendo espaço nos jornais, a coisa está foda, o casamento foi indo pro saco, acabei me separando da Doroti antes mesmo de abrir a loja, e a gente tem uma filha pequena, cara, fodeu tudo. Você é casado?

— Já fui. Sei como é — disse Cândido, mais por manter acesa a conversa, a figura era simpática, *dessas pessoas que imediatamente põem você à vontade, familiarizam-se de um estalo*, ele planejou contar ao Batista; *o tipo de fotógrafo que só tira foto de gente rindo, a câmera não assusta, a voz e os gestos tranquilizam a vítima, mais para a esquerda um pouquinho, isso! Cara, vai ficar boa essa foto com essa luz lateral*, e o sujeito ri, *feliz*, e clique, clique, clique, *belas fotos, legal, que tal mais uma desse ângulo?* Ah, você já foi casado? Então sabe como é, bem-vindo ao clube dos separados, sempre tem aquele momento da crise, em três, quatro anos, em geral bem quando nasce o primeiro filho, a vida meio que se rasga para sempre, nunca mais é a mesma coisa, agora são duas vidas, ou três, e se falta dinheiro a merda vai subindo à cabeça, você parece que começa a raspar os cascos no chão e a bufar procurando a saída, ou o homem, ou a mulher, e a coisa implode, porque sempre surge alguém na história, parece que Deus, o roteirista do filme, contrata a dedo uma figura irresistível pra entrar sorridente no meio do rolo só pra nos foder e sair feliz pelo outro lado do palco sem um arranhão. Cara, comigo foi bem assim. E eu gostava da Doroti. E eu acho que ela, no fundo, ainda me quer. Bem, nunca se sabe o que vai na cabeça de uma mulher. E nem na do homem. Ninguém sabe é porra nenhuma.

Fez-se um instante de silêncio para Hildo, depois de uma risada que desarmava o aparente fatalismo ou desânimo de sua conclusão, dar um gole comprido de cerveja, e Cândido pensou em dizer algo, temendo que ele voltasse imediatamente ao grupo que conversava acalorado em torno da mesinha, *o ministro não é idiota de renunciar, agora não tem volta, ele não tem saída*, dizia alguém — mas o que esse Hildo está fazendo nessa casa? Ele já é conhecido, mas alguma coisa não se encaixa, especulava Cândido com a cerveja esquentando na mão, *você não pode beber muito*, disse-lhe Hélia depois de um vexame, o primeiro e único de sua vida com ela, *porque tua resistência ao álcool é feminina*, e ele concordou rindo, *sim, com certeza tenho menos enzimas ADH e ALDH, a bebida bate como um martelo na cabeça e fura o fígado como uma verruma*, e afinal Hildo chegou aqui no grupo do Arthur sem ser seu empregado, imagino, mas também não sei; *o meu antagonista*, havia dito a ele o rapaz com uma risada e um tapinha nas costas, tudo gente brasileira e cordial e bonita por natureza; e a estranheza não era tanto por ser uma pessoa mal e mal remediada em busca de paz na vida frequentando aquela aparentemente importante esfera judiciária — *afinal, este professor de cursinho também está aqui* (e Cândido sorriu da imagem olhando para a prostituta, *minha companheira de Passeio Público*, ele poderia dizer e se perguntar *o que eu estou fazendo aqui com essa faca de cozinha na mão?*), mas principalmente porque a cabeça de Hildo parecia viver em outro mundo mental, aquela intimidade escancarada fora de lugar que me escolheu ao acaso para se expor, falar de sua vida, de seus planos, de sua ex-mulher, talvez a estranheza viesse por ser alguém de outra *classe, não se iludam, dizia Mattos, com marxismo cultural ou não, a classe social determina proximidades e separações instantâneas como água e azeite despejados numa superfície comum, cada elemento vai ocupando como que por instinto o seu espaço exclusivo, com marcas que vão do quadrinho colorido que se pendura na parede até o jeito de ficar em pé diante dos outros*, e a imagem do fenômeno, afinal químico, água e azeite, ficou na sua cabeça; mas ricos mesmo são eles ali em torno da mesa, não nós perdidos aqui à janela, é claro, a velha e boa e sempre semelhante classe média-média ainda com um pé na roça, eu sem origem definida mas, tecnicamente e legalmente, um professor polaco, filho adotivo de milico, e ele fotógrafo, com certeza tataraneto de escravo, ele contaria ao Batista lembrando de seu impressionante tio, o padre, a rede de rugas no rosto, a batina negra — e se Hildo saísse da janela ele teria de sair dali também, um pirata intruso, o olhar misteriosamente cúmplice de Antônia fixado na memória, o toque no braço, e pensou na frase famosa de um escritor russo, todos os casamentos se destroçam cada um à sua maneira, mas os que permanecem são todos iguais, algo assim, uma frase que a Hélia gostava de citar, mas segurou o impulso de repeti-la agora ao novo amigo, não se meta em área que você não conhece, ou você vai virar aquele cinéfilo amiguinho da tua ex-mulher. *Não será o índice cultural o limite da água e do azeite, professor Mattos*, disse Beatriz ao café em resposta, *mais do que simplesmente o cálculo da classe? Porque a ascensão do capitalismo, ou da burguesia, para falar como antigamente, bagunçou um pouco essa fronteira do azeite com a água, e, hoje, o tal capital cultural — Que no Brasil é zero! Em todas as faixas!*, Mattos interrompeu sacudindo o dedo e fazendo o café derramar, a barriga para trás, e reforçou o argumento, *basta ver a cabecinha de merda do presidente, puta que pariu (Desculpe, Beatriz, mas é que...) — Ou dos últimos presidentes, não é, professor? Como o presidiário — você viu a ortografia do bilhete que ele escreveu na cadeia?*, reagiu Daniel, e antes que a discussão subisse ainda mais de tom, Beatriz ignorou a observação do colega com um sorriso e contou de sua última tradução, uma coletânea de ensaios do Felip Xaveste, o catalão (Vocês já leram? É muito bom!), basicamente sobre o Trump mas que vai ter um capítulo inédito sobre o caso brasileiro. O título do livro é engraçado, *Idiotas no poder: a implosão do Iluminismo*, mas a editora quer trocar o subtítulo para *A implosão da inteligência política*, o que, eu acho, pasteuriza um pouco a ideia básica; o Xaveste é um provocador filosófico, não exatamente um analista político.

O olhar de Hildo parecia contemplar a sala com um sorriso irônico, até com um toque defensivo, avaliava Cândido, mas uma espécie de invencível bom humor parecia ser o tom de sua vida, mesmo na desgraça, uma boa piada vale a vida, há pessoas assim — *eu nunca fui exatamente uma pessoa bem-humorada,*

Cândido disse a si mesmo, num murmúrio audível, *estou cada vez mais falando sozinho*, e pensou ter sentido um pingo de chuva na mão que protegia o pequeno pacote, e ouviu os passos da prostituta em sua direção, e sentiu o corpo contrair-se, *eu não quero falar com ninguém*, e a ideia de que um abismo se aproximava para matá-lo por falta de ar pareceu tomar-lhe a vida, *síndrome do pânico*, uma vez alguém lhe disse, *é uma doença contemporânea*. Eu nunca tive isso, felizmente, ele comentou: sempre fui uma pessoa tranquila. *É a minha química*, ele costumava dizer, e Hélia contemplava-o como a alguém especial: *A tua presença tranquiliza as pessoas*. Alguns meses mais tarde, ela acrescentava: *É como se você não existisse*, e uma fresta de ambiguidade já se deixava entrever nos olhos dela, como se ela mesma não conseguisse interpretá-lo perfeitamente. *Alguém que não ocupa lugar no espaço*. Ele ainda brincava: o que é uma impossibilidade física, mas, pelo menos como metáfora, não exatamente uma impossibilidade química, que é a minha atmosfera, e ela achou aquilo bonito: *Vou pensar num haicai sobre essa ideia*, que ela nunca escreveu.

— Você também lida com filmes, eu ouvi eles dizerem ali, fornece DVDs para a dona Antônia, é isso? — e antes que Cândido respondesse, com um risco de irritação no peito pela sugestão implícita de ele ser algum motoqueiro que entrega filmes piratas, o que seria até engraçado, Cândido Delivery, indeciso entre explicar sua vida a um estranho e acompanhar o *toc toc toc* de Antônia que se aproximava com o mesmo sorriso e outra cerveja, *tenho de abastecer esses separatistas sociais*, ela disse, com o sorriso mais amplo ainda, *aquela discussão ali*, e ela apontou para o grupo de jovens sem desviar os olhos, *nunca vai chegar ao fim, eles pensam que estão salvando o mundo*, e ele sentiu de novo o inesperado tom cúmplice (ela mal olhava para Hildo, ele calculou, *mas já devia ser fruto do meu desejo, não da realidade*) — vocês não querem sentar? Puxem uma cadeira ali da *mesa*, e como que por atração magnética eles saíram da janela e foram atrás dela até a mesa de vidro do outro ambiente da sala enorme, *toc toc toc*, e Cândido tenta localizar a origem daquela atração, o seu *sentido*, talvez a palavra seja essa, a sua *lógica*, a equação que necessariamente se conclui; ele ainda está misteriosamente inebriado pela presença de Antônia (chama-se "amor à primeira vista", explicou Hélia com uma simplicidade que simulava indiferença, como se se tratasse de um fenômeno simples, isso acontece, ela disse, nós nos amamos à primeira vista no bar da Itupava, e aquela fala foi tão poderosa e nítida que parecia verdadeira) — "inebriado" é uma boa palavra, ele pensa, quando o motorista do Uber faz um comentário que ele perde mas com o qual ele concorda com um gesto de cabeça que o homem não vê, estão passando atrás da catedral e Cândido imagina que ele vai pegar a Stellfeld por baixo do viaduto, mas o GPS ordena que ele vá pelo atalho à esquerda para subir à Muricy, é mais curto mas vai demorar mais, o GPS é burro, o que nesse caso até é bom, e ele fechou os olhos, *eu não quero mudar do estado gasoso, essa aura mais ou menos estável na cabeça, para o estado líquido, tudo escorrendo, você não tem por onde pegar. Vou trazer uns salgadinhos*, ela disse quando eles se acomodaram à mesa por força daquela inexplicável afinidade de estranhos.

— E se gosta de filmes, prosseguiu o novo amigo, gosta de fotografia, com certeza, pois são artes gêmeas. Cara, você deve estar se perguntando o que faço eu aqui no meio do judiciário policial e da direita de raiz, um neto de baiano no meio da polacada, e Hildo tocou o braço de Cândido com um sorriso amistoso, por favor, nenhum preconceito, mas vamos falar baixo entre nós, e Hildo deu uma risada alta, que Cândido acompanhou desajeitado, *ele é engraçado*, curioso pela sequência, que veio em seguida, de novo sério: Ora, o que estou fazendo aqui: você está vendo o típico caso de um sujeito errado no lugar certo, porque, afinal, o comércio não tem ideologia, é toma lá dá cá, e a roda gira e todo mundo ganha, se a coisa não explodir antes, que está feia, o país devagar, quase parando. Mas que é mesmo engraçado, isso é — você não imagina o que eu vim ouvindo no puta carrão do Arthur, a bandeirinha do Brasil, uma caveira estilizada com fuzis cruzados, o plástico do *Eu apoio ele*, com aquele queixinho empinado de Mussolini olhando para a frente e para o alto etc., e o Arthur é, no dia a dia — e Hildo ficou subitamente sério, tocando o braço de Cândido para reforçar a certeza —, acredite, uma pessoa maravilhosa. Eu nem vou contar como eu conheci ele em São Paulo, é daquelas coincidências inverossímeis (se bem que, se eu tocasse o meu projeto comercial por conta própria, ia acabar mais hora menos hora esbarrando com o cara, o dinheiro tem faro, quando roda na mesma área), daquelas coincidências de filme, que sem elas o filme acaba já três minutos depois por falta de assunto: uma simples palestra no Sesc sobre pequenas empresas, eu ali na primeira fila com um bloquinho de anotações na mão, querendo aprender tudo como aluno aplicado, é uma baita complicação abrir uma empresa, tinha acabado de receber uma boladinha do Fundo de Garantia, mais a poupança da Doroti (caralho, e logo naquele momento as coisas começaram a desandar entre nós, mas eu continuei o projeto, é claro — fazer o quê? Ela vai continuar com o empreguinho público dela para sempre, mas eu tenho de pensar na vida e na menina, a nossa filha, que não tem culpa de nada. Cara, a minha filha é linda. Olhe aqui uma foto dela, e Cândido contemplou a menininha sorridente e feliz contra um fundo difuso que valorizava cada linha do rosto, *que foto bonita, você é mesmo um bom fotógrafo*, ele disse, e Hildo sorriu, *obrigado*, devolvendo o celular ao bolso, *mas é a minha filha que é linda mesmo; qualquer fotógrafo acertava. Se bem que essa aqui eu tirei com a Nikon, não com o celular*). Pois bem, voltando à vaca-fria: o Arthur é sócio de uma importadora focada em traquitanas eletrônicas da China com sede no Espírito Santo, e o catálogo de produtos de fotografia dele é simplesmente fantástico, o cara tem tudo para quem quiser abrir uma loja. Sabe quando bate aquela afinidade de interesses à primeira vista? Ele quis saber qual era o meu projeto, me levou para um cafezinho e não paramos de falar até hoje, *eu preciso de você*, ele diz sempre — e o cara é um guri, olhe ali a cara dele, parece um adolescente, não tem nem trinta anos e já toca uma baita empresa. Está certo que o cara tem, digamos, pedigree, e Hildo riu, um tio é um deputado da base do governo do Rio, outro é comerciante de sucesso já há anos, que é também o sócio dele, o pai é do Judiciário com um pé aqui em Curitiba, um povo da grana que se ramifica, o tal sistema, e Hildo baixou a voz, como quem partilha um segredo de Estado com uma risadinha cúmplice. — Mas voltando ao assunto, cara, você não imagina o que a chinesada está fazendo nessa área eletrônica. Só um exemplo: os gajos fabricam flashes que são clones perfeitos, mas perfeitos mesmo, dos flashes originais da Canon e da Nikon, até melhores, e isso por um quinto do preço, e mais toda a quinquilharia correspondente em torno, de sapata adaptadora até radinho transmissor, tudo comparativamente muito barato. Não é exagero. Em vez de você pagar dois, três mil paus, o preço dos originais, você paga trezentos, quatrocentos reais por uma Xing Ling, mas de boa qualidade mesmo, tem uma porrada por aí. Preço no balcão, com nota fiscal, garantia e tudo, mesmo com esse imposto do caralho sobre os eletrônicos, que eu acho que é a maior alíquota do mundo. Um exemplo só: uma câmera *mirrorless* Sony, dessas sem espelho, levinhas, que estão tomando conta do mercado, que custa mil e quinhentos dólares na Amazon americana, sai aqui por uns três mil e quinhentos. Dólares, não reais. Cara, é de foder. Você vai pra Nova York, ida e volta, três ou quatro dias de hotel, ainda dá para dar uma boa passeada, e volta, sei lá, com uma câmera de última geração, um notebook e um celular da Apple top de linha e a viagem sai de graça e sobra troco, comparando com o que você iria gastar aqui. Bem, logo, logo os chineses vão entrar nessa área das câmeras também, pode escrever, como já entraram nos celulares para arrebentar. É só esperar. Não é por acaso que o Trump está esperneando — a chinesada é foda. E dizem que tudo que você fala aí no Xing Ling deles, o Comitê Central de Pequim já está ouvindo e gravando lá. Ou você acha que isso é só conversa fiada do Trump?! — e Hildo arrematou com uma risada, que Cândido acompanhou indeciso sobre o que dizer.

— Tudo bem com vocês? — e Cândido sentiu a mão gentil de Antônia no seu ombro. — Cerveja maravilhosa, dona Antônia, respondeu Hildo, levantando o copo com o gesto de um brinde, o que o professor imitou, sem jeito. *Às vezes a tua timidez é meio patológica*, disse-lhe Hélia. Então ela avaliou melhor, talvez apiedada diante do silêncio quase assustado dele. *Quer dizer, é um fenômeno recente. Quando eu te conheci, você era só tímido, o que dava um charme legal. Agora, parece um gelo paralisante.* E ele disse: *São os outros, em conjunto, que me incomodam. Eu gosto de conviver com as pessoas isoladamente. Eu e você somos perfeitos. Mas ponha mais uma, duas ou três pessoas no conjunto, e tudo desanda. Quando elas estão todas juntas, parece que todo mundo fica falso.* Ela pensou a respeito e fez *hmmm, sei. Faz algum sentido, mas eu não penso assim. Cada pessoa tem um nível específico de autenticidade, que às vezes não pode se misturar ao acaso. Não é exatamente "falsidade", que é uma palavra forte, mas diz pouco. É o processo de manutenção das autopropriedades, que não podem se liquefazer. Na química não existe um fenômeno assim? Viu? Já estou aprendendo a falar como você, isso pega —* e ela riu alto, acompanhada por ele. *Você deveria ser professora. Leva jeito.* Estavam na cama, nus. Ele se sentia estufado de felicidade, o que criava uma tensão sutil, o medo de que o instante se desfizesse, *a tensão superficial da água que se rompe*, o que fatalmente aconteceria em seguida. *Eu chego a falar baixinho para não estragar esses momentos*, ele confessou à Antônia. *A Hélia sempre me olhava com um jeito de quem está estudando um objeto raro e interessante, o que é bom, até lisonjeiro, mas ao mesmo tempo é um modo de manter distância*, ele pensou em acrescentar, mas controlou-se e disse apenas, após beijá-la devagar, *parece impossível duas pessoas entrarem em sintonia total, mas às vezes acontece*. Antônia olhou para o teto, pensando, como se fosse um jogo de adivinhação. *É a química, professor. A química permite.* Ele apoiou o cotovelo no travesseiro, a mão sustentando a cabeça intrigada. *Isso é poesia, não é química*, ele disse, lembrando de Hélia. *Não, não estou falando de poesia, que às vezes só atrapalha e falsifica. Poesia é anestésico, é só para viajar, não para praticar*, e a coisa soou tão absurda que ela deu uma risada alta. *Como você pode dizer isso?*, e ela respondeu, *é boa pra sonhar, mas não é muito útil quando você está diante de alguém nu, como este belo professor de química diante de mim, com uma cicatriz na face*. "Uma cicatriz na face", ela repetiu, como se testando a frase em tom impostado. *Sabia que o Frank Sinatra tinha uma cicatriz no rosto, do lábio ao queixo, herança do parto a fórceps? O charme da cicatriz. Acho que por isso você me atraiu, mais do que os teus filmes irresistíveis. No fundo, sou uma mulher romântica, mas eu sei que isso não leva a nada. A química leva.* Ele continuou intrigado: parecia humor, parecia a sério, e sentiu uma breve ansiedade. *Como assim? Ora, a química propriamente dita, não a metáfora. Aquele pozinho branco. Aquilo é perigoso, mas é uma maravilha. Você já experimentou? Não, é claro. Ou, para os mais caretas, como você —* foi o instante em que ele sentiu, pela primeira vez, que seria expulso do Paraíso, e uma pontada física perfurou-lhe o coração, a mulher puxando-lhe o tapete emocional, *a sensação foi exatamente essa*, ele pensou —, *o álcool. Pense, Cândido: quantas paixões absolutas já se fizeram exclusivamente pelo álcool? Destruiu o Dario, é verdade, e destruiu a nossa relação, mas vem salvando você, não? O álcool é mágico. Um homem, uma mulher, ou outro homem, ou outra mulher, e dois copos entre eles — é clássico, universal, transcendente. O álcool abre rapidamente a porta invisível que desde sempre queremos atravessar. As chances de dar certo no curto prazo são enormes. Faça uma estatística no teu acervo: o que seria do cinema sem o uísque, a cerveja, o rum, a vodca, o vinho?* Ele não respondeu, lembrando vivamente o momento em que ela expulsava o marido bêbado da sala, duas ou três vezes, porque ele acabava voltando como um boneco de mola, para não perder a festa das pessoas felizes enquanto ele iria para o inferno, *você tem de viajar a Brasília amanhã.*

Pois eu quero que Brasília se foda, Cândido ouviu o procurador, nítido, murmurar, *aqueles filhos da puta*, no momento em que, pela última vez, Antônia, segurando seu braço com uma força inesperada, ele podia sentir, *toc toc toc*, praticamente arrastou-o ao corredor onde, enfim, ele desapareceu para não voltar mais. *Ele foi para Brasília e deve ficar por lá*, ela lhe diria dois dias depois, pelo telefone, *um telefone público*, ele relembrou, olhando o celular, quatro por cento de bateria, num tom de voz em que ele entreviu um estranho espírito de felicidade, uma calma pacificada. *Conseguiu meus filmes?* Livrando-se do marido, voltou das entranhas do apartamento alguns minutos depois com um sorriso vitorioso. Enquanto, à mesa, ouvia o monólogo de Hildo, Cândido acompanhava as idas e vindas do procurador como o espectador das gravações de um filme que se repetem porque as tomadas ainda não estão perfeitas. *Ele está bem*, ela disse em seguida à enteada com um toque de triunfo, quando Líria, que, é claro, cada vez mais ansiosa percebia o insistente vexame do pai, livrou-se dos braços de Beto e se aproximou da madrasta com uma expressão inquisitiva. *Desabou na cama e dormiu*, Cândido imaginou-a dizer, porque em seguida as duas olharam para eles, ambos tranquilos na ponta da mesa, com um instantâneo sorriso de tranquilidade, como se se soubessem vigiadas e quisessem apagar de uma vez aquele momento constrangedor de uma pequena vergonha social, felizmente já superada — e Líria acenou para seu professor, num segundo de indecisão entre ir até ele só para disfarçar a expulsão do pai e dizer algum *Está tudo bem, professor? O senhor já conhecia o Hildo?*, talvez surpresa pela animação e autonomia dos dois naquele espaço, conversando à vontade como se fossem velhos amigos, *o Hildo é assim*, Antônia diria mais tarde, *ele fala muito, às vezes demais*; ou então retomar a companhia de Beto, que olhava para ela com uma espécie de *o dr. Dario está bem?* pronto para sair dos lábios, e a atração de Beto foi mais forte e levou-a para a roda depois de um novo aceno reforçando a cordialidade, como se estivessem a cinquenta metros de distância e não a sete passos.

— Então, disse Líria, franzindo os olhos e desviando a cabeça por uma inesperada fresta de sol que se abriu no cinza do céu e que se refletia em alguma vidraça, imagino que o professor passou dos DVDs à pirataria pela oferta maior e pelo preço, porque não era baratinho alugar os discos, disso me lembro, e Cândido sorriu como se já estivesse próximo da resolução final do mistério de seu mau caminho, e resolveu andar uma última quadra antes de dobrar para o centro, porque sentiu que Líria assim o preferia, ou, talvez, ele se corrigiu, porque eles deveriam continuar conversando por alguma força da inércia natural das coisas — havia alguma coisa diferente naquela aluna (não era *atração*, ele garantiu a si mesmo, mais tarde; eu não sei o que é, *não é o meu tipo*, como diria dona Lurdes, o que de fato disse sobre Hélia, pitonisa misteriosa tirando do nada conclusões indiscutíveis, *ela não é o seu tipo, meu filho*); o que atraía, parece, era o simples talento de alguém que faz você falar de si mesmo sem nenhum esforço.

— Não exatamente. É verdade que a pirataria por torrent é baratíssima, um simples computador e um wifi, e só; até a minha mãe perguntou quanto custava aquilo, quando pela quantidade de opções diárias ela começou a ficar realmente viciada em filmes, uma *drogadita*, como uma vez eu brinquei com ela, doses maciças e crescentes de filmes até preencher todo o tempo útil da vida, a ponto de substituí-la, e a pressão do tempo é o limite, porque ele só é relativo na teoria; na prática, um filme de duas horas leva exatas duas horas para ser visto, se você não trapaceia com o botão forward (aliás, é inacreditável, os produtores de streaming já estão pensando em acrescentar uma opção de aceleração do tempo, de modo que você possa consumir uma maior quantidade de séries em menos tempo, dá para imaginar uma loucura dessas, filmes direto na veia?) — bem, minha mãe jamais adianta o filme, eu acho que não por honestidade, embora ela goste de dizer que nunca larga um filme pela metade, mesmo que seja ruim, porque, nas palavras misteriosas dela, não é *correto* (o que me lembrou a professora Beatriz, minha colega na Usina, você conhece? Uma vez ela me contou que jamais larga um livro pelo meio, por pior que seja, porque se sente mal, parece que a vida deixou um pedaço para trás com um rastro de culpa, um fantasma não lido que irá atormentá-la, uma ideia que também Líria achou engraçada, *eu também sou meio assim*); provavelmente minha mãe não adianta o filme porque tem medo de fazer a coisa desandar apertando um botão errado do controle. São apenas três que ela usa: o on-off, o play e o stop, e é como se ela descobrisse nesses três movimentos de polegar a fórmula mágica que resolve todos os problemas do mundo.

E enfim — e agora Cândido parou para frisar o desfecho lógico que o levou à criminosa vida pirata, pensando em dizer (mas não disse) que ele estava se sentindo Hercule Poirot desfazendo, com lógica implacável, o laço final do mistério, por que diabos afinal ele se entregava à obsessão incontrolável de acumular filmes e estocá-los em HDs que se empilhavam atrás do computador, os cabos USB se enroscando — naqueles simples play e stop estava o problema do DVD, ou, na verdade, o problema da minha mãe: poucos discos começam diretamente o filme assim que você dá o play, como uma fita ou um arquivo MP4; quase todos os DVDs abrem antes para um menu de opções, num layout não padronizado de opções, cada polaco de uma colônia, como diz a dona Lurdes, idioma original ou dublado, com legendas e sem legendas, e, nas produções mais sofisticadas, separação em capítulos com janelinhas em movimento, cenas de making of, entrevistas com diretor e atores etc. Como passar de uma opção para outra? Por meio de setinhas miúdas e desajeitadas do controle, que desgraçadamente às vezes não obedeciam ao comando dos dedos inseguros e reumáticos da minha mãe, o olhar vacilante entre os óculos para perto de modo a ver o controle, e os óculos para longe de modo a conferir o que foi obedecido na tela, e se eu estivesse em casa ouvia os gritos, *Cândido, essa merda está sem legenda!*, ou *pulou para o fim do filme!*, ou *estão falando chinês!*, ou *parou tudo aqui, como é que eu saio?*, e Cândido deu uma risada solta, como se deliciado pela visão do sofrimento, pela tortura da própria mãe, esmagada sem piedade sob a confusa porcariada digital, e a catarse da memória se estendeu à Líria, que acompanhou a risada saborosa dele, como se descobrisse agora um sádico terrível saboreando a desgraça materna, oculto na máscara enganadora de um professor de química tímido, sóbrio, sério e competente. *Você é bom em tudo que faz*, disse-lhe Batista uma vez; *só falta viver*. A risada comum na esquina como que aproximou professor e aluna com uma sombra suplementar de afeto, e Líria deixou escapar um *infelizmente, minha madrasta domina todas as traquitanas digitais*, como se isso também fosse engraçado, e no mesmo instante emendou contraditória, talvez temendo desvalorizar o inestimável talento do pirata, *e por isso ela vai amar esse seu sistema de ver filmes. Prepare-se para mais encomendas, professor*, e o *infelizmente* ficou no ar como uma pequena maldição entre o humor e a verdade, a sutil fratura emocional que ele pressentiu assim que entrou no apartamento.

— As duas se odeiam, cochichou Hildo ainda sorrindo para Antônia, que, de longe, sinalizou a eles que pegaria outra cerveja. Explico, acrescentou mantendo a voz baixa — a Líria foi uma filha acidental de um caso meteórico do procurador, que estava solteiro na época, trabalhando em São Paulo, já na procuradoria, e parece que a mãe morreu dois ou três anos depois, mas, até onde eu sei, eles nunca chegaram a se casar de fato. O que não tem importância nenhuma, é claro, porque o filho já é em si mesmo a prova do casamento, o seu papel passado para sempre — eu que o diga. Bem, ela, é claro, se tornou uma menina bem complicada, segundo o Arthur, que aliás é a minha fonte quentíssima de informações sobre a família, e o Arthur sente prazer em falar, tem pessoas assim, só entendem o mundo falando, e uma boa conversa é sempre um bom calmante, e Hildo sorriu defensivo, talvez entrevendo de repente um secreto desagrado de Cândido em ouvir aquilo, como se houvesse ali (é claro que havia) algum interesse pessoal, *afinal, estamos a caminho de abrir uma sociedade, Curitiba parece uma boa cidade para recomeçar a vida, bem mais tranquila que São Paulo*, ele havia dito, e num olhar atento Hildo avaliou aflito o novo amigo, talvez, vá saber, íntimo delas, *não, claro que não* — só estou vendendo o peixe como me passaram, e ergueu as mãos. Na verdade, conheço pouco a menina, só vi umas duas ou três vezes. É tudo gente de dinheiro, continuou Hildo, você deve ter percebido, só essa mesa aqui — e ele passou a mão suave e afetuosa sobre ela, como num objeto vivo —, essa madeira maciça desmatada na Amazônia, paga meu projeto de loja, e tudo foi meio que se resolvendo entre eles ao modo dos ricos, a grana vai rapidamente tapando os buracos quando eles aparecem.

Quer dizer — e Hildo segurou o braço de Cândido, talvez para quebrar sua sutil resistência a ouvir aquelas histórias, a sensação desagradável de enfiar-se sem convite na vida dos outros, e Cândido olhava para tudo, exceto para Hildo, um crescente sentimento indócil criando uma aura momentaneamente hostil, tanto mais hostil quanto mais se via compelido a concordar, como se as opiniões certas estivessem com as pessoas erradas, um sentimento crescente no país e na sua vida —, nesses rolos de família, pobres e ricos são idênticos; os ricos talvez sejam até piores, porque têm o que perder de fato, o que aumenta a fúria, mas no fundo é tudo igual; são tantas emoções desencontradas, como diz a música, e Hildo deu uma risada, no exato instante em que Antônia depositava uma nova cerveja, com um sorriso e o comentário gentil, *tudo bem, Cândido?*, e eles se olharam, enquanto ela dizia mais alguma coisa igualmente gentil apenas a ele, que ele não ouvia, surdo, mas não cego: *acho que foi ali.*

Cândido contemplou a água verde e imóvel e sentiu uma pontada angustiante da memória, e murmurou suas maldições preferidas em sequência, caralho, porra, filha da puta, *que mulher bonita*, mas o que isso queria mesmo dizer? Como assim, *bonita*? O olhar foi um momento transgressor, *aconteceu alguma coisa, era nisso que estava a beleza, não nos olhos, aquela iridescência de fios verdes que escapavam e transpareciam, nem na covinha do queixo, nem na espécie do sorriso e no seu tom organicamente provocativo, banhado de humor, ou a pele, não mais tão jovem e no entanto ainda inteira viva, um instante de passagem que se prolonga, maduro*, mas de tudo ele guardou a *transgressão*, o que o resto da noite confirmaria, um sinal atrás do outro, evidentes como pistas deixadas num jogo de crianças, em que as chaves se escondem escancaradamente justo para serem encontradas entre risos de falsa surpresa — uma volta à infância, eu sei, mas agora com o conhecimento do bem e do mal. Se eu tivesse de fazer um retrato falado, ele pensou, seria exatamente a imagem daquele momento. Ele olhou para ela com a mesma intensidade, ambos momentaneamente congelados, e a fotografia restou marcada, nítida, onipresente: *eu não consigo sair dali*, e o Uber virou à direita na Saldanha Marinho, o caminho mais tortuoso de todos, o motorista não conhece a cidade, mas a demora o deixou feliz, *eu não quero escapar desse sentimento*.

— Eu já falei que o Dario era brilhante, não? — retomou Hildo assim que Antônia se afastou. Você viu ele agora, meio ridículo, meio bêbado, meio drogado, meio sem noção, esse pessoal vive botando gente na cadeia com a animação de escoteiros mirins numa excursão, e veja ali, a Antônia passando vergonha e tentando tirar ele da sala, com a filha sem saber onde enfiar a cara, mais angustiada ainda porque o desastre do pai parece dar razão à madrasta, que ela odeia, mas, acredite, o Dario era daqueles jovens brilhantes e insuportáveis (pelo menos pra mim, que só levei pau em tudo, e Hildo deu uma risada, só passei num concurso na vida, pra fotógrafo aspone num jornal da prefeitura de Guarulhos, anos atrás, mas como eu era realmente bom no que fazia, logo fui pra São Paulo e toquei minha carreira na imprensa, até que o sonho acabou, cara, o jornalismo está fodido); mas voltando ao assunto, ele era desses caras que tiram primeiro lugar em tudo que é vestibular e concurso e depois vendem a foto pro outdoor dos cursinhos, o tipo da figurinha já perfeitamente encaminhada na advocacia privada, mas ele como que foi puxado pela tradição da família, pai procurador, avô desembargador, tio ministro de Tribunal e o escambau, é dessas famílias vade-mécuns, não sei se é assim que se diz em latim, aquela bíblia de jurista, todo mundo era do ramo. O Arthur uma vez me descreveu um almoço de família de juristas em São Paulo, cara, eles são outro país, você não acredita, e Hildo começou a rir como se Cândido também estivesse solidário com ele assistindo à cena de um camarote na plateia, o tapinha de reforço nas costas, cara, é muito engraçado ver o Arthur contando, um dia vamos sair juntos e eu peço para ele te descrever como era um almoço de família (o Arthur é parente dele, primo em segundo grau do Dario, só que bem mais novo, é claro, o Dario já está nos sessenta, o que, bem, é outro problema com a Antônia, a enteada tem quase a idade dela), uma puta casa no Morumbi, a criadagem, os seguranças, e ambos deram um gole demorado da cerveja como se para apreciar melhor a cena imaginária da família de togados e assemelhados, *parece uma coisa de filme*, frisou Hildo, e Cândido relaxou a tensão das costas, tudo passou a interessá-lo depois da fotografia de Antônia estendendo-lhe a cerveja, olhando para ele e depositando ali um segredo. Tanto interesse, que acabou por murmurar ao novo amigo, subitamente lembrando de dona Lurdes, *Hildo, fale mais baixo, que eles podem ouvir*, o que era um sinal já inconfundível de cumplicidade. O amigo, cordato, baixou a voz, tranquilizando-o com a mão no ombro, tudo bem, mas não se preocupe: como estão discutindo política — veja só a cara da Daurinha, ela é fanática pelo governo; daqui a pouco começa a rezar de joelhos com as mãos pra cima, feliz por ter livrado o país do comunismo ateu: nem o pai dela, que se acha o Zorro — aquele justiceiro mascarado que o meu pai achava o máximo, não é do nosso tempo —, acredita nisso; aliás, acredita cada vez menos; não, não o Arthur, que não é burro, é só um bom comerciante farejando oportunidades (aliás, ele anda meio puto com essa presepada do Itamaraty de hostilizar a China, acompanhando esse vaivém esquisito do Trump, numa dessas idiotices sem noção a empresa dele se fode, praticamente tudo que o cara importa é de lá, e a minha loja de fotografia, que nem existe ainda, vai se afundar também, vai que o dólar dispara e acaba a festa? — essa patriotada é muito idiota), e o Beto também não é burro, é um guri bem centrado, só que meio ingênuo, e meio vaidoso também, na fase de se encantar com ele mesmo, descobriu que o mundo é uma coisa legal e ele está na foto, todo mundo passa por essa fase, isso é um pouco da idade, mas é mesmo um bom menino; e carrega um caminhão de merda morro acima pela Líria, dê uma olhada ali, o jeito que ele olha pra ela, e ela meio que resiste, tem uma coisa travando aquele namoro, me disse o Arthur, o que é outra história. Lidar com mulher não é fácil. Cara, até hoje eu só apanhei. Você simplesmente não entende elas. Mas voltando ao velho Dario: quando tudo parecia bem encaminhado para uma vida de sonhos, surgiu a filha, e a vida dele deu uma bagunçada legal, e eu acho que o álcool — Hildo baixou a voz — começou ali. Você deve ter percebido que ele é desses caras que não podem dar o primeiro gole, a coisa desanda e o cara surta, sai querendo matar todo mundo. Começa pela fase jurídica, que é chatíssima, o cara vira os comentários do Código Penal em trinta e dois volumes, é dose pesada, mas alguns goles depois ele entra na fase política, que é um pouco mais divertida — na última vez que vim aqui ele me disse que o atual presidente é o mais imbecil da história republicana brasileira, como é que um país consegue botar mais um débil mental no poder, dobrando a aposta do blefe, como se já não bastasse a estupidez do governo anterior, e Hildo deu uma risada alta, e o cara me dizia isso no mesmo dia em que recebia um convite de Brasília para assumir um cargo não sei das quantas, a convite do outro Zorro, o ministro da Justiça, que aliás não manda mais porra nenhuma, agora só obedece, o homem virou uma rainha da Inglaterra, e Hildo baixou a voz, e eu acho que tem aí no Dario um problema moral que ele não está conseguindo resolver nem com cachaça, é incrível, mas esses caras também têm problemas morais; quer dizer, já me disseram que essa área policial-judiciária-fiscalizatória em geral é um criadouro de loucos, é especialmente propícia para atrair profetas do apocalipse, salvadores da humanidade, vigilantes de Deus, napoleões de hospício, a profissão atrai essas figuras, e Hildo voltou a rir, num breve acesso que Cândido compartilhou, mais para disfarçar, dar um ar leve à conversa, apenas dois amigos bebendo cerveja e contando piadas sem falar mal de ninguém. Voltando a respirar, Hildo pôs a mão no ombro de Cândido, para retomar seu retrospecto com um toque de solenidade — Isso, essa queda, ou quebra, do Dario, começou quando?, e o próprio Hildo respondeu, olha, acho que foi lá por 94, 95, governo novo, moeda nova, todo mundo entusiasmado, agora o país ia pra frente, oportunidade para todo mundo, e o rapaz brilhante ali, travado com uma criança de colo e uma mulher pirada — cá entre nós, ele é chegado numa mulher pirada. O Arthur me disse que a família queria meter o bedelho e separar os dois na marra, esse povo com herança não brinca em serviço, sai de baixo que o jogo é pesado. A vantagem era que ele já estava no quadro da PGR, Procuradoria Geral, acho que é isso, em Brasília, um puta emprego, futuro garantido, cara, eu queria uma aposentadoria dessas pra mim, e a Constituição de 88 — isso o Arthur que diz, eu não entendo porra nenhuma de direito — transformou esses caras em semideuses. Ele estava com a idade que a Líria tem hoje, imagino que uns vinte e cinco, vinte e seis anos, o que você acha? Olha pra ela: é uma menina, e eu aqui, já virando os quarenta, e nada ficou, caralho, é dureza, começando tudo de novo, e Cândido balançou a cabeça, distraído, sim, é só uma menina, boa aluna, mas a cabeça já fixada na imagem de Antônia, a madrasta, a bela Antônia, será que eu estou ficando louco, ou aquele olhar —

Você é muito reprimido, dizia-lhe Hélia. *Se solte um pouco. Pessoas reprimidas imaginam o que não existe.* O motorista diminuiu a velocidade para conferir o GPS, avançando pela rua estreita, nesse trechinho a cidade vira uma cidade antiga e decadente parada no tempo, e quase ele disse, vá em frente até a Visconde de Nacar que dá certo, mas desejou que ele se perdesse mais um pouco, dar tempo ao tempo, e fechou os olhos.

Espere aqui, e Antônia segurou seu braço no momento em que ele se levantava para sair com os outros, no meio de uma algazarra animada, um grupo de jovens realizados na vida indo para uma balada em algum lugar, ele o único intruso; *não cabe todo mundo no elevador. E é sempre deprimente quando saem todos súbito ao mesmo tempo e você fica só no fim de uma festa. É bom se acostumar com a solidão devagarinho, pouco a pouco*, uma frase que somente ele ouviu; era quase o cochicho de uma confissão, e que também continha uma promessa misteriosa e inesperada, e Cândido manteve os olhos fechados para sustentar a imagem da lembrança, que se dissolveu e se deixou atravessar pela mudança de assunto de Hildo, depois de esgotados todos os detalhes da vida do procurador: *Agora, essa Antônia* — e Hildo fez uma pausa misteriosa, cheia de promessas —, *essa é da pá virada mesmo*, e Cândido lembra que ao ouvir aquilo retesou o corpo como se diante de uma inexplicável agressão pessoal, a hipótese de um soco, sentindo uma ponta de nervo perfurar suas costas, e querendo e não querendo que Hildo prosseguisse o inventário imoral da família alheia.

— Por favor, fique um pouco mais, disse-lhe Antônia, a mão no seu braço. Já vou buscar uma última cerveja, não saia daqui, espere um pouco, é uma ordem, e ela sorriu, e em seguida acompanhou o grupo no corredor; só Hildo ficou para trás, para uma despedida e um abraço no seu companheiro de algumas horas e já um velhíssimo amigo, *cara, prazer imenso conhecer você, você precisa me apresentar Curitiba, não conheço praticamente nada da cidade, vamos sair uma hora para uma cerveja; fico aqui até quarta que vem, e acho que mais duas semanas e eu me mudo de mala e bagagem; o Arthur me achou um espaço bom para a loja na rua 24 de Maio, e tem ainda uma opção mais no centro, vou ver isso, e estou alugando um apezinho ali perto da reitoria, um prédio novo, muito bom, já mobiliado; pegue meu cartão, me ligue mesmo, cara, tem o e-mail e Face também aqui, dê notícia mesmo; dizem que os curitibanos todos se escondem*, e Hildo deu uma risada, *mas como meu pai era baiano acho que dá pra negociar*, e ambos riram, e longe Arthur gritou, segurando o elevador, *cabe mais um, você vem ou não vem?*, e Hildo largou o amigo, *a gente se vê!*, e correu quase esbarrando em Antônia, que voltava, mais *tchaus* e braços estendidos, e súbito estavam ele e ela a sós em meio às ruínas daquele breve encontro, copos, garrafas, pratinhos, guardanapos, e como que ouviam ainda o eco e sentiam a sombra das presenças, e ainda pairava no ar o sopro de cigarro de um jovem que foi fumar na varanda depois de consultar a dona da casa, *pode fumar sim!*, liberou Antônia sorridente, e ele lembrou da careta de alguém, a mão fazendo leque em frente ao nariz enojado, *não sei como tem gente que ainda fuma*, e Arthur disse, *se ainda fosse um baseadinho*, e Antônia riu, ele percebeu, num momento em que Hildo abandonava a mesa, *vou no banheiro*.

Olharam-se, ambos em pé e súbito desajeitados, uma situação nova, *as peças se moveram*, e ele pensou no tabuleiro de xadrez que herdou do pai — nunca fui bom nisso, Cândido disse uma vez a alguém; e, num gesto alegre e leve de atriz, ela ergueu o dedo com um sorriso: A cerveja! É a nossa vez! Agora enfim vou te acompanhar! Vamos ali na mesa onde vocês estavam, que é mais confortável, detesto beber em sofá, você nunca tem onde botar o copo e fica com medo de derramar o vinho, eu gosto de vinho, mas hoje a coisa está mais para cerveja, que me faz falar, e ela rindo meio que puxou a mão de Cândido numa espécie de *venha*, largando-o à deriva na cabeceira oposta da mesa onde ele havia passado uma hora ouvindo Hildo, *ela é da pá virada, cara; não sou eu que digo, que conheço pouco, mas o Arthur me contou. Se bem que* — e Hildo ficou sério, ponderado, filosófico, e Cândido riu sozinho no Uber lembrando da expressão dele, *eu sou meio filósofo às vezes*, e Cândido riu de novo. *Ela acabou fazendo bem ao dr. Dario durante um tempo, deu uma centrada na vida dele, mulher tem dessas coisas, de repente o cara se organiza só pela presença dela. Em Brasília as coisas iam bem (mas as duas, madrasta e enteada, nunca se bicaram — bateu uma ciumeira na menina, cara... sai de baixo, o Arthur me contou cada coisa). Bem, quer dizer, cada qual com a sua vida, mas quando ele foi transferido para cá,* e Hildo baixou ainda mais a voz, *a coisa desandou.* Entre elas? *Não, não, essa parte até que se acalmou, me disse o Arthur. Algum lance, não sei — ou dele, que passou a encher a cara, ou dela, que, como eu disse, não é fácil. Ele recebeu um convite para um posto lá na área da Justiça, coisa graúda, e está relutando. O Arthur me descreveu a crise. Sair da escrivaninha tranquila da procuradoria, dando canetadas que funcionam, para um cargo comissionado nessa merda de governo — não sou eu que estou dizendo,* e Hildo ergueu os braços, *eu mesmo ouvi ele dizendo isso com todas as letras, governo de merda, saímos de uma e entramos em outra pior — não sou eu que estou falando. E mais: eu já ouvi, eu mesmo, aqui nessa mesa, já ouvi ele dizer, quebrando aquele jeito posudo dele de barão da Justiça que ele gosta de representar quando está sóbrio, isso depois de umas doses, não muitas, que a própria dona Antônia uma vez me disse que na segunda ou terceira já começam os surtos; ouvi ele dizendo que este é o presidente mais débil mental da história do Brasil, você acredita?* — e Hildo interrompeu para dar uma risada, balançando a cabeça, *mas eu acho que já te contei isso, mas, cara, você precisava ouvir. E mais, ele não parou por aí: erguia o dedo reforçando que absolutamente todo mundo, mas todo mundo mesmo, até o mais burro aspone de qualquer ministério ou quartel, sabe disso, em Brasília, no Brasil e no mundo; o sujeito é ridículo, e mais ridículo ainda é o esforço dos puxa-sacos em torno querendo explicar as cagadas que ele faz todo dia, é uma atrás da outra, e isso em quanto tempo? Em que dia estamos? Em seis, sete, oito meses de governo? Cândido, o cara é ridículo,* e Cândido ficou num átimo de dúvida sobre quem era ridículo, se o dr. Dario ou o presidente da República, até ficar claro que era o presidente da República, opinião que o próprio Hildo certamente compartilhava, pela alegria com que contava a história, repetindo os adjetivos da suposta catilinária do procurador numa catarse interminável, *imbecil, incompetente, idiota, cretino, baixo clero, grotesco, calhorda, corrupto, ressentido, miliciano, covarde, filho da puta, corno* — não, corno ele não chamou, nem viado (*se bem que o cara faz muita piada de viado, o tal do "abraço hétero" não engana, ele deve ter algum problema sério na área*); chamou *de mau-caráter, que repetiu três vezes, um filho da puta mau-caráter que não vale o ar que respira,* e alguém até mesmo já sugeriu *que a linguagem brasileira ainda não dispõe de um vocábulo simples e único capaz de definir com precisão a monstruosidade que nos preside, será preciso inventá-lo,* e ambos emendaram o riso pelo prazer mesmo do ritual da ofensa, como se o simples descarrego verbal, a dança batendo os pés no chão (e Cândido achou graça da imagem que lhe veio à cabeça, o motorista do Uber atento ao mapinha do celular), fizesse chover ouro no país. Pensou em repetir o que ouviu de Mattos numa conversa com Beatriz, *desde Maquiavel que a Presidência, ou o príncipe, como se dizia antigamente, não é mais uma figura necessariamente moral, entidade abstrata que, como o velho direito divino dos reis, ao fim e ao cabo não apita nada na política; o que pode parecer surpreendente é que isso é uma boa coisa,* e Cândido, que no momento não entendeu direito, pensou em trocar em miúdos, *como assim, professor?* A risada de Hildo, que Cândido acabou por emendar, atraiu de repente a atenção de dois ou três olhares divertidos da mesinha dos salgados, do que será que aqueles dois tanto acham graça?!, e Hildo baixou mais uma vez a voz, encerrando o capítulo, *pois esse filho da puta é o presidente do Brasil* — *não é inacreditável? Serão ainda mais de três anos pela frente, se não sair logo um impeachment, você consegue imaginar?,* e de novo Cândido não conseguia decidir se eram perguntas do procurador ou do Hildo, que acenou para Antônia mostrando a garrafa vazia, uma familiaridade que lhe pareceu excessiva, talvez já por conta de um ciúme secreto e absurdo da simples atenção da dona de casa, ela agora completamente só diante dele, o marido dormindo pesado e drogado em algum quarto escuro do apartamento, e a mão de Antônia tocando a sua sobre a mesa, a leveza do gesto acompanhando a leveza da voz:

— Gostei tanto do filme! Puxa vida, Cândido, obrigada! Queria muito rever. É estranho a gente ver um filme de novo anos depois. Sempre parece outro filme. A gente lembra de umas coisas e esquece de outras. E agora senti: como tudo é datado, não? As coisas parecem todas tão definitivas quando acontecem! E, no dia seguinte, já é outra coisa. A Jeanne Moreau era tão linda, eu me identifiquei tanto com ela quando vi o filme a primeira vez, com aquela carinha de dona de casa entediada, andando a esmo pelas ruas à procura do amante que ficou preso no elevador depois de matar o marido dela e botar tudo a perder, me deu uma peninha, eu até torcia por ela — e Antônia deu uma risada contagiante. — No filme tudo é fácil, mas no fim dá tudo errado, como sempre, é claro. — É engraçado. Você viu o filme?

— Vi, vi sim — ele mentiu, intimidado pelo *matar o marido dela*, que soou quase como o desvario de um convite, abrir a porta do quarto, *por aqui*, ela diria, levando-o pela mão até a beira da cama, e então esfaquear o procurador no pescoço, num gesto preciso, a mão esquerda prendendo a cabeça pelos cabelos, a direita enterrando a faca na carótida, o sangue encharcando o lençol no escuro, ele sentiria a gosma grudenta nos dedos, que esfregaria no cobertor para limpar, e o silêncio depois de um breve esgar da vítima na sombra; e se jogar nos braços de Antônia para um beijo redentor, beijo é sempre uma coisa boa, um selo forte, um pacto, uma fusão química (ele dizia à Hélia, e sempre complementava, *que trocadilho ridículo*), a realização de um desejo simples e total, um sonho, a liberdade do sentimento puro, e o coração deu uma breve disparada; *eu acho que eu já estava apaixonado por ela, como que do nada*; na verdade, do filme tinha visto apenas trechos aqui e ali no computador para conferir a sincronia das legendas, e se lembrou das observações demolidoras de sua mãe sobre a história do filme, duas semanas depois, que o fizeram rir: *Você não viu esse, de título complicado? Não sei mais nada de francês. É bonzinho. Veja. O que fica mesmo em pé no filme é ele matando o chefão e depois a cena do elevador, ele tentando sair dali; tem jeito de filme americano, o cara durão numa enrascada, e mesmo assim não pisca o olho. O resto é uma bobagem de francês, aquela tonta na rua se achando filósofa e dando bandeira, o guri idiota com a namorada retardada e aquele gordo burro se achando esperto e jogando corrida, tudo sem pé nem cabeça. Mas eu gostei. Prende a atenção. Eu gosto de filme em preto e branco. Já o teu pai gostava de filme colorido, mas a gente ia pouco ao cinema. E olha que era só caminhar até a praça Osório que tinha uns vinte cinemas por perto. Bem, eu sempre fui mais romântica que o teu pai.*

Cumprimentou o velho porteiro sonolento atrás do balcão também antigo — *o seu Zélio é do tempo do Onça*, dizia-lhe a mãe desde sempre, uma expressão que ele nunca entendeu direito, quem terá sido o Onça? Uma pessoa? Um bicho? Só pode ser um bicho — e abriu a porta do elevador, no exato momento em que o *plim* do celular comunicava o preço da corrida, 9,38 reais, a foto colorida do motorista, as estrelinhas em branco para que ele desse nota e o mapa do itinerário feito, de que ele pensou em fazer um print, *guardar de lembrança, gravar o momento mais intenso da minha vida, o que, antes mesmo de acontecer, já era quase uma vingança contra os fracassos do passado, uma belíssima promessa de beleza, redenção e felicidade* (como pode alguém imaginar alguma coisa assim, tão redonda e completa, e no entanto imaginamos sempre, ele lembrou olhando a água verde, *é que ele era um herói romântico*, disse Beatriz a Daniel comentando um personagem literário, *é sobre um livro que cai no vestibular*, ela explicou), e veio-lhe à cabeça a aula que teria de preparar para a semana seguinte, *a velocidade da reação química* — viu diante de si o diagrama com a palha de aço queimando com muito ou pouco O_2, *estabeleça a relação entre velocidade e concentração*, talvez buscar um novo exemplo, esse é muito batido, e a porta do elevador fechou-se com um pequeno estrondo, e como se deliberasse *escapar dos sentimentos* (ele diria a ela depois), pensou em Einstein e na lenda de que todas as suas ideias de gênio da física eclodiam nos momentos em que ele andava de elevador, e ele sorriu novamente, inebriado, idiota, feliz, especialmente do *idiota* imaginado, lembrando-se da imagem fulgurante de Hildo, *preciso marcar mesmo uma cerveja com ele*, o que quase no mesmo instante evaporou-se como uma má ideia, *não agora, e talvez nunca, porque ele, só em me ver, saberia instantaneamente do meu segredo, um único olhar dele bastaria para perceber, o sujeito é fotógrafo, ele vê as coisas*, e já podia imaginá-lo a contar animado a alguém o envolvimento do professor de química, aquele um, que pirateava filmes, lembra?, com uma cicatriz aqui (a mão faria um gesto de um objeto cortante atravessando o rosto), um sujeito meio esquisito e meio simpático, e a mulher do procurador, *que aliás não é de surpreender, porque já tinha um prontuário nessa área*, ele frisaria, ao que se seguiria aquela risada solta e saborosa, e Cândido, no momento em que espetava o número 7 do velho painel e o elevador arrancou com um solavanco, se sentiu misteriosamente confortado com a ideia de se tornar alguém *público*, as pessoas abrindo a boca, pasmadas, não me diga!? O Cândido? Não acredito. Ele sempre foi tão... — *A paixão é exibicionista*, mas descartou a ideia idiota, *tornar-se público*, em seguida, com a lógica de um mosqueteiro do bem, e ele prosseguiu rindo sozinho: *tenho de protegê-la*. Protegê-la do quê? Isso é antigo como a Idade Média. *Não aconteceu absolutamente nada, e, no entanto, estou inebriado*. A metáfora da paixão como fenômeno químico talvez não seja apenas uma metáfora brega; talvez tenha mesmo uma razão científica de ser, e de imediato ele se imaginou diante de uma bancada, um ridículo desenho animado de si mesmo, fazendo experimentos sensoriais esdrúxulos em tubos de ensaio. Observem, ele diria aos alunos: a paixão é um fenômeno exclusivamente elétrico-mental, disparado a partir da movimentação ou transferência completa de elétrons de um átomo para outro de um modo ainda não descrito com precisão pela literatura química. É certamente um composto iônico, que cria ligações positivas e negativas, e não um composto molecular. Que substâncias, que elementos, que vapores, que átomos liberamos em estado de paixão? Uma pessoa — no caso, uma mulher, mas, ele explicaria aos alunos, poderia ser um homem, homem com mulher, mulher com mulher, homem com homem, ou qualquer combinação biológico-cultural, de qualquer idade, simetria ou assimetria —, uma pessoa cuja simples presença parecia lembrá-lo de que eu, subitamente, *fui elevado a outro patamar de humanidade*, e isso por nada, *em estado de graça, quase religioso. Talvez religioso mesmo*, e ele pensou na ideia de Deus, que, sempre que ele especulava a respeito, lhe soava tão completamente absurda, o pensamento mágico em estado absoluto, a desistência voluntária e submissa da inteligência, a criação espetacular de um ser desprovido de matéria cuja presença se afirma além de qualquer medida de referência cognoscível ou equacionável, e lembrou da voz metálica e levemente esganiçada de Daurinha, como o lamento de um cordeiro à morte, comentando uma ironia qualquer que escapou na roda em torno das pessoas crentes, *pois eu já tive uma experiência pessoal com Deus*, o que lhe deu de súbito uma auréola de santidade quase repulsiva, *no sentido químico*, ele pensou, *diante desta luz inesperada as pessoas dão um passo atrás por instinto, a santidade isola e o sorriso defensivo e vingativo triunfa na nossa frente, Deus está comigo, o que é antes uma ameaça que uma revelação.*

— Mas venha ver a minha saleta de cinema, Antônia disse, no estranho silêncio da casa agora vazia, no ar a sugestão de um eco de igreja, tocando-me a mão como reforço ao convite, ele lembrou. Era um *estado intenso de simpatia*, essa transferência simples de átomos gerando uma fusão de intenções e imagens: uma mulher inteira bonita, mas era só no rosto que o olhar dele se concentrava, e ela parecia fazer o mesmo com relação a ele; era como se ela, ele imaginou, já naquele primeiro momento quisesse tocar a minha cicatriz num misto de curiosidade e afeto, a curiosidade puramente afetuosa, não invasiva, que sentimos pelos que nos são muito próximos, um gesto que ela não fez, embora os olhos, para mim, revelassem essa intenção. *Por aqui*, ela disse, *toc toc toc*, e em seguida os passos se fizeram em silêncio, porque pisavam agora num tapete ou carpê, não dava para ver no corredor sombrio, e mais uma vez ele se imaginou sendo levado ao quarto maior para o ritual de matar o procurador, levantando sua cabeça adormecida pelos cabelos, para então, sob a maior cumplicidade possível entre duas pessoas, a do contrato de homicídio — e ela abriu a porta, tateou a parede nas sombras com um sorriso (ele via os dentes) e acendeu a luz: *é aqui*.

Colocou a chave na porta procurando não fazer barulho com o chaveiro, um gesto que lhe soou deslocado como uma regressão adolescente, *eu preciso de novo morar sozinho*, numa espécie de jogo da memória, *devem ser umas três horas da manhã e ela está acordada, com certeza*, e como a reforçar a ideia avulsa da necessidade de independência, sentiu que o tambor da fechadura também se movia do outro lado, o que criou uma trava mútua, um arranhar discreto de ruídos metálicos, dois teimosos tentando abrir uma porta que enfim abriu-se mais pela força decidida de sua mãe do que pelo seu esforço inseguro e tateante, e ela surgiu das sombras, uma figura frágil coberta por um velho roupão e de cabelos desalinhados, mas não assustada, até tranquila, a voz numa altura quase normal — *Eu imaginei mesmo que fosse você chegando mais tarde hoje, mas nunca se sabe,* e prosseguiu indiferente rumo à cozinha arrastando os também velhos e gastos chinelos de feltro, *uma figura pequena,* ele admirou-se de como sua mãe era pequena, como numa descoberta repentina de quem jamais tivesse olhado com verdadeira atenção para a mãe, e ele fechou a porta. *Não consegui dormir,* ela disse. *Ainda bem que tenho teus filmes, são uma bênção. Mas o estoque do pen drive está no fim,* prosseguiu, a voz já mais firme e alta, que soou como advertência, um breve alarme. *Acabei de ver um filme antigo italiano, em preto e branco, de uma mulher que mata o amante, bem interessante, e outro colorido,* Verão vermelho, *ainda bem que desta vez você botou o nome em português; o nome em inglês é* Heat and Dust, *calor e pó, se ainda me lembro de alguma coisa de inglês. Quando o teu pai me levou a West Point ficou impressionado com o meu inglês,* e ela parou na entrada da cozinha, e voltou-se. — *Eu ainda estava parado à porta,* ele se lembrou, olhando a água verde. *Em estado de graça, pela visão de Antônia, e sem Deus,* e sorriu da ideia: o celular agora apontava três por cento de bateria, a pilhazinha vermelha, todos os alarmes tecnológicos avisando, *eu vou morrer,* e ele viu que a mulher de minissaia vermelha desaparecera, uma ausência que, por algum absurdo dos afetos, o desamparou — *era melhor saber que ela estava ali.*

Venha tomar um chá comigo, a mãe disse com o seu tom sempre suavemente autoritário, um pedido é sempre uma ordem, e ele determinou-se de novo, *eu preciso voltar a morar sozinho. Não tem mais sentido ficar aqui,* e a ideia simples tranquilizou-o, como se já estivesse tudo resolvido, ele com Antônia em algum lugar livre do mundo, e alguma atendente gentil e de preço módico contratada para tomar conta de sua mãe até o fim de seus dias, como se isso fosse possível e viável tendo em vista o temperamento de dona Lurdes, de modo que poderia, sim, aceitar perfeitamente o chá da madrugada sem abrir mão de sua nova independência, *que é um fenômeno mais mental que operacional*, ocorria-lhe agora, *afundado na dependência afetiva e emocional*, imaginou, e olhou novamente para o celular, para vê-lo morrer. Talvez, antes do fim, ele especulou sabendo que estava no terreno do puro milagre, pipoque uma mensagem da Antônia, *ela tem o meu número, embora eu não tenha o dela*, talvez ela envie, arrependida do silêncio, um inesperado *eu te amo* qualquer, *vamos voltar àquele motel brega pintado de vermelho*, uma mensagem qualquer que volte *a dar uma direção para a minha vida*, e ele pensou nisso apenas como um vazio momentâneo a ser objetivamente preenchido. O problema é que as coisas que não acontecem têm muito mais peso na vida do que as coisas que de fato acontecem, ele pensou, como quem descobre uma nova fórmula de compreensão da realidade. Um mundo inesgotável de possibilidades, cada uma delas se fazendo a todo instante, numa provocação perpétua; é um universo completo desenvolvendo-se à parte do mundo real e tomando seu rumo autônomo como uma nova galáxia, enquanto nós nos reduzimos a nada, e ele sorriu do filme imaginário que insistia em lhe tomar a cabeça, arrastando-o para todos os lugares do mundo exceto este em que ele está concretamente agora, tão miúdo e quebradiço, um pequeno sopro ridículo, apenas uma respiração há muitas horas sem dormir.

— O mundo sempre foi injusto com as mulheres; é uma coisa tão simples e evidente, e no entanto eu nunca tinha pensado nisso com clareza, mas agora todo filme que vejo parece falar de mulheres massacradas — a mãe disse, como quem prossegue em voz alta com uma cadeia de ideias que matutava em silêncio, e então se voltou do fogão, onde pôs a chaleira com água para ferver. — Você quer chá de hortelã ou de erva-cidreira?

Sem responder, ele se aproximou e sentou-se diante da mesa, à espera.

— No filme italiano *Una donna ha ucciso*, o que significa "uma mulher alguma coisa", *donna* é "mulher" em italiano, o resto eu não sei, a legenda não tinha tradução do título, mas tem a ver com morte ou matar. É sobre uma moça de classe média de Nápoles, na verdade de família rica, uma casa maravilhosa de dois pavimentos, mas sofrendo a miséria do fim da guerra; pois a moça se apaixona perdidamente por um militar inglês, um tal de Prescott, um sujeito que trabalha no período de ocupação dos Aliados e que é um conquistador canalha, um vagabundo mentiroso. A idiota foge com ele para Roma e fica "desonrada" (a mãe sorriu, frisando a palavra), era assim que se dizia naquele tempo, as mulheres ficavam *desonradas*, eu mesma já me senti "desonrada" na vida, quando me juntei com aquele traste, antes de conhecer o Josefo, era uma coisa meio ridícula, um sentimento de criança que custava a passar — e dona Lurdes caiu num breve mas intenso silêncio, pensando em alguma coisa que preferiu não partilhar, de que acordou em seguida. — Bem, eu vou contar, porque sei que você não vai assistir mesmo, acho que você não gosta de filme velho, é uma história muito simples; ou vai? — alarmou-se ela, mas Cândido fez um *não* tranquilo e beatífico com a cabeça, e a mãe prosseguiu. — Quando ela descobre que ele tem outra, acaba matando o pilantra no fim. Não foi premeditado; ela por acaso escuta o desprezo dele por ela no telefone, falando com alguém, e tem um coldre com um revólver pendurado na parede bem ao alcance de sua mão, essas coincidências de filme, e ela pega a arma dali e *pá! pá! pá!* Uma história velha como as pedras, um dramalhão com um começo engraçadinho que acaba com uma lição de moral que a gente não sabe qual é, mas eu gostei de ver. A menina era bonitinha e ingênua. O amigo do canalha, o Larry, que era até um bom sujeito, daqueles bonachões que sempre fazem par com os maus, cantava aquelas músicas italianas românticas antigas, coisas de serenatas, até me lembrou o teu pai de uniforme do Exército. Era um tempo em que os pais não queriam que as filhas trabalhassem. Tudo mudou muito rápido — e Cândido pensou na idade da mãe, quase dizendo *não tão rápido assim, minha mãe é uma enciclopédia do tempo*, e imaginou a si mesmo como alguém que teve a sorte de nascer num mundo já *moderno*, e pensou em conversar sobre isso com a Antônia. Pareciam tão ostensivas e evidentes as vantagens deste mundo moderno, do controle dos elementos químicos às viagens de avião, do celular ao fim da varíola (*que está voltando por ausência de vacinação; não se entusiasme tanto com a ciência, porque os idiotas têm muito mais poder que ela*, disse-lhe alguém), da liberdade sexual aos carros elétricos, que a gente olha para o passado nem com mágoa, raiva ou horror, mas com a curiosidade que se tem sobre as coisas e as pessoas *pitorescas*; acho que vem daí o sucesso dos velhos filmes, o prazer de tudo que é antigo — o passado se transforma numa maquete do tempo a ser contemplada numa feira livre com um sorriso, em que as pessoas são apenas um detalhe, *como os restos mortais de um etrusco qualquer expostos numa caixa de vidro do Museu Britânico*, disse Beatriz na roda do café contando um detalhe de sua viagem à Inglaterra; *e no entanto era uma pessoa real que estava ali, reduzida a ossos, completamente nua e escancarada, alguém que teve pais, família, algum trabalho, amizades, manias, sonhos*, acrescentou com um sorriso, sem julgar, apenas como quem se surpreende com o óbvio. Engraçado, disse Mattos em seguida: você falou quase exatamente como um moralista romano no início da decadência do Império. Enquanto os deuses perdiam sua força, a assombração da morte ganhava uma dimensão cada vez mais assustadora. Tudo bobagem sentimental, alguém retrucou com um sorriso; o etrusco está sendo mais útil ali, em visitação pública, os ossos ajeitados como um quebra-cabeça sobre uma caminha de areia, do crânio quebrado aos metatarsos que sobraram, do que esquecido para sempre num buraco na Itália com os potes de alimentos aos deuses e os cadáveres dos cavalos especialmente assassinados para o levarem ao céu. Pelo menos as crianças de hoje podem aprender *ao vivo*, e o colega riu, o quanto os antigos eram idiotas. Cândido concordou com a piada, balançando a cabeça com um sorriso, sem pensar muito — aquilo era apenas um jogo mental, pequenos silogismos que nos divertem pela razão, o que é outro motivo para admirar o mundo contemporâneo, podemos pensar *livremente*, mas também isso se esfumaçava diante da mãe relatando os seus filmes, *e em seguida eu vi um francês, bem bonzinho, que se passa num vilarejo durante a Primeira Guerra*, com o entusiasmo elevando-lhe mais a voz, o que sempre lhe dava um fio de aflição, os vizinhos podem ouvir; Le Collier rouge, *"A coleira vermelha", que é na verdade uma condecoração de guerra que o soldado recebe e põe no cachorro e vai preso por isso, o que você só fica sabendo no final do filme; estou contando agora porque o que interessa mesmo é a mulher dele, uma moça bonita, forte, independente — aliás, judia, e que tinha livros em casa, o que chama atenção naquele meio de vida abrutalhado, parecia o vilarejo de polacos do teu tio padre, uma vez eu fui lá com o Josefo; bem, e a gente fica angustiado por saber por que diabos o soldado não quer mais falar com ela, uma mulher linda vivendo sozinha com o filho deles*, e a mãe conferiu a chaleira, balançando a cabeça: *Meu Deus, como os homens são idiotas. O burro (aquele sujeito era meio burro mesmo, daqueles que bufam e dão com a cabeça na parede até sangrar, está cheio de homem assim) achava que ela... mas esse detalhe eu não vou contar porque é capaz de você assistir, o filme é recente, e não quero estragar. O personagem principal é um juiz militar, que me lembrou muito teu pai: modos educados, um jeito superior. Um homem bom, o tipo da pessoa que é só se aproximar e você se sente bem e tranquilo. Ainda existe gente assim. Parecia o Josefo. Um militar equilibrado, um homem simples, de bem; não um sujeito grosseirão como esse presidente, meu Deus, onde é que isso vai dar? Você ficou sabendo o que ele disse hoje? Está certo que antes era uma roubalheira só, mas precisava ser isso aí? Que barbaridade.* A velha voltou ao fogão, e reclamou, quase aos gritos, como se o filho estivesse a vinte metros dali: *Você me ouve sem me ouvir.* Estou inebriado pela paixão, ele pensou em responder, em sua defesa — "inebriado" é a palavra exata, relembrava agora, e o simples fato de encontrá-la pareceu acalmá-lo.

Era apenas um quarto amplo adaptado como sala íntima de cinema e, assim que, saídos da sombra do corredor, os olhos se adaptaram à claridade bruta da luz contra a qual sorria a silhueta de Antônia, ele viu a meia dúzia de poltronas elegantes e coloridas espalhadas em relativa desordem, e a mão dela, estendida para o espaço ao lado da porta como numa orgulhosa demonstração de um estande de feira de espaços domésticos, apontava uma imensa televisão de LED de umas cem polegadas fixada na parede, o que atiçou imediatamente a curiosidade dele, quais seriam as especificações?, e ao mesmo tempo desejando que ela não ligasse o aparelho para não desviar a atenção mútua, ou a *aura* daquele momento, a alegria contagiante dela ao tocar na sua mão para que ele se aproximasse, *venha, esse é o meu cantinho de cinema e de solidão feliz*, e ela levou-o até a lateral da televisão, *a Líria me explicou, é só espetar o pen drive aqui na entrada USB, é assim mesmo que se diz, "úsbi"? tem gente que diz "u-esse-bê"* — e deu certinho, a imagem espetacular. *E que cópias boas você tem! Depois desse segredo, nem vou usar mais o aparelho de DVD, o sistema é tão...* e ela nem completou a frase, também *inebriada*, ele interpretava agora. E ela disse, *sente aqui, vamos conversar,* como dois velhos amigos, e ele obedeceu, afundando-se no conforto inesperado da poltrona, que se inclinou ligeiramente. *Tem também uns pufes para esticar as pernas, você quer?*, ela perguntou, de um jeito travesso, como se planejassem ver um filme nesta meia noite. *Eu adoro ver minhas sessões da tarde aqui, até mandei fazer um blecaute na janela, ficou ótimo, escuridão total, e como eu nem uso mais celular, nem preciso botar no silencioso* (o que, naquele instante, não lhe pareceu estranho, apenas original, atraente, exótico), e ela riu e sentou-se ao seu lado ajeitando a cadeira e cruzando as pernas, que ele evitou olhar, fixando-se apenas no seu rosto. (A mulher é o rosto, alguém disse à mesa do bar. Não, a mulher é o olhar, ele corrigiu, com a coragem da cerveja. Erraram: a mulher são as formas, e as mãos de alguém desenharam um violão no ar. A mulher é uma *pessoa*, seus machos alfas ridículos bêbados idiotas, disse Hélia. Depois não entendem por que uma mulher não quer mais ver homem nem pintado de ouro, e a amiga riu alto. Quando foi isso?) *A gente esquece da vida*, ela acrescentou, como uma pessoa feliz simulando um rasgo de melancolia para um amigo. O sorriso dela — *ela é* muito *bonita*, ele relembrou, *mas da pá virada*, disse-lhe Hildo, o que agora soava como a mais alta das qualidades, um adolescente em êxtase diante da transgressão de sua vida, *eu nunca me meti nem com aluna nem com mulher casada*, e sorriu diante da mãe despejando a água quente da chaleira na sua xícara com o saquinho de erva-cidreira, *erva-cidreira é muito bom à noite*, a mão magra e ossuda, mas ainda firme, ele notou — mantinha-se tranquilo e feliz, como quem não acredita que seu novo herói (*Você fica muito charmoso com essa cicatriz*, ela lhe diria na quarta-feira seguinte, como se a cicatriz fosse um adereço que se põe ou tira, e ele achou graça) está aqui diante dela, único e exclusivo, entregue à sua plena disposição, depois de uma festinha tensa e cansativa de esquentar balada de jovens sem rumo, com a enteada muito complicada — na verdade, Cândido, nossa relação melhorou muito; uma relação que continua fria, é verdade, mas agora cada uma respeita o lugar da outra, e eu, sinceramente, gosto dela, a Líria é muito querida e eu entendo a reação dela quando eu apareci na vida do pai, a ciumeira explodiu, é claro, mas hoje a gente se dá superbem, não é mais aquele clima de novela, inimigas mortais; e ela é muito inteligente; ela é mais inteligente do que eu, eu reconheço, ela saca as coisas sempre um minuto antes, uma menina incrível, ela brilha em tudo que faz, diferente de mim, que sempre sentei na última fila da sala, e ela sorriu. Você sabe que ela admira muito você, não? "Antônia, você precisa ver: ele é um professor incrível; com ele aquela loucura da química fica simples, você entende as relações, e ele é tão gentil nas explicações, um doce de pessoa", e Antônia prosseguia sorrindo, imitando o jeito dela; o Dario tem toda a razão na paixão que tem pela filha, é um sentimento muito forte, que transborda — e mais o estresse do marido alcoólatra, *ele simplesmente não pode mais beber, mas é inútil dizer*, e sua viagem a Brasília, a oferta de emprego, na verdade de um cargo, nesse governo aceitar um cargo equivale a montar num cavalo chucro que vai sair dando pinote e coice até te jogar no chão.

O dr. Dario vai fazer parte do tal *projeto de aparelhamento do Judiciário*, Hildo me cochichou com um sorriso cúmplice, começando pelo novo chefe da PGR; o tal do Montesquieu e o seu espírito das leis e sua separação dos poderes, blá-blá-blá, que se fodam; o Arthur chegou a me dizer que, para muita gente do governo, ou acontece uma virada de mesa ou volta tudo pra mesma merda, e Hildo ria, como se apenas assistisse a um filme engraçado, o que na hora não entendi, quando ele completou, *mas até o Arthur sabe que toda essa história vai dar em nada, que não tem clima; o que ele tem medo mesmo é que o dólar dispare e cortem a ligação com a China, sei lá, que rompam relações com os comunistas, os caras são malucos de pedra, e é aí, velho, que a nossa mal nascida sociedade de material fotográfico acaba. E acaba no dia seguinte.*

— Esse pessoal, com o exército de doidos batendo palmas no WhatsApp, está meio que enlouquecendo de soberba; bem, e tem também o esgotamento da nossa vida em comum, você foi casado e sabe como é. Tudo está uma merda total, eu, o Dario, o país, esse presidente é um cretino completo, o ministro é um escroto e o próprio Dario sabe disso, mas mesmo assim vai acabar aceitando o convite, eu conheço ele, é um idiota do mesmo naipe, Antônia diria cinco dias depois, como se conversassem num café, dois amigos casuais, e não numa cama de motel.

Ela acendeu um cigarro inesperado que tirou da bolsa, e Cândido, já quase dormindo, abriu os olhos, surpreso ao sentir o cheiro da fumaça, *você fuma?!*, e ela fez um *sim* quase imperceptível com a cabeça, os olhos concentrados na luminária vermelha do teto, pensando longe, e nesse exato momento — *pode fumar aqui?*, ele pensou em perguntar —, como que do nada, eu percebi que começava a perdê-la, ele planejou contar ao Batista, se um dia voltassem a falar, *eu não fui correto*, e temeu uma solidão súbita e completa, a da velhice estendida, sem amigos, *eu vou ter de explicar o que aconteceu, não se abandona a sala de aula assim, de um dia para outro, como se tudo não passasse de uma gazeta de crianças — jamais deixei meus alunos na mão*, e o celular — *será que o Batista chegou a ver minha mensagem*, preciso de você, estou no Passeio Público? — enfim apagou-se nas suas mãos sujas, suadas: morreu Hal, o computador homicida de 2001, *uma odisseia no espaço*, e lembrou do comentário de Antônia, *como é estranho esse filme, as pessoas frias, geladas, distantes, naquela nave espacial vazia, nada acontece nunca e as pessoas não se abraçam, não se abandonam umas às outras como deveria ser, vivendo tão longe, com aquelas roupas que não pertencem a tempo nenhum, apenas à lógica do próprio filme. Tudo é vazio, tudo é devagar, tudo é inexplicável, tudo é muito longe.* E agora havia outra mulher, aparentemente também prostituta, ele avaliou, conversando com a primeira, que voltou à beira do lago verde, e de vez em quando as duas olhavam para ele como a um animal esquisito, talvez perigoso, e, com uma picada de aflição e uma sombra renascida de vergonha, ele bateu na velha e suja calça jeans para tirar do joelho um tufo de grama, *onde eu dormi, meu Deus? Estou com cheiro de caça*, era o que a mãe dizia a ele criança, *vá tomar banho, você está com cheiro de caça*, o que equivalia a virar bicho.

— Eu fumo muito raramente, mas fumo — e ela soprou a fumaça numa linha reta para o teto. — Sempre guardo uma carteira na bolsa. Lembrei daquele filme estranho que você me passou, acho que sueco, *1001 gram* (é norueguês, ele corrigiu, mecânico), a moça encarregada de cuidar cientificamente da medida de um quilo e que vai substituir o pai num simpósio de pesos e medidas em Paris, uma coisa bizarra, controlar a exatidão de um quilo, tudo é muito louco nesse mundo. Você assistiu?

Ele não respondeu, pressentindo que a voz de Antônia estava se tornando diferente e ele tentava descobrir em que aspecto, o que gerou ansiedade.

— Eu queria ter uma vida assim, inteira clean. Ela dirigindo aquele carrinho elétrico azul, quase de brinquedo. Uma vida geométrica. As ruas certinhas, vistas de cima. Até o ataque cardíaco do pai ela suportou bem, a emoção guardada dentro de um quadrado. Todas as formas bonitas e equilibradas: a casa vermelha à esquerda, a árvore verde à direita, o céu azul; ou a máquina girando lentamente o peso de um quilo, com a solenidade de um ritual, num ambiente controlado e inalterado por mãos humanas. Ninguém pedindo esmola nas ruas. O pai dela só lamenta, no fim da vida, que agora o valor de um quilo não será mais extraído de um objeto físico, mas de uma soma de átomos. Uma mulher que, ao mesmo tempo que diariamente certifica pesos com etiquetas colantes, tem uma vida inteira livre para se dedicar somente aos seus pensamentos, sem nada para atrapalhar. E, no entanto, como eu agora neste motel, ela se esconde nos dutos externos de ar condicionado para fumar escondida com um homem mais velho que ela — e Antônia deu uma risada. *Então sopre a fumaça na minha boca, eu disse, para recuperar o tom de voz original de Antônia, que se esvaía, e colei meu corpo no corpo dela, que estava quente*, ele imaginou-se contando a alguém, como quem escreve alguma coisa nova, alguma coisa original, mesmo não sendo escritor; e ela obedeceu com um sorriso triste, ele percebeu, *ela está triste*, o braço estendido para trás com o cigarro entre os dedos, e ele meio que se afogou na fumaça que vinha de sua boca, e tossiu, e ambos riram, e ele voltou a beijá-la: o momento mais feliz da minha vida foi também o seu fim. *Mas com a Hélia não era assim também? Você não dizia todas as noites que aquela havia sido a melhor noite de sua vida, sempre uma melhor que a outra, rumo ao infinito da perfeição?* (Era uma frase de Hélia, quando transavam: *rumo ao infinito da perfeição*, e eles riam — era engraçado.) Sim, é verdade; mas eu não estava mentindo, como não estou mentindo agora; uma das maravilhas do sexo, talvez a principal, é apagar o passado. *Mas ele volta*, retrucou a si mesmo.

Na saleta, ele temeu que ela resolvesse ligar a TV gigante e sugerir um filme para verem juntos, e ele quase se antecipou à situação imaginária com uma frase obtusa, de uma grosseria absurda, *eu gosto de ver filmes sozinho*, mas o que o levaria a dizer isso era apenas o sonho de prosseguir flutuando naquele inacreditável *limbo pré-nupcial*, alguém uma vez lhe disse, *a expectativa de uma situação amorosa, uma sensação paradisíaca*, que por si só parece *aplainar a vida*, e ele achou graça da expressão — aprendi isso com a Hélia, esse jeito engraçado de observar e captar palavras no ar para definir o que está acontecendo (aquela aproximação absolutamente maluca com a mãe de uma aluna, com quem trocava pen drives recheados de arquivos piratas, como nesses filmes exagerados sobre famílias disfuncionais, o que dá a impressão de que o mundo inteiro é um hospício e que a simples normalidade, pão, pão, queijo, queijo, é uma fantasia inexistente ou mentirosa, nada jamais é o que é); Hélia destacava as palavras como quem faz um sortilégio numa cumbuca de letras, uma pequena magia de uso próprio. *Não é para enlouquecer*, ela explicava; *é que as coisas que têm um nome são controláveis. As que não têm, não são*, e eu imediatamente brinquei, ele contará ao Batista, *como esta paixão que bate por você no meu peito, ela não tem nome, e portanto eu não tenho controle*, e eu achei que a Hélia ia achar graça, mas ela disse apenas *você não leva nada a sério*. Sorriu mesmo assim, é verdade. E voltou ao assunto: *Por que você não pensa em fazer carreira em São Paulo*, num tom que não se decidia entre a pergunta e a afirmação, o que indicava nítida uma passagem de ânimo. Ela já estava pensando nisso, fazendo mentalmente suas malas, etiquetando a despedida, e eu não entendi. Súbito, não haveria mais chão para recuperar. *Você tem de se divorciar de sua mãe*, ela chegou a dizer, e a estupidez da frase ficou no ar.

— Quem é ela? — perguntou dona Lurdes assim que ele deu um gole do chá de erva-cidreira e manteve as mãos em torno da xícara, o gesto mecânico para aquecê-las, numa noite não exatamente fria. Surpreendido, ele ergueu os olhos à mãe, que deu um sorrisinho maroto.

— Ela quem, mãe? — ele retrucou, a manobra instintiva de ganhar tempo, e azedou-se com o absurdo da situação: um homem de quase quarenta anos vivendo com a mãe, a quem deve explicações amorosas que ela detecta e avalia pelo faro e se diverte com isso. Pensou em contar tudo de uma vez, como uma vingança: *Eu me apaixonei por uma mulher linda e vou abandonar você*, e imaginou a risada no café quando ele contasse a cena, *eu tive de me separar da minha mãe*, e alguém diria (o Mattos, talvez), com a neutralidade do cientista social, *isso é realmente interessante; para a minha geração, a alegria maior era o grito de independência, o sair chutando a barraca e batendo porta para a vida real, a volúpia da independência afetiva, a família que se foda, e fazíamos isso* — ele frisaria com outro gole de café, a barriga para trás, a cabeça inclinada à frente — *antes que o pai ou a mãe, como aquelas aves (eu vi num documentário da Netflix) que jogam os filhotes pra fora do ninho e eles que morrem ou aprendam a voar durante a queda, porque não tem rede de segurança lá embaixo*, e segue-se uma risada prolongada pela desgraça alheia. *Já hoje, ninguém quer largar o conforto caseiro, a comida na mesa, a roupa lavada.* — Mais um gole, a xicrinha no balcão, e o dedo acusatório sacudindo, acompanhando a denúncia do crime (e Cândido sorria, vendo a cena): — *E nem os pais querem largar as crias!*

— Ora, quem!? Não sei! — a voz subitamente alta, com o mesmo sorriso maroto. Atrás dela, a lâmpada acesa sobre a pia da cozinha dava um contorno trêmulo de luz em torno dos cabelos ralos da mãe, quase a silhueta de uma santa, ele pensou em dizer com ironia, para contrapor à ironia dela. — Mas não sou burra.

— Fale mais baixo, mãe. — O dedo apontava o teto: — Os vizinhos. Na próxima semana vamos de uma vez ao médico colocar um aparelho de ouvido.

Ela ignorou, ou não ouviu o que ele disse, imersa no prazer da dedução. Deu mais um gole do chá, e reatou exatamente o mesmo ponto mental:

— Você chega às duas da madrugada, o que é pouco comum, porque amanhã é sábado e você tem aula. Isso só acontece quando você sai com o Batista para beber cerveja, o que tem rareado muito; parece que vocês saíam mais quando ele precisava de um sócio, vivia batendo aqui na porta, não sei — e isso irritou o filho, *eu vou dormir e largar esse chá e minha mãe falando sozinha e semana que vem vou me mudar, foda-se*, mas a pontada de irritação se esvaiu como veio; seria bom mesmo sua mãe saber, e ele pensou no abraço de despedida de Antônia na frente do elevador, os cochichos (para que o vizinho de andar não acordasse, *a gente ouve tudo que se fala aqui no corredor, parece que faz eco*, e ela colocou o indicador nos lábios com um sorriso maroto como se desde aquele momento eles já fossem cúmplices de um crime amoroso), o prazer afetuoso daquele encaixe das cabeças nos ombros, a milimétrica demora não de um simples abraço, mas *de duas almas que se tocam*, dizia Hélia com o seu jeito de se defender dos sentimentos procurando a palavra exata, e mais o picante discreto do perfume feminino *que povoava meu espírito, a volatilidade das moléculas; é a fraqueza delas que estimula os cem milhões de células olfativas*, Cândido diria aos alunos; *pensem, por exemplo, na estrutura química do cinemaldeído, na membrana das células olfativas, na ativação da proteína G* (e talvez algum engraçadinho perguntasse se isso tinha a ver com o tal *ponto G*, ele ouviria as risadas na sala e não ficaria ansioso por isso, porque agora ele é um homem feliz), *e sintam o cheiro suave de canela*, e ele olhou para a mãe e sorriu, já perfeitamente calmo, ela que diga o que quiser que eu vou tomar este chá de erva-cidreira e vou dormir tranquilo em seguida.

— Quer dizer, você costuma chegar tarde só quando não há aula ou trabalho no dia seguinte. Eu conheço meu filho. Não pense que eu sei isso porque fico fuçando nas tuas coisas, mas pela experiência de anos, só de observar, você sempre foi muito metódico e bem-educado, graças a Deus, tem cada filho por aí que a gente ouve falar que é uma desgraça, e eu sei isso também pelo que você mesmo diz, *hoje vou dormir cedo porque amanhã tenho aula*. Quantas mães ouvem isso de seus filhos? Quase nenhuma. Não é à toa que o Batista correu atrás de você quando precisou de um bom sócio. Ele não é burro. Falar nisso, como está a escola? Está dando certo? — Mas ela mesma descartou as perguntas com um gesto solto da mão, um *deixa pra lá*, e reanimou-se voltando ao assunto:

— Mas tem ainda outra pista: ainda há pouco você colocou a chave na porta determinado a não fazer barulho, haha! — e dona Lurdes deu uma risada satisfeita pela sutileza detetivesca do detalhe. — Não é normal. Quando você chegava bêbado, lembra? Naquela época da Hélia? Aliás, por onde ela anda? Só não vá dizer que... — mas também aqui ela esqueceu o desvio e retomou o rumo. — Quando estava bêbado, o que graças a Deus não tem acontecido mais, você só faltava esmurrar a porta se tivesse esquecido a chave ou quando estava tão tonto que não conseguia achar o buraco da fechadura — e dona Lurdes deu outra risada faceira, jogando a cabeça para trás, o halo de luz explodindo atrás dos cabelos, e ele piscou os olhos, a lâmpada nos olhos, acompanhando o riso da mãe, que estava visivelmente feliz. *Eu também*. Em vez de ligar a TV, Antônia lembrou o filme *Heat and Dust*, o título em português é *Verão vermelho*, um lindo filme, estava no pen drive que você me mandou, ela disse, lembra do filme? E ele disse sim, lembro, feliz por ter de fato visto esse filme e assim (o medo de que aquele momento súbito se esvaziasse) poderia esticar a conversa falando sobre ele, a história da jovem inglesa que lá nos anos 1920 casa com um inglês, e o casal vai para a Índia, e ela, é claro, apaixona-se por um indiano. Bem, a relação dela com o marido é gelada, tipicamente inglesa, e Antônia dá uma breve risada, que povo frio!, e fica séria em seguida, como se temerosa do que ele poderia pensar, Cândido imagina diante do lago verde, percebendo que a prostituta voltou ao posto e voltou a olhar para ele e agora vai acender outro cigarro que tirou da carteira que tirou da bolsinha. Claro, é também a atração pelo exótico, Antônia prossegue, as pessoas gostam do que é exótico, e mais o toque de sentimento de culpa, o bom afeto inglês diante da opressão imperialista. Você já foi à Inglaterra?, ela perguntou, a mão tocando levemente seu joelho, e ele disse não, nunca fui à Inglaterra, e quase acrescentou, *eu nunca saí do Brasil*, e talvez acrescentasse, *quer dizer, já fui ao Paraguai comprar um computador sem pagar imposto e aproveitei (sugestão do Batista) para comprar uma câmera Canon, que vendi em seguida e só com isso praticamente paguei a viagem e o computador, comprovando a Teoria do Hildo*, ou então (mais uma lembrança que um desejo de dizer), *a Hélia sempre quis ir para a Inglaterra comigo, visitar Abbey Road, aquela esquina da foto do disco dos Beatles, ela sonhava com isso — vamos pedir para alguém fotografar a gente atravessando a rua naquela faixa —, e nunca deu certo, ambos ocupados demais em ganhar dinheiro e começar a vida que não começava nunca*, mas preferiu não dizer nada. Ele preencheu o lapso silencioso de dois segundos, que lhe pareceram assustadores, *talvez ela se levante para me despedir*, elogiando o espaço, que sala ótima você montou para ver filmes, puxa vida, ficou muito bom, e ela sorriu, feliz com o elogio, ficou bom mesmo, não? É que o Dario trabalha direto, e adora ler na cama; tem televisão no quarto, que eu prefiro não ligar para não atrapalhar a leitura dele; e ver filmes ali na sala é complicado, porque se não é a Líria com os amigos, é o povo do Dario, e Antônia deu um suspiro deixando entrever uma sombra de enfado; com a agitação política da procuradoria no momento, que é explosiva, ela explicou baixando a voz e aproximando a cabeça, sempre tem gente falando de trabalho, tudo muito chato. Quer dizer, e ela baixou ainda mais a voz, de novo o toque no joelho, está tudo muito esquisito no país, você não acha? — e ela prosseguiu sem esperar resposta: — Não sou ingênua, nunca houve santo em lugar nenhum, isso eu aprendi com o meu pai, mas acho que, agora, o atropelo da coisa, esse festival de besteiras todos os dias, bem, até onde entendo, mas é claro que não sou só eu, a coisa é visível. Resumindo, professor Cândido: o espetáculo todo que estão fazendo incomoda muito o Dario, e agora o convite e esta viagem a Brasília, e mais a bebida, ele — Cândido sentiu um breve choque pela inesperada confissão íntima e, parece, ela também; calou-se dois segundos, subitamente séria, e como quem quer falar mais e percebe a inconveniência, alguém que sente que se perdeu e agora busca o fio da antiga meada.

— Bem, quando tem visita chata, eu saio de mansinho da sala (e ela voltou a sorrir), e venho para o meu refúgio aqui. Ficou legal, não? Com os teus filmes, ficou melhor ainda. O Dario, que não tem paciência pra ver filme, ficou escandalizado, *mas pra que uma televisão desse tamanho? Quanto custou isso?!* — E Antônia deu uma risada alta e tapou a boca com a mão em seguida. Seria verdade o que Hildo disse, *me contaram que a Antônia*, e ele botou o dedo no lado do nariz e deu uma fungada, como um código, o que ele não entendeu até Hildo acrescentar num sussurro, *teve de ir para a reabilitação durante um tempo, segundo o Arthur que, bem, é próximo da família e sempre sabe das coisas*, e Cândido sentiu uma repulsa momentânea, irracional, pelo novo amigo, que acrescentou, a mão no seu braço, como se percebesse a reação e propusesse paz, *mas nisso, cá entre nós, eu não acredito. O pessoal fala muito.* Hildo girou a cabeça, contemplou Antônia servir um prato de salgadinhos aos amigos de Líria e comentou com um jeito sonhador, como se quisesse apagar a má impressão do mexerico: *Mas ela é bonitona mesmo, não? Uma presença.* Cândido sentiu uma pontada estúpida de ciúme e olhou para a garrafa de cerveja como se fosse esta a culpada de sua perturbação, ou alucinação; *melhor eu ir embora já, amanhã tenho aula*, ele quase disse, mas em vez disso encheu outro copo, *porque eu já pressentia que alguma coisa boa iria acontecer.*

— Ficou um cinema exclusivo para mim. A Líria também não vê muito filme. Quer dizer, ela prefere ir ao cinema com amigos, é claro, é próprio da idade — e era como se ela falasse de uma irmã caçula. Eu adoro filmes ingleses, voltando ao assunto. Meu Deus, quando eu desando a falar, como sou tagarela! Desculpe, Cândido. Tem outro parecido, com tema semelhante, e ela forçou a memória fechando os olhos, os lábios entreabertos com a palavra na ponta da língua, caramba, estou com o título aqui e ele não vem! — *Meu Deus, que mulher bonita*, ele admirou e admirou-se, *e eu estou sendo objeto de uma atenção exclusiva*, e Cândido levou a mão à cicatriz do rosto.

— Lembrei! *Uma passagem para a Índia*, ou *A passagem para a Índia*, algo assim. Vi há muitos anos. Tem uma cena da inglesa diante da arte erótica indiana que é de arrepiar, a repressão do Império diante daquela civilização milenar que brotava do abandono diante dos olhos dela. Não lembro dos atores, mas sei que é de um diretor inglês famoso, esse mundo do Google está acabando com a memória da gente... David alguma coisa. É o mesmo que fez *Lawrence da Arábia*, com o Peter O'Toole, que ator maravilhoso! Aquela magreza elegante. Eu acho que ele até ganhou o Oscar com esse filme. — Antônia parou e sorriu, olhos nos olhos de Cândido: — Ele é meio parecido com você, o Peter O'Toole! — Como que sob a força de um choque, Cândido levou de novo a mão à cicatriz. — Você consegue para mim uma cópia desses dois? A gente pode se reunir para conversar sobre os filmes. Para mim seria uma alegria. Essa cidade é tão —

— Claro que sim, consigo os dois filmes, ele cortou imediatamente, num surto de alegria, e deu mais um gole do chá de cidreira, quando dona Lurdes sacudiu o dedo diante dele, com a mesma alegria marota: e eu senti o perfume, meu filho, assim que você passou pela porta. O perfume não engana. Conclusão: tem mulher nessa história. — E dona Lurdes também deu um gole do seu chá, como quem faz um brinde, diante do sorriso beatífico do filho, que sorria feliz, pensando longe.

— Quem é?

— Ninguém, mãe. Ninguém. E está bom assim. — E prosseguiu sorrindo.

— Você não me engana. Tem alguma coisa diferente. Não é só o perfume — e ela ergueu-se, espichou a cabeça para a frente, até dois palmos do rosto do filho, e aspirou o ar, de olhos fechados. — Ainda está aqui, dá pra sentir. Tem um toque de jasmim e uma picadinha de gengibre. — E voltou a sentar, uma expressão de triunfo.

Cândido deu uma gargalhada:

— Onde a senhora aprendeu isso, essa química das fragrâncias?!

— Eu aprendi com a Miss Marple, a detetiva, uma velhinha esperta. Ela entra na sala e sente o cheiro. Tinha doze pessoas na sala ao lado, e aquele cadáver de bigode ali no escritório. A fragrância leva ao criminoso, que afinal é uma mulher, mas a assassina não é a mulher perfumada, o que seria muito óbvio e muito simples. A verdade é sempre mais confusa. Veja: por que a mulher perfumada que viu o morto e saiu pela outra porta ficou bem quieta e não contou nada a ninguém? O cheiro que Miss Marple detecta é só uma pista, que leva a outra pista, e dali à solução do assassinato, que aliás se realizou por meio de um veneno despejado numa xícara de chá igual a essa. Eu já aprendi a ler os sinais da cena e descobrir o crime. Quase sempre eu acerto antes do fim do filme. Você consegue mais filmes da Miss Marple para mim? Ela é uma velhinha danada.

— Mãe, eu ainda não matei ninguém.

Ele viu de novo o halo de luz emoldurando a cabeça de dona Lurdes. Ela estendeu a mão sobre a mesa e cobriu a sua mão num raro e inesperado afeto, a voz misteriosamente reduzida a um sussurro:

— É tão bom ter você por perto.

Ele recolheu a mão devagar, sentindo os dedos frios da mãe, *mãe, se agasalhe, está friozinho*, e ergueu-se. *Eu preciso revisar a aula de amanhã antes de dormir*, mentiu, e dona Lurdes envolveu a xícara ainda quente com a mão e disse *boa noite, filho*, e ele foi para o quarto pensando no bloqueio do afeto, essa distância quase aristocrática da mãe que ele acabou herdando e transformando em timidez. *Esse teu jeito meio frio é sexy*, disse-lhe Hélia uma vez, nos bons tempos, *depois que o teu charme discreto começa a aparecer. Magnetismo. Todas as pessoas emitem halos de magnetismo, umas mais, outras menos. Você não sente isso? Talvez tenha a ver com os signos. No teu caso, Peixes. O meu magnetismo sempre se deu bem com pessoas de Peixes*. Ele costumava se irritar em silêncio quando as pessoas falavam de signos do horóscopo como referências objetivas, científicas e indiscutíveis de comportamento. Alguém, de fato, *acredita* nisso?! Mas não se irritou com Hélia. *Eu sinto desejo*, ele disse. *Já é suficientemente incompreensível.* Entrou no quarto e foi direto ao computador, acordando-o com um toque de mouse. Digitou *passage* e *india* no seu site preferido de torrents, 1337x.to, e conferiu as opções que se abriram instantâneas, entre elas três de blu-ray com mais de dez gigas, ótimo, e clicou num release com dez *seeders*, A Passage to India (1984) 1080p H.264 2.8GB version ENG-ITA (moviesbyrizzo) multisubs — teria de refazer o arquivo com o áudio original em inglês, suprimindo o áudio italiano, o que é simples; o Transmission abriu o *magnet link*, a pequena faixa vermelha chamando o torrent, 36%, 57%, 82%, 100%, e o aplicativo começou imediatamente a baixar o arquivo. Foi ao Open Subtitles, digitou *a passage to india*, opções *pt* e *pt-br*, e abriu a página: nove legendas em português, três delas lusitanas, seis brasileiras. Entre estas, baixou três para arquivos para versões blu-ray (YTS, AtlaN64 e Gabe) para testar a melhor sincronia, pôs as mãos atrás da cabeça, fechou os olhos, esticou as pernas sob a mesa, sentindo-se feliz *como jamais estive. Eu acho que estou apaixonado*, ele sussurrou. *E não aconteceu absolutamente nada. Apenas uma aura. Magnetismo*, ele diria ao Batista. *Uma célula existencial voltaica. Simplesmente acendeu a luz*, e eles ririam. *Ânodo* e *cátodo*, ele explicaria aos alunos, e os elétrons acendem a luz. Cuidado, disse-lhe Batista com um sorriso quando ele comentou a decisão de viver com Hélia: baterias queimam. Ficou com um toque de mágoa do amigo; teria preferido um abraço, alguma fala simples de apoio, *que legal, seja feliz. Quem é a nova felizarda?* Mas Cândido descartou o azedume e voltou-lhe a paz na alma: é apenas o ciúme natural da proximidade, essa ligação adolescente das amizades masculinas afetivamente inseguras — namoradas, esposas, amantes, as paixões egoístas que roubam a cumplicidade comunitária dos nossos amigos, quebram o espírito escoteiro que se esgarça no fim da infância, arrastam os companheiros para longe, rompem a irmandade e os juramentos de criança, abrem um fosso, quebram a pequena eternidade dos sentimentos fraternos, criam distância, às vezes para sempre. Mas desta vez, planejou, não contaria ao Batista quem era a musa, por força de um pequeno incômodo (a madrasta da aluna; há alguma coisa errada? será *moralmente* grave? Não, de modo algum, não; não seja paranoico. Sua relação com Líria, ele disse a si mesmo, olhos no lago verde, foi sempre apenas profissional, professor e aluna, e absolutamente nada além disso) — mas o misterioso incômodo permanecia. *Você não conhece ela*, ele disse sorrindo e fazendo mistério em sua última ida à Usina, atrasado, quando o amigo perguntou o que estava acontecendo, e então baixaram a voz, porque alguém — Mattos, o cafezinho na mão, a barriga para trás, os passinhos agitados — se aproximava aos brados: *É até um bom exercício acadêmico pensar qual é de fato a liga social que mantém os cabos de sustentação desse governo? Alguma coisa que, quem sabe, ainda une o iletrado frequentador de Miami com cerca elétrica em casa e um SUV do ano na garagem, a moto lumpen libertária do entregador de pizza, os pentecostais sinceros para quem Deus manda avisos secretos e, enfim, o analfabeto pobre e preto da periferia assaltado no ônibus, que será queimado num arrastão de traficantes ali adiante — a bandeira do Brasil, a proteção das milícias e a bênção dos pastores, porque, afinal, Deus está acima de todos e o mais completo idiota da história do Brasil acima de tudo. Vade-retro, comunismo! É impressionante a força simbólica do atraso. Bastam vinte por cento mais ou menos firmes segurando a bandeira e teremos o povo no poder! A corporação político-sindical de esquerda sentiu esse gostinho por mais de uma década, mas alguma coisa deve ter falhado na perfeição histórica, porque agora são os milicos e os policiais militares que estão — ouvi dizer — estudando, digamos, filosofia. Não era isso que vocês queriam?*

A democracia direta, o povo no poder? Mattos deu uma risada e mais um gole do café, e em seguida, sério, ficou olhando o copinho, ponderando a qualidade do que sorvia. *Enquanto isso*, concluiu súbito, acordando da contemplação do copinho, *nosotros, os últimos intelectuais iluministas, protegidos na bolha do Estado* (*eu mesmo, vocês sabem*, e Mattos mudou o tom de voz, como se confessasse um segredo, *tenho uma aposentadoria especial na Federal, aliás, mais do que justa, porque afinal* — e ele suspirou), *mantemos erguida e acesa a tocha tênue da civilização — que aqui no Brasil, quando a gente sai da bolha protetora, só por dois ou três minutos que sejam, apaga-se imediatamente. A casquinha é muito fina.* Cândido distraiu-se de novo, desconcentrado; viu-se vivendo com Antônia em algum apartamento próximo — teriam filhos? Talvez sim, pela idade exata de sua paixão, ela certamente mal chegou aos quarenta anos, pela aparência. (Mas eu quero mesmo ter filhos?) De sua parte, bastava contratar alguém para cuidar da mãe; quanto ao procurador, o dr. Dario, é claro que entenderia, e talvez até me fosse grato, a vida em comum já em frangalhos. Poderia engatilhar a retomada da carreira em Brasília nesses novos tempos, tudo muda muito rapidamente, e ele haverá de encontrar alguém que cuide de seu alcoolismo e seu problema moral por servir a este governo e ao ministro que odeia, mas isso faz parte do jogo, que aliás ele conhece bem. E — Cândido reviu o sonho como se espelhado no lago verde — ficaríamos apenas nós dois e nossos filmes, um casulo protegido de afeto mútuo, uma vida em comum enfim tranquila, duas pessoas que simplesmente se amam. Antônia fala pouco disso — na verdade, *nunca* falou disso, não se iluda, mas eu *sinto*, e como que do nada, no meio da fala de Mattos, como se patrioticamente emocionado, sentiu os olhos marejarem-se e disfarçou pegando um guardanapo do balcão e balbuciando algo que ninguém ouviu, *um cisco no olho ou um começo de gripe*, os olhos injetados. *Estou detonado*, ele pensou, *e isso é purificador*, imaginou. Ela poderia voltar a trabalhar — um pequeno escritório de consultoria jurídica, talvez. Ela tem uma grande formação jurídica, cultural, pessoal, pela família e por si mesma. Uma mulher forte. Sim, um escritório de consultoria. É assim que se diz? Quem sabe ela... e sentiu uma nova pontada de ansiedade, sair daqui agora, resolver logo tudo.

Olhou o relógio: quase na hora da aula de química do *intensivo concentrado*, uma criação exclusiva da Usina, trinta dias de *imersão química para o vestibular*, como alguém brincou, uma linha de montagem de gênios, e ele viu o dedo de Batista quase espetando, como um revólver amigável, a barriga de Mattos, que se mantinha encolhida protegendo-se do café instável em sua mão — *Mattos, o problema é que a civilização não brota da universidade; ela nasce na creche, desenvolve-se no ensino básico e consolida-se no ensino médio. O resto, como a nossa querida Usina, sejamos realistas, é perfumaria, e representa um fosso cultural intransponível, bem pior que o econômico.* Mattos olhou o copinho e antecipou o gosto do café agora certamente gelado. Devolveu-o ao balcão, como para ganhar tempo argumentativo, voltou-se e viu os olhos vermelhos de Cândido, que simulava um espirro gorado, o guardanapo de papel como um ramalhete brotando do nariz, mas era como se olhasse para ele sem vê-lo, concentrado na resposta que articulava. *A questão*, retomou Mattos voltando-se para Batista, *nosso amado e querido chefe e guia da Usina*, e Batista sorriu, *é saber de que civilização estamos falando. Vamos por gavetinhas simplificadas: a civilização medieval? A cristã primitiva? A muçulmana? A budista? A romana? A animista? A helênica? A asteca? A renascentista? A babilônica? A iluminista? Tudo junto e misturado? Ou, quem sabe, é a minha aposta, a cristã-iluminista, talvez a combinação mais bem-sucedida da história?*

Cândido pensou em dizer alguma coisa, voltar à roda, esquecer Antônia, o futuro e o desejo por alguns minutos, os olhos voltando ao normal, mas temeu revelar-se pela voz embargada. *O desejo move o mundo*, ele pensou em dizer, mas angustiou-se, um senso súbito de platitude, *o chão escapando dos pés*. Batista pôs a mão no seu ombro, como para trazê-lo de volta à conversa depois do pequeno surto de alergia, o simples gesto parecia perguntar *está melhor?*, mas olhando para Mattos:

— Uma civilização cristã-iluminista, muito bem, é uma boa imagem. E como seria isso na prática, professor?

— Algo como um imperativo moral humanista, uma certa nitidez não relativa (digamos assim) do bem e do mal, mais o imperativo científico laico, ambos imantados num quadro de pluralidade democrática de espírito igualitário, com a autonomia do indivíduo socialmente bem delimitada. É um projeto muito frágil e incerto, mas algumas sociedades contemporâneas (de uns cem anos para cá, por aí) chegaram perto disso. Os nórdicos, por exemplo. Agora — e Mattos moveu-se, inseguro entre pegar outro café e continuar a conversa, *desde que deixei de fumar tenho surtos de indecisão motora*, e ele riu —, agora, neste exato momento, a civilização brasileira é uma complexa implosão psicanalítica, banhada em tanatofilia, fixação anal, histeria, ressentimento, má-fé compulsiva e voluntarista e tuítes elétricos psicóticos, sob uma nuvem difusa e disfuncional de desejos erráticos de poder, que estão completamente à solta, como nunca estiveram — pelo menos não deste modo, sob tamanha incultura. Porque a liga que une esses pedaços assustadores da vontade de poder, uma vontade quase que completamente desvinculada de considerações pragmáticas (que parecem só entrar em jogo por força do acaso e de uma utilidade momentânea, o faro estritamente canino do instante presente), é uma gigantesca ignorância moral. Ou, para não ser tão drástico, a sempre perigosa inocência do imbecil. Os que estão em volta do poder, pequenos Neros, fardados ou não, são obrigados a partilhá-la, mesmo eventualmente relutantes (todos, sem exceção, sabem que estão lidando com uma espécie de idiota como jamais houve no país), porque a ambição genérica os alimenta por instinto, e ainda há, o que é quase inacreditável, o sopro de uma ordem legal que se mantém, ou pelo menos a força de sua memória atávica, que não pode ser rompida porque o ecossistema político ainda não permite. O mais puro grotesco, uma ópera que vai do sequestro da esquerda liberal pela mitologia lulista, o que inclui a máscara do poste do ex-presidente e a ululação fanática da esquerda corporativa, até a estupidez maciça e inquebrantável do atual presidente (que aliás se alimenta todos os dias, avidamente, do inimigo mítico), encontrou sua realização completa na civilização brasileira profunda, no Brasil profundo. É uma estética, uma política, uma invencível *alma mater*. Enfim o país, que até há pouco parecia apenas torto, protegido na sua bolha intelectual de conforto, incapaz de ver a si mesmo prestes a adentrar para sempre os umbrais do paraíso igualitário enquanto o monstro disfuncional afundava rapidamente suas pernas gordas no lodo, parece ter finalmente coincidido com o seu tamanho exato, a plena realização de seu projeto de origem. É o que temos.

Encerrado o discurso, que caiu em alguns segundos de silêncio, Mattos procurou uma inexistente carteira de cigarros apalpando-se, distraído, e Batista tocou o seu ombro, como se para acordá-lo, *bravo, professor! É o nosso Euclides da Cunha, orgulho da Usina! A história é, antes de tudo, uma retórica!* — Mattos olhou para ele com um vinco brevemente irônico no lábios, um termômetro avaliando a natureza exata do elogio que ouvia, e voltou-se com o mesmo sorriso dúbio para Cândido, talvez em busca de apoio, que, olhos ainda injetados, dobrava o guardanapo de papel num gesto mecânico, relembrando a pergunta de Antônia que se seguiu a um toque de mão na sua mão na saleta vazia de cinema, a voz fazendo um breve eco, *você já fez análise?*

— Mas, sendo um pouco o advogado do diabo, não haveria na sua brilhante catilinária um tantinho... *antipatriótica* — e ambos sorriram da ironia, esta ostensiva — um certo *biologismo*, a história entendida como um organismo vital, os países como seres vivos condenados à decadência, o viés biológico do messianismo, uma coisa assim meio século XIX? — e Batista emendou em seguida, deixando claro o temor de ofendê-lo: — Por favor, professor, é realmente uma pergunta de quem não é da área. A tentação de ver a nação como um organismo coeso é muito forte. Eu resisto um pouco a essa ideia. E as variáveis econômicas, por exemplo? Elas não apitam nada?

— Claro que sim! Elas são altamente determinantes, é óbvio! Mas elas se vinculam pela raiz às... às moléculas culturais, para usar uma categoria do nosso gênio da química, professor Cândido! — e Mattos estendeu o braço para puxá-lo à roda. — Batista, tenho um sobrinho que foi aluno do Cândido, ainda do tempo do cursinho — e ele segurava com firmeza o braço de Cândido, prestes a sacudi-lo em demonstração, como quem apresenta um espécime raro —, já faz anos isso mas nunca esqueci, nem conhecia ele ainda, e meu sobrinho me contou que as aulas desse rapaz aqui eram tão boas, claras, didáticas, que só com ele conseguiu entender a tal da datação radioativa do carbono-14. Como é que os caras sabem com certeza que o tal Sudário de Turim, que teria embalado Cristo, na verdade é fajuto? Fala aí, garoto!

Batista deu uma risada, que Cândido acompanhou, livrando-se da garra de Mattos e respondendo à pergunta *como um menino num programa de auditório*, ele pensou em contar à mãe.

— Ora, pela relação entre o carbono-12, não radioativo, e que portanto mantém o nível constante, e o carbono-14, que decai em nitrogênio-14 — a mão girava no ar manobrando um giz imaginário. — O linho do sudário foi obtido de plantas que estavam vivas na virada do século XIII para o XIV. Como a meia-vida do carbono-14 é de cinco mil setecentos e trinta anos... — e Cândido calou-se, o ridículo dos detalhes congestionando-lhe novamente o rosto, uma emoção absurda, intempestiva, *caralho, eu quero sair daqui e encontrar a Antônia*, e Mattos quase gritou em triunfo, erguendo o braço de Cândido como um troféu:

— Eu não disse?!

— Bem, há quem não acredite! — divertiu-se Batista. — Mas acreditam piamente que a Terra é plana, que vacina mata, que as milícias são bem-vindas, que Trump é Deus, que o nióbio vai libertar o Brasil e que Hitler era comunista, como se já não bastasse Stálin de exemplo.

— Sim, é verdade! — e Mattos agarrou novamente o braço de Cândido, que ameaçou adernar em direção à porta. — Fique mais um pouco; quero te contar de um filme que eu vi ontem na TV que tem tudo a ver, e pelas conversas que eu já ouvi aqui, sei que você entende de cinema. Uma historinha simples, quase Sessão da Tarde, um filme barato, inteiramente feito dentro de um bar, chamado *The Place*. Mas o filme é italiano. Comecei a ver aquilo, gosto de ouvir a língua italiana, meu avô falava italiano, é uma boa lembrança (eu até tirei meu passaporte italiano, minha família toda, porque, afinal, nunca se sabe o que vai acontecer nesse país); bem, a história, aliás absurda, foi me pegando e me levando na conversa. Conversa mesmo: eles conversam, e o personagem principal parece Mefistófeles, um jeitão meio frio, mas tranquilo, de aliado de Lúcifer. Uma fábula sobre o bem e o mal, e sobre o desejo — e Cândido interessou-se imediatamente, gravando o nome *The Place* na cabeça. *Vou baixar*, e pensou em oferecê-lo à Antônia, *um filme sobre o desejo*, fantasiou dizer a ela, antevendo um beijo de olhos fechados.

— Mas de tudo me ficou uma única frase, quando a velhinha pergunta ao homem que aparentemente seria o diabo e que realizaria seu desejo, em troca de uma bomba que ela explodisse num restaurante, matando muitas pessoas: Por que o senhor só pede coisas tão terríveis? E ele responde, sem emoção, apenas nítido: *Porque sempre há gente disposta a realizá-las*. O que me lembrou o Brasil de ontem, de hoje, de sempre;

parece que chegamos, neste exato momento, a um quadro concreto que corporifica nitidamente o que já vem de longe, porque o acaso da história é sempre alimentado por suas moléculas culturais: a obsessão pela morte, a volúpia da violência, o orgulho da estupidez, o racismo como forma de compreensão do mundo, o triunfo da ignorância, tudo que esfarelou por completo o tal espírito da cordialidade brasileira, que funcionava como liga retórica — a retórica que nos nutre agora é outra. Mas o mais grotesco é a crescente pobreza sintática e semântica desta retórica, o seu repertório tacanho e miúdo, o inacabamento mental autossatisfeito, o anacoluto como representação concreta do mundo, o esquematismo orgânico e calmante, os vagidos de criança contrariada alternados com arroubos de pai malvado. Um exemplo didático, bastante vivo: o Ministério da Justiça. Sinta o peso e o preço destas palavras fortes, "Ministério", "Justiça", entidades verdadeiramente bíblicas na memória humana. Entre nós, elas me levam à imagem de "vender a alma ao diabo", hoje (e com certeza não pela primeira vez) o seu verdadeiro negócio, mas a expressão talvez seja forte demais pela ideia simples da "venda", a sua mesquinharia intrínseca, elementar e panfletária. Nunca funciona exatamente assim; é uma metáfora incompleta, que desrespeita a complexidade da vida e das pessoas. As pessoas fingem vendê-la, mas apenas *cedem* a alma ao diabo, malandras, porque sempre imaginam recuperá-la mais tarde, íntegra, sã e salva, numa espetacular ressurreição moral, o que é um sonho milenar invencível, e sempre fracassado. O diabo, nosso conselheiro secreto, jamais devolve nada.

— Tudo bem, mestre Mattos; vamos deixar o diabo em paz. Mas voltando à economia e às suas "moléculas culturais"? — e agora era Batista quem segurava o braço de Cândido, brincando: — Explique aí, professor: existem mesmo "moléculas culturais"?

Mattos deu uma risada, tocando o outro ombro de Cândido, como se o disputassem (*As pessoas gostam de mim mas não me levam a sério*, ele quase disse à Antônia num momento. *Confessar-se como alguém que entrega a alma à mulher amada*, ocorreu-lhe acrescentar, mas o pensamento ficou incompleto e desejou sair dali para encontrá-la. *Terça-feira*, ela disse. *Será uma semana de solidão*, ela explicou, como se fosse uma observação inocente, e de fato era, ele avaliou. *Hoje à tarde*, e ele apalpou no bolso o pen drive com mais sete filmes gravados).

— O Batista está rindo de mim, professor Cândido. Agora é verdade: eu fiz apenas uma metáfora ao falar de "moléculas culturais". — Voltou-se ao Batista. — Mas vou "elaborá-la", como dizem em inglês, e a macacada imita aqui: pense no Estado — e Mattos fechou os dois punhos, movendo-os brevemente como um boxeador indeciso diante do espelho —, o Estado entendido como um, vamos dizer, "ambiente molecular" — e continuou movendo os punhos como pequenos átomos para lá e para cá. Voltou-se ao Cândido: — Existe isso, professor? Ambiente molecular? — e agora todos riram, incluindo Mattos, que desfez os punhos. — Vocês entenderam o que eu quis dizer; os átomos — e ele voltou aos punhos — não podem se afastar um do outro, ou a coisa explode, a tal *fissão nuclear*, não é assim, Cândido? Pois no Brasil, desde a origem colonial, a relação entre a abstração do Estado e a dependência do indivíduo é historicamente um pacote molecular fechado, um conjunto de moléculas culturais indissolúveis e previamente determinadas, de modo que, se você acha, como um liberal clássico, vamos supor, que é uma boa ideia privatizar os bancos federais e vender os Correios, você terá de levar junto no combo cultural tupiniquim a defesa da pena de morte e ao mesmo tempo a criminalização do aborto, mais a Terra plana e o fim do Estado laico e o horror do globalismo, porque só Jesus salva; e se você acha que tudo que diga respeito ao sexo, do conceito de gênero à livre escolha da minha orientação afetiva, está na esfera da liberdade individual, e portanto se enquadra nos direitos inalienáveis da condição humana, que devem ser garantidos pelo contrato social das leis, você terá de levar junto, como se fosse venda casada, o monopólio da Petrobras e a inquebrantável defesa dos privilégios das corporações letradas. É uma armadilha histórica que, de um lado e de outro, sem nenhuma diferença substancial, foi progressivamente deixando de lado mais da metade da população brasileira que, há mais de cinquenta anos, vem inchando as cidades sem nenhum direito à qualificação educacional fundamental capaz de se transformar, de fato, em capital cultural, o único realmente transformador; a multiplicação de universidades, nesse panorama, realiza somente a clássica fantasia bacharelesca brasileira. Nosso quadro estatal é um indutor de desigualdades que se imagina criando igualdades. O país jamais foi liberal; é uma fantasia da esquerda. O país jamais foi socialista; é uma fantasia da direita. Fantasias úteis e mutuamente funcionais, alimentadas carinhosamente todos os dias a pão de ló, o que mantém aberto o mirrado mas inquebrantável guarda-chuva do Estado onde se acotovelam e se abrigam os mais *aptos*, digamos assim, ressuscitando o conceito de darwinismo social, ou *darxismo* social, dependendo *do local de fala*, ambos à brasileira — e Mattos voltou a fechar os punhos, movendo os átomos para cima e para baixo, como um pistão mental. — Eis o ambiente molecular cultural das complexas corporações de controle do Estado, que, por uma sequência caótica de acasos, necessidades, ações e reações, e, claro, na reta final com a extraordinária ajuda do velho xangrilá das corporações de esquerda, acabou por colocar no poder a mais completa nulidade intelectual com que o país jamais poderia sonhar mesmo em seus maiores delírios (e chegou perto disso várias vezes), a arrogância boçal, o grotesco em estado puro, a sua lapidação final e definitiva, em torno de quem parasitam forças políticas e econômicas contraditórias, tentando ocupar o atraente vazio de sentido que o caos da estupidez oferece todos os dias, até como estratégia de sobrevivência.

— E se der certo, professor? — e todos se voltaram à Juçara, que se aproximou com um sorriso irônico, cafezinho à mão, e uma tensão instantânea se instalou no silêncio. — Eu estava ouvindo a conversa sem querer. Desculpem, mas não resisto a meter minha colher. Eu trabalhei a vida inteira dando aula, tenho padrão do Estado, e nunca fiz greve. Só tinha vagabundo no sindicato. Trabalhar, que é bom, nada. Tudo gordo lá, mamando na teta do imposto sindical e mandando os otários para as barricadas. Na Federal não consegui entrar porque não tinha carteirinha de comunista. E se as tais moléculas culturais reorganizarem-se após a reforma da Previdência, o país voltar ao pleno emprego, todos os ladrões graúdos, o que inclui o seu ex-presidente presidiário, prosseguirem na cadeia graças ao ministro da Justiça, aos procuradores e à Polícia Federal, mesmo com este Supremo trabalhando contra, as ruas sendo varridas da violência, as pessoas de bem podendo caminhar nas calçadas de novo como antigamente, retomada do crescimento do PIB ano a ano, como era na suposta ditadura de que vocês reclamam tanto, valores religiosos sendo respeitados de fato, e não só no papel, assim como o direito à propriedade, o direito ao uso livre de armas (por que só os bandidos podem se armar, e nós não?), o fim do terrorismo das invasões de terras, porque sem a agricultura acaba o que sobrou do Brasil depois dos trinta anos de esquerda, o fim da mamata das ONGs que querem a Amazônia separada para eles, o espírito da Venezuela, de Cuba, da Coreia do Norte e do marxismo enfim eliminado do coitado do povo, a escola livre da doutrinação ideológica e do método Paulo Freire, a imprensa enfim dizendo a verdade em vez de só achar o lado ruim das coisas, a defesa da família normal, sem essas deturpações globalistas que nem têm nada a ver com a nossa índole, e o combate ao assassinato de bebês pelos abortos clandestinos, os bons ideais cristãos dando um norte para o país? Será que exigir isso é demais? A simples decência das coisas. Há um ano eu não poderia dizer essas coisas aqui e em lugar nenhum; agora eu posso. Eu não estou fazendo uma caricatura, não me olhe com esse jeito debochado — milhões de pessoas dizem exatamente o que estou dizendo agora. Tem exageros aqui e ali, mas isso é café-pequeno. Ou vocês não tinham exagero nenhum, tudo era uma maravilha e a atual maldade caiu do céu? Por que a Escola de Frankfurt, os utopistas de esquerda, por que eles saberiam o que é melhor para mim mais do que eu mesma? Sonhar com a minha liberdade é atraso? Isso é um retorno à Idade Média, professor? É isso que o senhor vai me dizer?

Um silêncio brutal se instalou, como num jogo infantil de estátua, todos imóveis — *Ela é uma ótima professora de biologia*, alguém disse a Cândido, meses antes, *mas desistiu da carreira acadêmica por motivos ideológicos que ela nunca explicou direito, depois de uma briga violenta com o orientador; e dizem que é unha e carne com a família de um procurador importante, e no ano passado transformou-se numa fanática defensora do governo, um papagaio a repetir besteiras*, e Cândido pensou num modo de sair rapidamente dali, *eu também não gosto de tensão*, ele disse à Antônia, *mas nunca fiz análise. Você acha que eu devo fazer?*, e sentiu que se ela dissesse *sim*, ele correria a procurar um bom psicanalista, e era como se tudo fizesse sentido, amarrando pontas soltas de sua vida, da pirataria dos filmes à mãe adotada, mais a morte do pai e a sofrida perda de Hélia (*Eu vou para São Paulo. Curitiba enterra as pessoas. Você não vem comigo?*), e a obsessão da química e do talento didático, mais a cicatriz no rosto e a memória nublada do tio padre de rosto incrivelmente enrugado, *padre Lorpak*, sempre vestido de preto, e o extraordinário imbróglio de sua vida tão simples encontraria em Antônia — o abraço, a delicadeza, o afeto em troca de nada, ele sonhava — uma explosiva remissão sexual, a transcendência de um paraíso revisitado e agora enfim passado a limpo, uma sensação súbita tão vívida que ameaçava novamente emocioná-lo em público a ponto de congestionar os olhos diante daquela conversa desagradável, *preciso sair daqui*, e acordou do devaneio para ouvir a resposta.

— Não, não é um retorno à Idade Média, Juçara. São apenas as pequenas moléculas culturais ocupando um espaço que simplesmente não era ocupado por ninguém — e agora Mattos, em vez de fechar os punhos simulando elétrons e prótons gigantescos e poderosos comandados por um boxeador, parecia segurar delicadamente duas pulgas com a ponta dos dedos num movimento rápido de giros em torno de um eixo imaginário, e todo o gestual já parecia mais irônico que engraçado, alguém que desiste de argumentar porque está diante de uma criança —, milhares e milhares de moléculas minúsculas que criam uma determinada percepção da realidade (por exemplo, para usar suas próprias palavras, "o Brasil vai virar comunista" ou "nunca houve ditadura no país", dois absurdos ostensivos que são repetidos apenas porque são repetidos, porque o uso contemporâneo da linguagem, potencializado pela internet, descolou-se completamente da obrigação de se vincular a referências concretas e assim prossegue criando uma realidade paralela mas politicamente eficiente, o que reforça e prolonga o seu uso) e passam a se mover freneticamente por ela, todas na mesma direção — e as pulguinhas giravam rápidas diante deles.

— Já sei, professor Mattos. Eu sou uma molécula. Não uma pessoa.

Um novo silêncio, e Mattos, largando as pulgas, voltou a procurar uma carteira de cigarros imaginária no próprio corpo. *É uma metáfora*, ele acabou dizendo, com um sorriso dúbio, que parecia controlar a ironia, até reencontrar o tom da gentileza: *Somos todos moléculas culturais deste vespeiro. Não é simples entender o que está acontecendo no Brasil, a resposta que brotou de um desastre bem preciso, a maior depressão econômica da história do país. E também não está claro para onde vamos. Alguém sabe?* No relaxamento momentâneo de tensões, Batista deixou escapar: *Para um impeachment, talvez? E estamos ainda em setembro de 2019, o governo praticamente nem começou ainda* — e, distraído, Cândido olhou para Juçara, momentaneamente curioso pela reação (*Esse governo não vai durar, é o que todo mundo está querendo*, disse-lhe Antônia, numa das raras conversas que tiveram; *é o célebre* wishful thinking, *a gente só conclui com razão e lógica aquilo que deseja; e justo agora o Dario vai a Brasília, com todos esses vazamentos de WhatsApp estourando — não é impossível que apareça alguma frase dele metendo a lenha no ministro, o ridículo apóstolo Paulo salvando a perdição de Roma com seu latim de almanaque*, e ela deu uma risada).

— Impeachment? Vão sonhando. Vocês vivem num país imaginário, e acham que sou eu que vivo nele — e Juçara desviou os olhos para o lado, como quem busca um argumento qualquer para se afastar logo dali, mas Mattos ergueu ligeiramente a voz, como a chamá-la de volta: *Vocês?! Com todo o respeito, professora: quem somos "nós"?!* Ela se afastou para o balcão, como quem de repente quer um café, mas voltou dois passos, alguém que decide reorganizar os argumentos e retornar à liça: *Pergunte ao seu presidente na cadeia. Ele que sempre foi o grande especialista em "nós" e "eles". De qualquer forma, professor, fico feliz em saber que o desastre econômico do governo velho não é mais uma acusação troglodita do fascismo, mas um fato bem real da história, que eu acabo de ouvir do melhor professor da área desta Usina. Não é, professor Batista?* — e ela enfim sorriu, um humor irônico que desanuviou por alguns segundos a roda, todo mundo já querendo se afastar, *é o tal Brasil cordial*, diria Batista mais tarde; *nossa confrontação tem quase sempre um limite preciso, pelo menos no mesmo grupo social. Mas não sei se hoje isso ainda se sustenta, desde que o advento dos celulares transformou o telefone em tacape neolítico, o acordar do DNA profundo da nação*, e todos riram, um deles com os olhos na telinha, *vou postar isso aí, OK?*, e todos riram de novo.

— Claro que sim, Juçara! O professor Mattos é um dos orgulhos da Usina! — e Mattos sorriu, *já sei, querem se livrar de mim*, e acrescentou algo sobre *os técnicos de futebol que estão prestigiados pela diretoria no domingo e são demitidos na segunda-feira*, mas Cândido não ouviu mais o que diziam no meio da risada de Batista, e afastou-se em silêncio, com um gesto vago de despedida, *tenho aula agora*, disse ele, uma pequena turma de cinco alunos, o *intensivo de imersão de quatro semanas*, um deles é candidato forte a primeiro lugar de medicina, o menino é um gênio, o que seria uma publicidade maravilhosa pra nós; o teu amigo Batista sabe fazer dinheiro, disse-lhe a mãe quando ele entrou na sociedade, mas fique de olho aberto, a observação suplementar que sempre o irritava: a desconfiança como norma na vida. *As mulheres traem; isso sempre dá um bom filme, uma boa história, uma emoção sobressalente*, brincou Antônia. *Muito mais do que quando os homens traem, que é o comum, o simples, o esperado, o normal, o corriqueiro, o natural, o pequeno e clássico cafajeste heteronormativo de toda parte e todo santo dia*, e Antônia deu uma risada meio louca, parando no sinal vermelho. *Mas quando uma mulher trai, a tranquila ordem do mundo é de fato ameaçada, e aí a vida torna-se finalmente emocionante.* O coração de Cândido batia forte: *Sinto-me devastado, e é como se isso fosse bom.* Naquele momento, a dez mil quilômetros mentais da filosofia histórica da traição (*Eu nunca pensei nesses termos*, ele decidiu contar ao Batista, se ele viesse até ali, em frente ao lago verde, *já que eu entrei em estado de paralisia; eu estava em outra esfera afetiva*, e o verbo no passado, *estava*, surpreendeu-o, como se alguém o soprasse a ele, *estava*, a prostituta perigosamente se aproximando com certeza para exigir alguma coisa), o sentimento de coração devastado era mesmo bom, *a fantasia da vida renascida, como nos filmes*, ele pensou, e percebeu que a mulher parou por um momento, olhou para o outro lado mudando a coxa de apoio no sempre estudado movimento de pernas sob a minissaia vermelha, e voltou a se aproximar em passos lentos com um cigarro apagado nas mãos, e ele ficou tenso, um medo esquisito daquela confrontação, como se fosse ela que tivesse uma faca na mão para matá-lo — talvez ela só queira fogo, *no sentido literal*, e ele sorriu da própria piada, uma repetição do que lhe perguntaria Antônia com o cigarrinho de maconha que tirou da bolsa, nus no motel, o duplo sentido brilhando nas estrias de seus olhos, *você tem fogo?*, e ele brincou, *só se você esperar um pouco; acabei de queimar todo o oxigênio, mas ele logo volta*, e ela deu uma risadinha fina e prolongada, *como você é cândido, Cândido*. Devagar voltou-se sobre ele, a mesma ambivalência nos olhos e na voz, *então vamos cuidar devagarinho da renovação do oxigênio*, e deu outra risadinha, e, mergulhado na felicidade (*aquilo era felicidade*, ele decidiu; num grau mais intenso do que em qualquer outro momento de sua vida, ele diria ao Batista, se fosse contar), sentiu uma pontada de ansiedade, *talvez demore um pouco*, ele disse, antecipando o possível fracasso, *não faz nem cinco minutos que*, e ela fez *shshsh* com os lábios, o indicador sobre eles, *silêncio*, e ele sentiu o corpo dela inteiro sobre o seu, e pensou na relação entre massa e volume e a densidade que daí resulta, *e quase fiz a besteira de falar de Hélia, que era inteira menor e mais compacta, como se a pele resistisse aos dedos, sempre esticadinha*, e ele achou graça da ideia, porque Antônia era, na exata medida, um pouco mais — e ela interrompeu seus pensamentos e disse, *não se preocupe; os homens sobrevalorizam o pau, que não é tão importante assim como parece*, e Cândido, agora sim, riu solto. *O oxigênio está voltando.* Ele conferiu o celular — dois por cento de bateria, a pilhazinha vermelha, piscando — e num impulso digitou rapidamente a mensagem ao Batista, *estou no Passeio Público beira do lago preciso de ajuda*, deu um enter, ouviu um *zum*, e se arrependeu imediatamente, um sentimento de vergonha e de ridículo aflorando, *mas o celular vai se apagar em breve*. Sentiu um desejo súbito (que controlou, baixando o braço, *eu preciso manter a cabeça no lugar, e como isso é difícil*) de arremessá-lo no lago como uma pedrinha da infância ricocheteando duas ou três vezes na película fina da água antes de afundar adiante criando círculos finos e lentos, o que renderia uma boa aula de física, se fosse esse o seu campo. Mas eu sou químico, mexo apenas com as substâncias da matéria, ele planejou dizer ao amigo, se ele chegasse do nada até ali para resgatá-lo, *meu amigo é um* deus ex machina, do mesmo modo que os psicanalistas, que nos resgatam do nada, segundo Antônia. *Eu fiz análise a vida inteira*, ela disse, na bela, enxuta, vazia e tranquila saleta de cinema com suas sete cadeiras bonitas, diferentes umas das outras, dispostas num acaso caprichoso e de bom gosto, quem mais viria ali, quem mais ela arrastaria para ali, baixando a voz como se contasse um segredo, e ele sentiu uma onda de timidez: por que ela está me contando isso? *É como se eu nunca vivesse a minha verdadeira vida, que está sempre em algum outro lugar*, ela prosseguiu. *Você já se sentiu assim? E alguém precisa me ver de fora, para me indicar caminhos e saídas possíveis, porque, de onde eu estou, eu nunca me vejo.* Ouvir aquilo foi espantoso e ele se ajeitou na cadeira, desviando-se momentaneamente do olhar de Antônia e de seu halo de empatia, e sentiu-se feliz sob a ansiedade, como alguém convidado a ingressar num clube secreto e exclusivo com o qual sonhava sem saber. *A tua timidez é do tipo que atrai as pessoas*, uma vez lhe disse Hélia. *Você inspira confiança*, disse-lhe Batista, ao convidá-lo para a sociedade, *e não é só por ser um ótimo professor*. (Eu sou apenas um bom professor, ele contestou, como alguém que não pode se deixar levar pela adulação, mesmo a dos amigos.) *A aura da confiança não tem muita explicação, mas as pessoas sentem no ar.*

E a voz de dona Lurdes parecia reverberar na sua cabeça, *eu não sei o que faria sem você, meu filho. Os teus filmes piratas são a minha terapia. E com esse sistema que você inventou agora...*

— Quando que eu entrei no *mundo do crime*?! Estava pensando: essa expressão que você usou ainda há pouco é muito engraçada, porque parece que... — e ele deu uma risada solta, que Líria acompanhou com a mesma alegria inocente.

Eu sempre lembro dela sorrindo, com um toque travesso quase de criança, sem afetação nenhuma; e muito séria e prática com relação ao próprio estudo e aos limites da própria competência, como de fato as pessoas devem ser, manter aceso um certo senso de realidade. *O senhor acha que o conceito de hidratação, a natureza das moléculas de água de um cristal... eu estava pensando: o senhor acha que isso pode cair no vestibular?*, e ele disse, *é sempre bom saber um pouco a mais*, e ela ficou quieta um instante, como se pensasse nas implicações universais dessa frase, e então fez *sim* com a cabeça; ela parecia uma colegial, segurando a pasta no peito com as duas mãos, e uma faixa de sol avançou por trás dos prédios e tocou sua cabeça, o que a levou a piscar e a dar um pequeno passo para o lado, sem tirar os olhos do seu professor de química. *Eu deveria ter me apaixonado por ela, não pela madrasta.*

— Como eu disse — ele começou a explicar já com a impostação de voz de sala de aula, a que ela se dispunha a assistir — a pasta presa no peito pelas mãos cruzadas —, e ele desarmou a pose. *O assunto é uma bobagem e como tal deve ser tratado*, você precisa de leveza, disse-lhe Hélia; ó, sinta a tensão desses músculos, e ela espetou-lhe o indicador no pescoço, *eles resistem, esticadinhos*, e talvez por isso ela tenha ido a São Paulo para sempre, ele concluiu, absurdo, *como quem quer se refugiar num quartinho do passado, de onde não consegue mais sair*, foi a expressão que Antônia usou na última vez em que conversaram, aquele desandar de desastres: *Eu estou sufocada. Você já se sentiu assim? Eu acho que você não me entendeu, Cândido. Preste atenção: eu jamais volto ao passado*. — Como eu disse, ele repetiu, e parou um instante, olhando em torno, e estendeu o braço tocando levemente o ombro de Líria, com plena inocência, Mas eu vou até a esquina da rua XV com você, para mim é a mesma coisa, e você tem de ir à reitoria, não? E ela concordou, Sim, tenho de pegar uma certidão no... e a frase morreu ali, porque voltaram a andar, momentaneamente liberados de uma despedida, ela feliz por levar à madrasta um pen drive com o filme da Jeanne Moreau, e ele retomou o sorriso e *a carreira do crime*, e ela riu também.

— Começando do começo. Um colega meu do cursinho, carioca, muito gente boa, o Edson (ele ficou só dois anos aqui em Curitiba; agora está na UFRJ, fez carreira acadêmica, e até me convidou para um concurso lá, mas eu, *esse detalhe é irrelevante*), que por acaso me viu com uma sacola de DVDs, que ele veio fuçar, *cara, esse filme é muito bom*, Vestida para matar, *um Brian de Palma em estado puro! Cara, e o* Billy Bathgate, *com Dustin Hoffman e Nicole Kidman, novinha de tudo* (é irrelevante, e quase ele deixa escapar a frase, obviamente soaria grosseira), *que maravilha! Esse é até baseado num livro, a história de um guri que entra na máfia, mas não é o mesmo do* Poderoso Chefão; *impressionante como a máfia rende bons filmes*. Conversa vai, conversa vem, expliquei que minha mãe amava filmes, que era viciada em filmes, que tinha de ser abastecida diariamente com pilhas de filmes, que esperava ansiosa meus filmes, que a minha vida se resumia a conseguir filmes para ela — mas, desgraçadamente, ela odiava a modernidade dos DVDs, porque cada um tinha um sistema diferente de legendas, de dar o play, de parar, tudo muito complicado, *eu jamais tive habilidade manual, sempre fui desajeitada, meu filho, a especialista em quebrar copos e arrebentar pulseiras por incapacidade de abrir fivelas, e sempre fui a rainha de rosquear lâmpada torta que depois não acende, você herdou esse teu talento com detalhes, essa paciência, do teu pai Josefo, ele sim era capaz de montar um relógio pecinha por pecinha, se fosse preciso* (ele nem foi meu pai, eu nem sequer o conheci, ele pensou em explicar, *mas esse detalhe também é irrelevante*), era um desespero usar as setas do mouse miúdo do controle remoto, a rodinha com norte, sul, leste e oeste para comandar milimétrica os detalhes do disco, ela acabava pulando para o final, tirando as legendas, acionando a trilha dublada, caindo nas cenas de making of em vez de assistir o filme do começo, isso quando não travava tudo, imagem e controle, por excesso de comandos simultâneos dos dedos irritados da minha mãe, e toda hora me chamando, *Cândido, venha aqui me ajudar, como é que funciona essa merda?! Por que você não volta ao sistema das fitas?! Era tão bom naquele tempo!*, como se fizesse uma década, e não três meses — e Cândido imitou tão bem os gritos de dona Lurdes, ainda que num tom baixo, já que estavam na rua, que Líria começou a rir, *o senhor é engraçado*, e Cândido ficou feliz pelo sorriso dela. *Eu sou bom em imitar minha mãe; são anos e anos de muita observação e treino*, e ela riu novamente de seu professor, que, animado pelo sucesso, parou novamente na calçada, a esquina final a poucos passos dali, a companhia tão simpática, a manhã agradável, a alegria de uma aluna inteligente. *É bom conversar*, ele disse à Antônia na saleta, e agora foi ele que tocou o seu braço num gesto leve e tranquilizador para completar a frase, *e eu gosto de ouvir*, quando ela lamentou-se (falsamente, a mão na boca, um sorriso maroto frisando o seu erro), *e eu falo demais e sou um pouco invasiva, não? É que eu fiquei tão animada com os filmes que você passou, e a minha enteada falou de você com tanto afeto* — e ela está muito impressionada por você ser um gênio da química, "ele sabe tudo, e explica com tanta clareza", ela me diz sempre — *que, depois daquela raridade em preto e branco da Jeanne Moreau, eu adoro filme antigo em preto e branco, parece que tudo fica mais intenso, verdadeiro e apaixonado nos filmes em preto e branco. Posso fazer mais encomendas? Não é abuso? Tem outro filme dela*, O marinheiro de Gibraltar, *eu vi há muitos anos num cineclube de São Paulo com o meu primeiro marido. Ela faz uma viúva rica, independente, bela e liberada, com um barco maravilhoso no Mediterrâneo e que vive atrás de um marinheiro meio mítico, que ela nunca encontra, que teria uma cicatriz no rosto*, e Antônia faz um gesto de dedo cortando a linha do queixo, *bem aqui. Será que você consegue uma cópia desse? Eu queria tanto ter vivido nos anos 1960; as pessoas pareciam todas mais felizes e a vida era uma brincadeira irresistível, era o jogo simples da liberdade*, e Cândido anotou mentalmente o nome do filme, *eu vou conseguir para você esse marinheiro de Gibraltar; já tenho um projeto na vida, encontrar o marinheiro de Gibraltar*, ele completou, surpreso consigo mesmo pelo que lhe pareceu a ousadia de uma brincadeira, e receou ter ultrapassado uma linha, mas para seu alívio ela apenas riu alto dizendo *que ótimo! vou ficar muito feliz se você conseguir esse filme; às vezes é bom voltar ao passado*, e Antônia estalou os dedos, como quem se lembra, *ah, e eu queria comentar a série de filmes que você mandou pela Líria na semana passada, um melhor que o outro, e falando em passado eu amei* The Strange Love of Martha Ivers, *que filme interessante! Tudo é meio falso mas tudo é saboroso, com a Lizabeth Scott (eu acho ela uma mulher linda e uma atriz maravilhosa que ficou meio esquecida; alguém uma vez me disse que é porque ela tem os olhos muito afastados um do outro, o que desequilibra o rosto*, e Antônia riu, *que ideia idiota) e a Barbara Stanwyck, a mulher fatal e a milionária com um crime no passado lutando por um aventureiro meio marginal mas correto e honesto (é incrível o puritanismo americano, você não acha? O sexo transborda, mas sempre tem uma Bíblia no meio) — sabe que eu me sinto um pouco assim, dividida? E o tempo vai passando, quando você vê, você* — e ela segurou a mão dele num gesto inocente, de uma mulher vivendo realmente um breve instante de ansiedade e silêncio, que disfarça com um sorriso:

— Eu precisava mesmo conhecer você pessoalmente, e não me arrependi — e ela ficou olhando para mim como a um pássaro exótico e raro, ele iria contar ao Batista, e o amigo diria,

Bem, de certa forma você *é* um pássaro exótico e raro, e eles ririam, e Batista iria completar, Por que você acha que eu te convidei para sócio? Sim, ele concordaria, e agora estou aqui diante do lago verde, e essa mulher está se aproximando para me fazer uma proposta e eu não sei o que vou dizer. *Desculpe eu perguntar se você faz análise. Eu faço análise praticamente desde os dezoito anos, de modo que a substância da minha vida inteira tem sido conversar com outra pessoa, uma espécie de espelho lacônico, comportado, elegante e frio, que, desgraçadamente por princípio, não pode participar em nada da minha vida, embora, por profissão, tenha de refleti-la durante o tempo todo da sessão e muito além dela na minha cabeça (é um espelho) e eu devo tentar me enxergar ali para saber quem eu sou, e o que está acontecendo, com um pouco mais de nitidez, com um pouco mais de foco, porque a vida é sempre inteira borrada, a vida é míope, a vida não tem contorno, e eu* — e ela parou, e tocou o joelho dele, um gesto agora um pouco mais frio, como o de dois colegas comentando a sério os dados de uma planilha num escritório de contabilidade e não dois candidatos ilegais a amantes testando as armas do flerte antes de se jogarem nos braços do outro, que se foda o mundo.

— Desculpe — e ela olhou para o lado como que envergonhada, e isso foi especialmente inesperado, porque desde o primeiro momento eu havia sentido que ela era uma pessoa que não se envergonhava, alguém segura de si, esta raridade, uma pessoa forte, imperiosa e ao mesmo tempo suave como um sonho de adolescência, e eu vivi a felicidade de vislumbrar naquela rocha simpática mas tecnicamente inacessível, como todas as musas, a brecha da fraqueza, uma alegria de alpinista testando um ponto de apoio um metro acima de onde ele está, fixando ali um pino por onde passará a corda que o elevará; felicidade pela simples ideia de protegê-la, por senti-la potencialmente frágil, por quase ouvir um brevíssimo soluço engasgado e envergonhado oculto naquele "desculpe". Mas Antônia logo se recuperou, talvez porque temesse me perder pela manifestação de fraqueza, ninguém gosta de gente fraca, ele imaginou mais tarde. (O incrível, Batista, é que em poucos minutos, na proteção da saleta e à sombra do cinema, sem trocar nenhuma palavra mais direta a respeito do que claramente estava acontecendo entre nós no mistério da ansiedade afetiva, parecia que já estávamos vivendo uma situação irremediável, um ligado ao outro para sempre pela força da... química! — e ambos riram, ainda que o riso de Cândido soasse como um lamento. Tudo bem, disse-lhe Batista. Mas — não me leve a mal — você precisa tomar um banho.)

— Bem, eu nunca fiz análise — ele disse. Mas como isso talvez soasse como uma discreta ostentação de superioridade intelectual ou moral (ou, o contrário, ele alarmou-se ao mesmo tempo, ele entrevia no olhar intrigado dela, de novo centrado nos olhos dele, já recuperada da fraqueza do *desculpe*, um índice óbvio de *falha de caráter* ou algo assim, um *defeito de origem*, alguém que se supõe perfeito e existencialmente autossuficiente a ponto de —), ele acrescentou num impulso, *é que eu não precisei matar meu pai; ele morreu praticamente antes de eu nascer*, e, após a suspensão ainda intrigada do rosto de Antônia (ela ergueu o queixo e recuou milimetricamente o corpo, como alguém se defendendo do que acabou de escutar), assim que entendeu as implicações do que ouviu estourou numa risada libertadora de jogar a cabeça para trás, e aquilo foi como se ambos vencessem mais uma etapa do jogo, quebrado um primeiro muro de contenção, *muito bom, muito bom!...* ela disse, com evidente exagero, *eu não precisei matar meu pai!*, mas tocando-lhe a mão com uma espécie transbordante de afeto, o importante não era a frase que ele disse, mas o impulso de dizê-la, aquela pequena *anarquia conceitual*, ela diria alguns dias depois, *você tem uma anarquia conceitual que eu acho uma graça, o inesperado como algo da tua própria natureza*. Mas eu sou a pessoa mais previsível do mundo, ele responderia; jamais cheguei atrasado numa sala de aula, não porque seja o certo a fazer, mas porque eu não suportaria a culpa de estar fazendo algo errado. (E não lhe ocorreu, talvez Batista lhe perguntasse, que o que você estava fazendo era *errado?*) *A anarquia conceitual está aqui* — ela disse, tocando o indicador na sua testa. *Na cabeça. Não na rotina, que é apenas uma zona de conforto para a cabeça funcionar melhor. Você é um animal perfeitamente adaptado à sobrevivência e vai viver noventa e sete anos. Eu, nem tanto* — e ela deu uma risadinha. Ele se surpreendeu com o que ouviu, mais uma vez sem saber o limite exato entre a brincadeira e a seriedade (ela é uma mulher *muito* inteligente, ele contaria ao Batista; haveria algo de assustador nisso, sem a ponte do afeto, e eu comecei a me sentir inseguro; que outro motivo ela encontrava para me dar atenção? *O desejo, ora!*, ela diria, talvez com uma risadinha — você conhece uma razão melhor e mais eficiente?). Cândido ficou tentado a responder: *Você está amando uma pessoa que não existe*, e no mesmo instante sentiu a dúvida se falava dela ou dele mesmo. Quase disse, como brincadeira: *Nós não existimos; somos sempre personagens de alguém, um escapismo maravilhoso*, mas lembrou-se súbito de dona Lurdes, a mãe que não acredita em Deus dizendo-lhe com a voz alta, irritada e esganiçada, *você acha então que há uma vida paralela, não somos eu e você aqui de verdade mas uma página de livro ou a cena de um filme dirigido por Deus? Francamente, conte outra!* — e algo pesou.

— Que ela está em crise — cochichou-lhe Hildo ainda sorrindo para Antônia, que se afastava deles depois de largar na mesa mais uma cerveja gelada deixando no ar o rastro de sua simpatia, *era um rastro de simpatia*, ele explicaria ao Batista no esforço de descrever o que havia acontecido, lembrando vagamente de um verso que lhe ficou de um poema de Hélia, *rastro e folhas de outono*, como se a única função de sua ex-mulher na sua vida tivesse sido legar um catecismo de metáforas pelas quais ele explicaria poeticamente os fatos do mundo —, ou continua em crise, isso está mais ou menos na cara, como eu falei pra você. O Arthur me contou (pelo amor de Deus, que isso fique entre nós, e ele encheu os dois copos e fez o gesto de um brinde maroto e deu um gole que terminou num suspiro de prazer, um estalo de lábios, como está boa essa puro malte, puta que pariu que a cerveja brasileira melhorou pra caralho nos últimos anos, a gente só bebia merda e achava o máximo; essa é uma área em que também vale a pena investir, é incrível o que está surgindo de cerveja artesanal aqui em Curitiba); mas voltando à vaca-fria: o Arthur me contou, e ele deve saber muito mais do que conta, é claro, que o terror do dr. Dario é que esses vazamentos de celulares acabem por chegar até ele, e por alguma razão a dona Antônia (era engraçado como o procurador alcoólatra e a mulher travessa de repente se transformavam aqui e ali, em momentos severos, em doutor e dona, na sempre vívida descrição de Hildo, do mesmo jeito como às vezes me chamam de você e às vezes de senhor, substâncias gasosas em busca de estado sólido, e Batista acharia graça do detalhe, *você é um químico mais engraçado que louco*, uma vez ele lhe disse) anda querendo pular fora do casamento, o que é surpreendente, porque ser mulher de procurador, nessa crise, é um emprego muito bom, e Cândido mais uma vez não conseguiu segurar o riso, como se Hildo fosse quebrando em golpes de humor a resistência que ele sentia em ouvir qualquer acusação ou indiscrição ou falha a respeito da mulher que, em menos de uma hora, só por circular em torno, dirigir-lhe a palavra com interesse verdadeiro e gentileza verdadeira e amar seus filmes piratas com uma alegria quase de criança — *Meu Deus, é um filme melhor que o outro, impressionante a história daquela chinesa do* Amor até às cinzas, *ou* Ash Is Purest White, *china 2018, entre parênteses, no teu sistema de arquivos, anotei para não esquecer* — *era tão absurda a fixação por aquele homem estéril e estúpido que fodeu com a vida dela, e no entanto aquilo é tão real, você quase consegue pegar com a mão o que ela está sentindo sem dizer, soterrada pelo silêncio; ela não consegue se livrar do sentimento que não compreende, mas é tudo o que ela tem; me lembrou um romance do Sándor Márai, depois eu te empresto — mas você não lê muito, não? Parece que a tua sensibilidade maravilhosa transborda em outra direção, não na leitura*, ela diria quatro dias depois, e ele sentiu um súbito choque de estranhamento por perceber o fio de tristeza que ela deixou escapar na observação em tom baixo e quase condescendente, como se ela estivesse enfim descobrindo que o Cândido de carne e osso, disponível na sua cama, ainda não era o homem que ela estava de fato procurando, um fantasma que está em outro lugar e que ela terá de buscar em outra parte, prosseguir a corrida e deixá-lo para trás —, e mais a *aura* que ele sentia quando Antônia se aproximava naquele primeiro encontro em breves idas e vindas, uma cerveja, um prato de salgadinho, uma pergunta gentil, tudo inverossímil sob a narração carnavalesca de Hildo, como se o ar ficasse mais rarefeito em torno dela, a mulher que Cândido já elegera secretamente como uma espécie de musa. Se bem que eu acho que ela é rica de família, acrescentou Hildo, e Cândido não conseguia abandonar o interesse, *a musa correndo risco na boca do povo*, ele diria depois; ela tem todo o jeito de mulher rica de berço, mas com educação letrada, você sente a diferença, não é essa jacuzada caipira de Facebook que dominou o mercado brasileiro de pessoas, cara, acredite, eu sou fotógrafo profissional, você *sente* essas sutilezas só de olhar, e ainda por cima bonita pra caralho sem se preocupar com isso, a mulher só vira a cabeça e sorri e você se ajoelha, cara, sai de baixo, uma mulher dessas e — e Hildo ficou calado por três segundos, como quem retoma o fio de uma meada indócil, muita coisa para falar, e o tempo é curto. Veja bem, *pular fora do casamento*. Não é só pular a cerca aqui e ali, ninguém é de ferro, ela quer é *pular fora do casamento*, isso que o Arthur me disse, *como alguém que caiu numa arapuca*, e Hildo deu outra risada, cada vez mais à vontade, mas pular fora mesmo, *eu não nasci para isso*, o próprio Arthur ouviu ela dizer com todas as letras sobre a vida de mulher de autoridade atolada no mundo político-policial-judiciário de Brasília, *só falta agora eu ter um perfil brega no Instagram e divulgar fotos com o meu marido justiceiro enrolada na bandeira verde-amarela como aquela idiota lá no ministério, e a coisa é enrolada mesmo*, e Hildo deu uma risada tão alta que chamou a atenção de Daurinha a ponto de atraí-la até eles, afastando-se de sua roda e se aproximando com um olhar intrigado e interessado, o verde dominante do vestido *como se farejasse a heresia*, e Hildo deu outra risada da própria expressão, cochichando em seguida, *vamos mudar de assunto que ela vem com a Bíblia e o tridente, estamos fodidos*, e agora foi Cândido que deu uma risada, *o Hildo é uma pessoa muito engraçada, o jeito como ele conta as coisas, e ele foi ficando meio bêbado.*

— De que tanto vocês riem? — perguntou Daurinha com um sorriso, aproximando-se de guaraná à mão. — O sorriso é uma bênção na vida, não? — e o olhar agudo de Daurinha percebeu o mau jeito gaguejante de Cândido, incapaz de articular uma resposta como se pego em flagrante, olhos no vestido verde para não encará-la, temendo a explosão de um riso nervoso facilitado pela cerveja, *ela é mesmo meio ridícula*, disse-lhe tanto Hildo, quando ela se afastou, dez minutos depois de falas sem graça, entrecortadas e sem assunto, e sem descobrir, afinal, de que eles riam tanto, quanto Antônia, uma semana mais tarde, mas por motivos diferentes, *a mania de só falar fazendo palestra; um dia esse invólucro de imitação do pai vai quebrar, que aliás faz muita palestra*, e Hildo estourou outra risada, *cara, é muita grana que rola com os santinhos do pau oco; se você ouvisse a metade do que o Arthur me conta, você* — bem, *o pessoal do Judiciário se deslumbrou*, o que é muito comum no Brasil, é muita câmera e muito púlpito ao mesmo tempo num país sem lastro cultural aristocrático, e o professor Mattos deu uma risada que ninguém acompanhou na roda, até que Beatriz concordasse balançando a cabeça como alguém que está pensando sobre as consequências da afirmação que ouviu, *sim, sim, se comparamos, por exemplo, com a Argentina ou o Chile, em que até os generais...* e Mattos apontou o dedo numa explosão de alegria, sim, sim, bem lembrado!, e cortou a palavra dela com a voz mais alta, que não ficasse com os louros da conclusão, pensou Cândido ao se lembrar da cena, como alguém unicamente atento à mesquinharia dos detalhes, como uma vez lhe disse Hélia —, bem lembrado, professora Beatriz! A clássica tradição espanhola, os generais posudos e cheios de medalhas imperiais e alta genealogia no peito produzindo mortos em toda parte e jogando cadáveres de helicópteros, empilhando nos porões, enterrando em estádios, quase que mais como um privilégio aristocrático de classe, a compulsão da morte, do que simples exercício de poder, enquanto entre nós, de alto a baixo, em toda parte viceja a alma miúda da classe média, a luta diária e inglória para passar da margarina à manteiga, ou ao leite condensado, e todos riram, e Mattos aproveitou a deixa para lembrar ao Batista que já era hora de a Usina trocar os copinhos de plástico por xícaras de porcelana no café dos professores. *Tudo bem, mas vão diminuir seus dividendos de sócio*, Batista respondeu, *tudo tem um preço, principalmente quando não é o Estado que paga*, e houve uma nova rodada de risos, exceto de Daniel: *O senhor quer dizer, professor Mattos, voltando ao tema, que na ditadura brasileira não houve repressão, nem mortes, nem tortura, nem censura, nem desaparecidos, nem nada porque nossos milicos não são aristocratas mas classe média rastaquera como nós?* No silêncio instantâneo, Cândido ficou feliz pela ausência da professora Juçara, o que teria sido explosivo, *inventaram uma ditadura que jamais existiu*, ela teria dito em resposta, criando um estado de paralisia racional, *paralisia racional, é só o que posso lhe dizer, professora Juçara, o país vivendo uma convulsão de paralisia racional pela negação da história; mas lembre-se que fora dela não temos saída, viramos fantasmas de lugar nenhum.* Desta vez Mattos apenas sorriu tranquilo para Daniel: Não, não foi isso que eu quis dizer, e você sabe disso; eu falava de intensidades e de estratégias culturais distintas. Nossos *hermanos* levaram os generais aristocratas à cadeia; passou-se a limpo o tempo sinistro. Enquanto aqui a *Terra Brasilis* continua plana, e a compulsão da morte parece claramente uma política de Estado. Veja o que está acontecendo no Rio de Janeiro. Essa cultura da morte não caiu do céu. Um novo silêncio, mais curto, a pequena turma de alunos de química aguardando, e Cândido, com um pé fora da roda, ainda ouviu a observação de alguém — um novato que durou pouco na Usina, mais por falta de alunos na área dele, *processos argumentativos* (isso não vai ter público, previa Batista, mas vamos tentar, *redação e processos argumentativos*, ninguém quer saber disso no país) —, *mas é preciso também considerar que faz parte da cultura de ocultação conciliatória brasileira contrastar os nossos quinhentos e tantos mortos com os vinte ou trinta mil deles, como se isso nos absolvesse; como se o Estado fosse uma pessoa, uma figura emocional responsiva, e não um conjunto abstrato e impessoal de leis, o que seria demais para a cabecinha brasileira*, o diminutivo criando um novo mal-estar, *que se fodam os processos argumentativos*, alguém desabafou em outro momento a respeito de outra coisa, mas relembrando a disciplina fracassada do *candidatinho a gênio que não durou um mês na Usina, isso aqui está uma usina de crises*, e Cândido chegou a sorrir olhando para o lago verde, sem voltar a cabeça para a mulher de novo solitária, que, entretanto, ele pressente, com certeza caminha em sua direção para abordá-lo, ele calculando mentalmente os passos e o tempo de que ele dispunha antes que ela chegasse com alguma proposta, talvez algo simples, a velha desculpa de filmes B como um *você tem fogo?*, ele não precisaria temer; mas mesmo assim Cândido virou a cabeça ostensivamente para o outro lado, reconhecendo como que do nada um vulto distante que lhe pareceu Batista, será ele? — a figura imóvel com olhos no serpentário, a pequena e graciosa construção circular no centro do Passeio Público, como se ali fosse um bom lugar para procurar seu amigo Cândido; talvez ele devesse erguer a mão, *estou aqui!*, e a simples ideia acalmou-o numa curta euforia, *alguém ao seu lado* —, mas não se moveu.

— Uma análise é sempre uma coisa boa. Pelo que você me disse — e era como se a voz de Antônia entrasse numa aura íntima da amizade, afetuosa e exclusiva mas momentaneamente neutra, sem outra sugestão pairando entre eles, ambos protegidos na saleta de cinema, *eu ficaria ali, naquela paz afetiva, horas e horas, até que num momento ela pediu meu telefone meio que do nada, como um contato comercial apenas tépido, uma coisa simples e gentil, eu te ligo na terça, ela disse, traga os filmes da lista, ela disse, algo assim, com a expectativa de uma criança que vai ganhar um brinquedo* —, pelo que você me contou, fico imaginando, Cândido, *e ela tocou ligeiramente meu joelho, um toque de consternação e mais nada desta vez*: você nunca teve curiosidade de saber quem são ou foram os seus pais? A tua história é tão... (*Não, não foi nesse primeiro momento; isso ela me perguntou alguns dias depois, quando eu já havia escancarado minha vida pessoal inteira para ela, exceto Hélia, o que seria deselegante, pelo menos durante a intensidade da paixão, embora algum dia isso tivesse de vir à tona, é claro*, e Cândido sentiu um pequeno surto de vergonha, uma espécie relâmpago de vergonha alheia em causa própria, vendo-se a dois metros de si mesmo, um duplo encolhido pelo olhar do ridículo, *como se a filha da puta tivesse algum interesse mais denso e duradouro na minha vida exceto* —.) Não, nenhuma curiosidade por meus pais biológicos. Nunca me passou pela cabeça. (*Passou, é claro, em crises fulgurantes de adolescência e fantasia, das quais eu acabei me defendendo como um bom católico se defende moralmente da poluição noturna*, você não sabe a felicidade que foi para nós dois encontrar você, o Josefo já quase no leito da morte, e você bebê, um presente do destino, foi a nossa redenção, *até que as fantasias deletérias desapareçam deixando apenas a sombra da culpa.*) Sinceramente. Nenhuma curiosidade. Eu não quero saber. (Eu tenho horror ao sentimento da piedade, ele quase acrescentou; *você tem horror ao sentimento, qualquer um*, disse-lhe Hélia, inesperadamente, e ele levou um choque pelo que lhe pareceu uma verdade nítida, e ele quis dizer, *eu apenas me defendo dele, o que é outra coisa, o sentimento sempre me ameaça, porque eu vou acabar perdendo no fim*, mas não disse.) A dona Lurdes mais a fotografia do capitão Josefo na prateleirinha de biscuits e lembranças da sala já eram perfeitamente suficientes para me enquadrar de forma satisfatória no mundo, onde estou até hoje, *o que foi inesperado e engraçado, como alguém declamando uma frase decorada que tirou sabe-se de lá de onde*, e Antônia ficou em silêncio fitando-o com um silêncio admirado, uma admiração crescente que se abriu enfim num sorriso, *que interessante, você é uma pessoa livre*, foi o que ela concluiu, também como quem decorou previamente uma frase, falas que caíam do espaço sem muita relação com o que de fato estava acontecendo, *como legendas dessincronizadas da imagem*, isso é importante, ele esclareceu na terça-feira seguinte à festa, ao encontrá-la para a troca de pen drives; *aproveitamos para dar uma saída e conversar mais*, ela disse no telefone, *o que você acha? Diga sim! A Líria resolveu viajar com o pai para Brasília e —.* E foi com uma dose de tensão, *havia um toque misterioso de transgressão naquele encontro, digamos, "inadequado"*, Simone Signoret com sua vida dupla em Deadly Affair (*mas eu sou bem mais nova do que ela naquele filme, protestou Antônia quando ele fez o paralelo*), e uma dose de euforia que abriu a porta do carro dela (*Só por curiosidade, perguntou-lhe Batista, que carro era? tipo SUV, inteiro preto, com uma bandeirinha do Brasil atrás? tipo "eu apoio o Brasil", e ele mesmo deu uma risada, como se não levasse a sério nada do que ouvia, e Cândido confessou que não se lembrava bem, não sou ligado em carros, mas não, claro que não, com certeza não era preto, era um carro menor, simples, normal, de marcha manual, detalhe de que ele se recorda perfeitamente porque observou a mão direita de Antônia trocando marchas, mão bonita, dedos longos, as unhas pintadas com um capricho elegante; e quando ela sorriu para ele e trocaram beijinhos (o perfume), o carro provisoriamente parado em frente ao Guaíra, na Santos Andrade, atrás de um ponto de táxi, e ela teve de baixar o vidro do passageiro para que ele pudesse reconhecê-la atrás dos reflexos do sol das quatro da tarde* (Tenho aula das 14 às 15h30; pode ser às 16 horas? Além dos filmes da lista, acrescentei alguns que vão te agradar, é um pen drive grande, de sessenta e quatro gigas — que ele comprou numa lojinha de quinquilharias eletrônicas próxima da Usina, especialmente para ela), *oi, Cândido!*, e assim que ele entrou inebriado de felicidade ansiosa, ela tirou os óculos escuros e explicou, *marquei encontro aqui porque este lugar é bom de parar, às vezes marco esse ponto para pegar a Líria, o trânsito ali perto da reitoria, ainda mais em horário de pico, eu ainda não domino bem o trânsito curitibano, todas essas faixas de ônibus, é difícil virar à direita ali, eu me atrapalho*, e Cândido sentiu que estava completamente entregue, *"embriagado" é a palavra*, e Batista achou graça.

Eu quero muito conversar mais com você, ela havia dito em frente ao elevador; *você...* e ele ficou paralisado, um olhando para o outro em silêncio, e ela disse sem afastar os olhos, *chegou o elevador*, como quem escapa de uma prisão afetiva e emocional irresistível e misteriosa, *a tal química*, e Batista ficou sério, a mão no ombro dele: *Cândido, pense: é o teu álibi de sempre. Você dizia o mesmo da Hélia. E vai dizer o mesmo da próxima. Que embrulho é esse na sua mão? E você veio ao Passeio Público caçar pistoleiras?*, a figura de saia vermelha a poucos metros dali soprando ostensivamente a fumaça do cigarro para o alto *como um desafio aos céus*, imaginou Cândido, e se sentiu tranquilo pela presença do amigo. *A cidade está te procurando, cara! Três dias sem notícia, sem aparecer na Usina, teus alunos fazendo fila na secretaria.* A Líria também?, ele perguntou, e Batista fez uma cara de espanto, *quem é a Líria? Escuta, você enveredou pelo crime definitivamente? Tem aluna nessa história?*, já num tom de graça, e Batista, sentado ao lado dele, ambos agora olhando o lago verde, *parece a cena final de um filme*, Cândido pensou, sentindo um alívio crescente que parecia amolecer todos os músculos do corpo; pensou em dizer *obrigado*, até mesmo em abraçar Batista, *que legal você me encontrar*, mas sentiu o peso de uma vergonha assustadora que, do nada, parecia em um segundo surgir, crescer e ocupar a sua alma inteira a ponto de esmagá-lo.

— "Enveredar pelo crime", que expressão engraçada — ele disse à Líria, temendo que enfim se despedissem e ela fosse à reitoria. Estava boa aquela conversa, *por que eu me tornei um pirata da internet*. Era como se ele quisesse mesmo saber por que ele se tornou um "criminoso", a palavra é essa, e Batista achou graça quando ele contou. — Pois é, para livrar a cara da pobre da dona Lurdes, a culpa por eu ter me transformado num perigoso pirata da internet, e Líria riu, foi de fato do meu então colega Edson, embora no fim a mãe seja sempre o mordomo da história, e agora Líria ficou séria e balançou a cabeça: *Talvez. Não a mãe, mas com certeza a família*, e ele ouviu aquilo como quem recebe uma charada para ser resolvida. *Eu gostava da minha mãe*, disse Líria, de repente, e ele concordou imediatamente, balançando a cabeça, severo, *sim, sim, é claro, mãe é mãe*, e a expressão soou engraçada novamente, e agora ambos riram, mais ele do que ela, que apenas sorriu e voltou ao assunto, como se fosse ela que quisesse retê-lo naquela última esquina da caminhada, e não o contrário: Sim, o teu colega Edson ouviu teus problemas com os DVDs, mas até aí você ainda era uma pessoa honesta pagando imposto nas locadoras, e eles riram novamente, e, agora sim, ela o acompanhou no mesmo tom. Que papel ele teve no seu... *prontuário?* — e Cândido riu da palavra, *prontuário! que fama policial a minha!*, sentindo o rosto ficar vermelho, o que, é provável, divertiu duplamente a sua aluna, como um fecho de ouro daquela conversa bem-humorada. Ele suspirou, enfim: Tudo bem, eu conto este momento da minha vida pregressa. Quando expliquei ao Edson que minha mãe estava odiando o manuseio dos DVDs e queria voltar ao trambolho das fitas, o que logo seria inviável, porque as fitas em pouco tempo iriam desaparecer do mercado, o que de fato aconteceu praticamente em seguida, ele me perguntou: por que você não usa torrent? Você pode baixar o que você quiser no mundo via BitTorrent. Um sistema revolucionário de transmissão de dados digitais criado por um cara chamado Bram Cohen, que tinha apenas vinte e cinco anos. Eu tenho mais de trinta e não inventei nada, o Edson disse, rindo. Veja só: um arquivo digital é espicaçado em mil pedaços que se distribuem pelo mundo e são praticamente irrastreáveis. Por meio de um torrent, que é um mero indicador de onde estão esses pedaços digitais, você recebe os fragmentos no teu computador ao mesmo tempo que os envia de volta ao espaço digital, criando uma rede múltipla de envio e recepção simultâneos, o que aumenta exponencialmente a velocidade dos downloads. Não é mais aquela coisa lenta de um arquivo completo num único computador sendo transferido, em mão única, para outro computador. Na área dos filmes, o torrent é uma maravilha como nunca se viu. Você tem praticamente à mão a filmografia universal, sustentada por milhões de piratinhas anônimos, como eu, você, o vizinho, o adolescente chinês, o russo revoltado, o aposentado argentino, a velhinha suíça — e aqui o Edson ficou na dúvida: não, acho que a velhinha suíça não, parece que eles levam a lei a sério lá, e Cândido deu uma risada, que Líria acompanhou, acrescentando:

Engraçado; esse tal torrent é uma coisa *masculina*, não? Ou não? Cândido parou para pensar. Não sei; será que meninos são naturalmente mais propensos ao fanatismo digital que as meninas? Um amigo meu (era o Batista, dando o exemplo de uma família bizarra de uma prima que por problemas de saúde submeteu-se à inseminação artificial duas vezes, ambas bem-sucedidas, e teve dois casais de gêmeos, dois meninos, duas meninas, *a família ideal para pesquisas científicas tanto genéticas como sociais, os quatro filhos deveriam ser tombados pelo patrimônio científico da humanidade*, e o amigo deu uma risada) garante que sim, que desde pequenos os garotos se agarravam às telinhas com a obsessão de zumbis, irritadiços ao mínimo toque, deixando de comer em troca de um celular plugado, enquanto as meninas, mais espertas, só recorriam às traquitanas *operacionalmente*, por assim dizer, quando precisam resolver problemas práticos, mas vá lá saber o que é cultural e o que é natural nessa história. A primeira imagem, clássica, tipo Sessão da Tarde, é a de um adolescente cheio de espinhas na cara, ao mesmo tempo típico e esquisito, que passa horas diante do computador disposto a virar o mundo do avesso, como o próprio Bram Cohen (que, aliás, diagnosticou a si mesmo como portador da síndrome de Asperger, o que já dá uma ideia da encrenca). Alguém que, talvez, nem tivesse uma noção precisa das consequências *comerciais* de sua invenção, a brutal ameaça que esses pequenos nerds, multiplicadores de torrents, representavam aos tubarões da indústria do cinema, os grandes estúdios americanos, que abriram uma guerra violenta contra o torrent, em nome dos direitos autorais, sem sucesso até aqui. Segundo o Edson, e eu acho que ele tem razão, uma guerra que vai acabar se esvaziando no momento em que a era do streaming, tipo Netflix, Amazon, por aí, comece a tomar conta do mercado de uma forma tão universal, barata e acessível, que torne o torrent irrelevante (o que mais ou menos já está acontecendo com a música, ainda que, nesse caso, para os artistas, o fim do CD foi economicamente trágico, de uma forma muito mais radical do que para o pessoal envolvido na produção de filmes, do roteirista ao ator).

— Além disso — e era como se Cândido encompridasse a conversa apenas para manter viva uma breve chama de interesse e amizade prestes a se romper na esquina, *você é mesmo uma pessoa solitária, não?*, diria Antônia poucos dias depois, uma pergunta que era uma constatação —, é uma fantasia o argumento de que a indústria perde bilhões de dólares por causa dos piratinhas avulsos, como se, privados dos downloads salvadores via torrent, todos saíssem correndo a pagar pelos filmes que antes baixavam de graça, filmes que, aliás, em sua esmagadora maioria, não se acham em parte alguma, exceto na galáxia digital pirata. Pense: onde você encontraria para comprar esse filme da Jeanne Moreau que você está levando no pen drive para a sua mãe (*madrasta*, interrompeu Líria, num pequeno rompante, o que o desconcertou), desculpe, levando para a sua madrasta? Mais dois exemplos, acrescentou ele rapidamente, como que para cobrir a pequena sombra de mal-estar pelo *madrasta* intempestivo: dois filmes que minha mãe viu semana passada e que ela comentou comigo, *A Touch of Zen*, um filme de Hong Kong de 1971 (um filme de três horas, minha mãe achou chatíssimo, mas viu até o fim, *esses chineses e seus códigos de honra são engraçados*, ela comentou, e Líria também achou graça, como se partilhasse a opinião de dona Lurdes), ou *Lissy*, um filme em preto e branco da antiga Alemanha Oriental sobre a ascensão do nazismo, *meu Deus, o que esse mundo já passou*, disse minha mãe, e Líria também sorriu, já perfeitamente familiarizada com o jeito engraçado de dona Lurdes, ou talvez, suspeitou Cândido entrando numa zona de sombra, a graça estivesse no fato de que um homem barbado, com uma cicatriz no rosto, beirando já os quarenta anos, monstro da química, falasse tanto da mãe e de seus filmes, como se resolver essa questão fosse a tarefa mais importante de sua vida, e ele sentiu um fio de aflição. Imaginou-se chato, e quase disse defensivamente *estou ficando chato com essa história*, mas preferiu apenas concluí-la.

— Veja, Líria, é um acesso estonteante ao cinema: você acha tudo. É praticamente *tudo* mesmo. Esse é um período turbulento, a virada do século, e não só pela explosão das torres gêmeas, me dizia o Edson — ficou uma hora falando disso, tipo *fanático*, sabe? —, e era como se Cândido transferisse ao amigo a culpa que passava a ver em si mesmo e que, entretanto, não conseguiria vencer exceto se *fechasse* a história e os argumentos, numa *compulsão*, dizia-lhe Hélia quando tudo se quebrou, porque era vidro, *você tem compulsão por essa merda de pirataria*. E Líria sorriu mais uma vez, balançando a cabeça, vendo no próprio Cândido o exemplo do fanático misterioso, *sei, professor. Sei*. Cândido ignorou o sorriso certamente irônico (ou apenas gentil, talvez, ele pensou) e prosseguiu atrás de um fecho que desse sentido final ao que ele dizia. *Nunca deixe um fio solto na vida. Ele vai perseguir você*. Enfim, o que me chamou especialmente a atenção, retomou Cândido, foi quando o Edson disse: Você pode baixar filmes de alta resolução, não esse padrãozinho vagabundo de YouTube, que se você amplia na tela da TV vira um VHS borrado. E eu perguntei: mas como você vê os filmes? No computador? Coloca um cabo? — e já imaginei o ataque de nervos de dona Lurdes diante daquela gambiarra, vendo na TV filmes transmitidos via um cabo umbilical ligado a um notebook que ela teria de pilotar, seria o fim da picada. Nem pensar, não vai dar, eu disse; melhor voltar aos DVDs, e ele riu e me explicou, diante da minha cara de idiota, porque tudo para mim era novidade: Você simplesmente põe o filme num pen drive, ou num HD, e espeta na porta USB da televisão. Hoje em dia todas as marcas de televisão têm porta USB e leem arquivos de vídeo, e ele enumerou as possibilidades, que na época eram grego para mim, Matroska, que é o sofisticado MKV, MP4, M4V ou o elementar AVI. DVD já é uma coisa obsoleta que logo também vai desaparecer, como as fitas. E finalmente a pá de cal que mudou minha vida para sempre e me transformou nesse criminoso digital improvável que você está vendo aqui, na vida real apenas um respeitável professor de química (e Líria deu uma risada): *A sua mãe vai adorar*, me disse o Edson. Frisou bem o chamariz irresistível do amor filial, que anda meio fora de moda: *vai a-do-rar*. Jogue fora esse pacote de DVDs. Com o arquivo de vídeo, é só dar o play, e pronto. Mil vezes mais prático que fitas e discos. Ela só vai ter de manobrar a janelinha com o nome dos filmes, o que é muito simples. Clica num deles e pronto. Até o meu avô, já aos noventa e três anos, disse o Edson, que uma vez arremessou um controle remoto contra uma janela fechada e explodiu a vidraça, e o Edson riu, cara, você precisava ver, o controle remoto voando do décimo sétimo andar e se espatifando num para-brisa lá embaixo, queriam internar o velho; pois veja, até ele, com a mão tremendo, conseguia acionar um arquivo de filme desses. Quando eu morava em Niterói, de vez em quando levava uns filmes de guerra para ele, que ele gosta muito. Morreu tranquilo, vendo um filme de batalha naval no Japão; meu avô foi o último abatido da Segunda Guerra, e o Edson riu mais alto — mas essa parte Cândido não contou à Líria; apenas fez uma pausa, que teve um discreto efeito dramático, alguém no palco preparando a última fala e recolhendo o fio solto:

— Respondendo enfim à sua pergunta: foi assim que eu me tornei um pirata da internet.

Líria olhou para ele, como se fascinada. *Que figura, esse professor de química!*, ela deve ter contado à madrasta mais tarde, imaginou Cândido. *Se você quiser, eu peço para ele mais filmes que a senhora* (não; ela deve ter dito que *você*) *queira ver. Faça uma lista.* Era como se ela quisesse, por algum mistério da alma, agradar à madrasta a quem, ao mesmo tempo, odeia. Sim, Antônia aceitou a oferta e fez mesmo uma lista, ele explicaria ao Batista, ela conhece muito cinema, e sem ser daquele tipo chato, o cinéfilo de boteco, que tem preguiça de ler livros e acha que o cinema é um ramo profundo da filosofia; para ela, não; para ela o cinema é apenas um escape por onde se contam histórias de amor, essa é a sua única vocação; e Antônia acrescentou à enteada, como quem não quer nada, numa sugestão ao acaso: *Por que você não traz o teu professor aqui na sexta-feira, no encontro dos teus amigos para a festinha? Assim eu vou mostrar a ele o meu cinema!*, e Líria deve ter achado uma boa ideia, quase como o oferecimento de uma trégua, *eu seria o presente para a madrasta, a bandeira branca de paz*, mas Batista não achou graça da fantasia do amigo. Cândido tateou em outra direção: talvez porque ela ainda seja inocente, como eu — e ele olhou para Batista, testando a hipótese, provavelmente verdadeira, ele imaginou, porque o amigo não riu; apenas prosseguiu olhando para ele, sério, o vinco acentuado entre os olhos, sua marca de concentração, como quem avalia por onde deve começar para fazer aquele mendigo acidental voltar à vida normal, que é a pista inefável onde todas as pessoas devem e querem se mover e viver, como uma vez ele lhe disse ao café, *todas as pessoas querem ser normais; ou pelo menos aceitas pelas pessoas normais, o que é a mesma coisa. Por isso que todos os métodos radicais alternativos de educação, tipo Summerhill, educação caseira, isolamento teológico, comunidades hippies, famílias abertas e escancaradas, famílias hermeticamente fechadas, gurus educadores, nada disso nunca funciona e cria pequenos monstros desajustados e infelizes que vão passar a vida chutando o pau da barraca que os educou, na hipótese boa, ou vão se anular para sempre numa obediência castrada, na hipótese ruim; o simples normal é instintivo, e já é suficientemente complicado.* (Sim, Batista, disse Beatriz com um sorriso, até porque o tal "normal" não existe, certo?) Haveria salvação para Cândido?, *é isso que ele deve estar pensando*, imaginou, sob os olhos atentos da mulher imóvel a dez passos dali, quem sabe intrigada pelo encontro de um homem rico, elegante e bem-vestido, com uma figura bizarra, excêntrica e desmazelada, certamente suja, com manchas (de terra?) na calça e o pulôver de cor indefinida parece que vestido do lado do avesso, ambos sentados num velho banco do Passeio Público, olhos na água verde diante deles.

— Vamos tomar um café? Você está livre agora? — ela perguntou quase que simultaneamente, num atropelo agitado mas sorridente, enquanto manobrava para sair de trás do táxi parado no ponto, olhos no retrovisor, e ele sentiu um estado de euforia (*o perfume*), ela é *hipnótica*, disse-lhe Hildo num momento, observação que ele relembrou agora, com o adendo subitamente mais sério, *o que pode ser mal interpretado pelas pessoas; e, como me contou o Arthur, o casamento dela com o dr. Dario não foi uma coisa tranquila na família; esse povo rico leva casamento muito a sério, não é como a gente, pessoal virador, que se apaixona e se entrega de pirueta, feliz da vida, e só depois cai a ficha da besteira que fez, quando você já está com filho no colo e sem dinheiro no caixa pra sair de fininho e com classe, aqueles pais extremados da TV, cinema e futebol, que só por bondade pagam a melhor escola e as babás mais finas para cuidarem do rebento bastardinho, bem cuidado enquanto continuam na balada; já nós, pais pobres e solteiros, nos fodemos aqui*, e Hildo deu outra gargalhada, e afligiu mais uma vez o novo amigo, indeciso entre a aversão àquela compulsão alcoólica da fofoca e o secreto desejo de saber o que não é visível, tentando adivinhar algum segredo demarcador da confissão. *Cara, a gente fala isso, mas ama os filhos*, e como para comprovar e se penitenciar da parolagem — e antes que Arthur recolhesse o sócio-amigo para a continuação da festa, *vamos nessa, garoto?*, todos já se levantando, *você não quer nos acompanhar, professor?* (e nesse exato instante Cândido sentiu o olhar de Antônia em sua direção, *uma flechada aflita*, e ela acharia graça da imagem quando ele disse *você me deu uma flechada aflita e eu entendi um "não vá com eles"*), Hildo conferiu de novo a fotografia da filha no celular, *lindona a menina, não?* — e num surto absurdo de ciúme Cândido imaginou que Hildo e Antônia viveram algum *caso*, uma hipótese que, num milésimo de segundo, apenas convidado inocente de um encontro social na casa da aluna, pareceu-lhe assustadora, *alguém partilhando um estado de corrupção moral*, e que agora, passando atrás do Correio Velho, *vou pegar a Marechal Deodoro*, ela disse, *tem um bar ali no Batel, bem bom, tranquilo e discreto para a gente conversar, que bom esse encontro, obrigada pela companhia, eu estava tão*, pareceu-lhe duplamente absurda, a ideia de que aquela mulher diáfana, inteira leve, alegre e feliz, algum dia traísse o marido (e a enteada, e os amigos, e os parentes todos e mais a ideia simples e redentora da honestidade universal de que somos apenas um pequeno elo, *mas, sem ele*, dizia Mattos, *tudo se degrada desde o início e o tecido social se rompe*), e o traísse justo com um homem que, além de dar aulas para a enteada e filha, frequentava a família como um primo querido e gentil, uma vergonha que — *e você está livre, agora, não?*, e, diante do sinal vermelho da Marechal, dando sinal à direita, olhou para ele com uma expressão ao mesmo tempo eufórica e assustada, banhada de uma alegria ansiosa, *certamente nervosa, ela estava nervosa*, explicou-lhe Batista, enquanto caminhavam para sair do Passeio Público, *acabei deixando o carro no Shopping Mueller, é uma chatice estacionar um carro nessa região, não tem vaga em lugar nenhum*, como se fosse preciso revelar ao criminoso a exata extensão do seu crime, em seus detalhes mais supostamente irrelevantes; *Cândido, por favor: não é toda hora que uma mulher bem-casada (digamos assim, do ponto de vista prático, e casada com um procurador da República lá das altas faixas intermediárias do Poder Judiciário, no meio de um furacão de vazamentos que promete jogar merda em todos os ventiladores) arrasta um desconhecido para um motel às três da tarde de uma terça-feira comum, e —*

— Não, não, sim, claro, estou livre, sem aulas mais hoje, e veio-lhe à cabeça o trecho da apostila (*Usina Química!*, o bonequinho sorridente com uma pipeta em cada mão, o logotipo da capa) que preparou de manhã, um adendo sobre o Princípio de Le Chatelier, *se um equilíbrio químico é perturbado por um elemento estranho, o equilíbrio se desloca sempre na direção que promove alívio à perturbação*, e teve vontade de rir, inclinando-se na direção dela quando ela virou à direita na Marechal num arranque abrupto e tocando-lhe o ombro com o ombro, de onde se ergueu um sopro do perfume, *e eu senti uma aura de felicidade que nunca havia me acontecido*, ele pensou em dizer mais tarde. *Sabe o que é isso? Transgressão. Até a palavra é bonita. "Transgressão". Repita comigo, lentamente: trans-gres-são. O prazer da transgressão*, e ele se esforçou por ver Hélia na imagem da memória, era ela que se fixava em palavras como talismãs do dia a dia, mantras com o poder de mudar a vida, mas não, Hélia jamais lhe disse isso. Hélia era adepta da *harmonia, esta maravilha mitológica. Se eu fosse homem*, uma vez ela lhe disse lendo um dicionário antigo de mitologia que ele herdou do pai Josefo, *eu acho que seria Apolo. Acho que você também. Equilíbrio e harmonia.* E ele brincou: *Você quer dizer se você fosse deusa; é uma enciclopédia de mitologia que você está lendo*. E ela brincou: *Então não sou uma deusa para você? Que decepção!*, e ela deu uma risada. Esqueceu da resposta, mas agora lhe batia na testa o fato de que não, Hélia não era uma deusa: deusa é Antônia, ela sim, e ele riu sozinho da ideia que lhe pareceu no momento tão nítida, tão exata. Antônia aproximou a cabeça da cabeça dele, *os olhos, Batista, eu via os olhos dela me vendo*, sobre a mesinha do bar no Batel: Do que você está sorrindo?, ela perguntou. De nada. Estou feliz. O garçom ao lado esperava o pedido, paciente, o espaço vazio àquela hora, e os dois apenas se olhavam, sem pressa, ambos talvez pensando a mesma coisa, por que estou aqui, quem é a pessoa que está agora diante de mim e o que vai acontecer daqui para a frente, sem volta: *ali, nós dois já tínhamos atravessado o Rubicão*, ele contou ao Batista com um sorriso, ambos com os olhos na água verde, e Batista o abraçou, apertou por um instante o seu ombro e o sacudiu, como um cumprimento adolescente: *o teu humor está voltando, Cândido. Um bom sinal. Mas agora que você atravessou o teu próprio limite, já pode voltar tranquilo. O que é isso que você tem na mão?* Cândido olhou para a sacolinha plástica de supermercado, como se não soubesse o que era, e olhou para a mulher que prosseguia próxima, fingindo não olhar para eles, e pensou em presenteá-la com aquilo. *Vá e mate seu inimigo*, ele poderia dizer a ela, estendendo o presente e inclinando respeitosamente a cabeça como na cena de um filme de samurai. Depois de dar uma última tragada no cigarro e esmagar o toco sob a sola do sapato vermelho, talvez com um toque de desprezo, ela também acabaria por inclinar a cabeça, solene, e aceitaria o presente, afinal grátis, estendendo também os dois braços — e enfim ele veria o seu rosto bem de perto: *uma mulher que, talvez, não tenha mais para onde voar*, ele imaginou. *Eu teria de falar em japonês, para dar mais autenticidade ao gesto*, e Cândido começou a rir sozinho, alguma coisa esganiçada que poderia ser um choro vindo à tona, o que ele transformou numa tosse fraca para disfarçar. *A dona Lurdes está muito preocupada, é claro. Como eu não te encontrava em lugar nenhum, fui lá e bati na porta, e só depois de descer e avisar o porteiro, que acionou várias vezes o interfone, ela percebeu afinal que havia alguém esmurrando a porta querendo falar com ela. Até brincou comigo, meio aos gritos: e se ele não voltar mais, como é que vou ver meus filmes? Meu estoque já está acabando! Me traga esse menino, pelo amor de Deus*, ela gritando no corredor do prédio. *E eu prometi encontrar e levar você de volta a ela, mas acho que a tua mãe não ouviu o que eu disse. Cândido, você precisa providenciar um médico para a tua mãe; ela não escuta mais nada. Hoje em dia tem uns aparelhinhos milagrosos.* É inútil, disse Cândido, como se aquele encontro bizarro no Passeio Público tivesse sido marcado especialmente por eles para discutir os problemas de dona Lurdes. Ela arranca o aparelho e perde de propósito. "Não quero essa porcaria ridícula na orelha." *Bem, posso te dar uma indicação* — Batista disse já só por dizer, e o abraçou novamente. *Um bom amigo. Ele está fazendo um teatro para me salvar, é a impostação do afeto, mas é um bom amigo,* Cândido pensou, repercutindo alguém que uma vez lhe disse: *O Batista é um bom amigo. Parece bobagem, mas isso é importante.* Não; a frase era de Hildo, sobre Arthur, já na décima cerveja: O Arthur é um bom amigo, e isso é muito importante na vida, ele frisou, com uma expressão séria de jovem filósofo vincada na testa. Eu nem quero saber dos rolos dele, sei que a coisa é enrolada, ele é um cara muito complicado mas sabe fazer dinheiro, a essa altura da vida isso é que vale, e a minha parte é puramente técnica, por assim dizer. Vou fazer o que sei fazer e gosto de fazer, sou fotógrafo, caralho. Um fotógrafo desempregado, é claro, porque hoje em dia, como eu já disse, qualquer filho da puta com um celular na mão é um Cartier-Bresson, mas eu entendo de fotografia, sei tudo de fotografia, eu sou do ramo, o Arthur sabe disso e é por isso que ele precisa de mim, bem além de uma fachada, de um CNPJ e de uma placa na loja (e foi o único momento em que Cândido sentiu alguma coisa parecida com ressentimento emergir daquela alegria aguda e loquaz comentando o mundo em torno e começando a repetir as mesmas histórias, como se ainda não tivesse explicado todos os indispensáveis detalhes, a síndrome circular típica do bêbado). Cara, essa rede de importação de equipamentos fotográficos é um autêntico negócio da China e sem limite, a tecnologia não para, sempre tem alguém inventando uma coisa melhor e mais barata em algum canto do mundo, que será vendida trinta vezes mais caro aqui no Brasil porque a indústria brasileira sempre foi uma piada (caiu mais quinze por cento, você leu?), e Hildo deu uma gargalhada. Eu só rezo para que o Trump não declare uma guerra contra a China, porque o nosso homem em Brasília, o mula sem cabeça, é capaz de ir atrás dele e fazer o mesmo só para puxar o saco — e ele baixou a voz: ó, quem diz isso não sou eu, é o próprio Arthur, quando bebe umas. Eu não me meto em política, porque não adianta nada e eu não sou burro. Mas a coisa está feia. É aquela história: muda a merda, mas as moscas são as mesmas, não, acho que é o contrário, e ele deu outra gargalhada, o que muda são as moscas, risada que transformou num sorriso gentil quando Antônia se aproximou com outra cerveja.

— Eu vou te acompanhar na cerveja, ela disse, a voz baixinha; estendeu a mão direita e tocou a mão dele sobre a mesa, agora sem retirá-la em seguida. Ele sentiu o breve calor do afeto, e, como se ela adivinhasse, disse em seguida, *você tem as mãos frias*, e para testar a hipótese estendeu a outra mão, que também se enlaçou por um momento, *sim, são frias*, ela disse, largando-as em seguida para o garçom deixar na mesa a cerveja e os copos, e eles brindaram, e Cândido desejou ficar alto logo, bêbado mesmo, de uma vez, para mergulhar completamente na *fantasia*, era a palavra que parecia definir o que estava acontecendo, ela vai se separar do marido alcoólatra que acha que pode triunfar puríssimo em Brasília, eu largo esse meu empreguinho de merda na Usina (mas é bom permanecer sócio, *fique com a tua parte, não venda nunca, que esse teu amigo não é de jogar dinheiro fora*, disse-lhe a mãe, *ações sempre valorizam*, e ele ia explicar que a Usina não era uma sociedade anônima com ações na Bolsa, era só uma sociedade limitada de que Batista tinha cinquenta e cinco por cento e ele vinte por cento e que portanto ele não apitava nada lá dentro, mas é sempre um potencial de dividendos, portanto —), e a fantasia se mantinha nítida desde cinco ou seis quadras atrás, *uma mudança radical da vida, desta vez sim, vamos para São Paulo, estou entrando numa outra esfera da existência, uma vida passada a limpo que sempre esteve aqui, ao meu lado, e eu nunca vi*, ele diria dois dias depois a ela, e ela disse — já se metamorfoseando sutilmente numa outra mulher, o que no momento ele não percebeu, mas agora lhe parece visível como uma arapuca de metal num campo aberto — *Meu Deus, você é um homem romântico!*, o que, misteriosamente, nos lábios dela não soou como um elogio, mas como um sinal de alarme, ou perigo, e ele cego e feliz, em direção ao buraco. *Por favor, não se apaixone por mim*, mas, como ela sorriu ao dizer isso, mesmo dizendo *eu falo sério*, e ainda acrescentando *não devemos nos machucar, meu querido*, ele achou que, claro, não era a sério; ela gostava de repetir frases de filmes, e esta era uma típica frase de filme, *por favor, não se apaixone*, ninguém jamais diz isso na vida real, porque a paixão é uma dádiva inegociável dos deuses, é inútil lhe virar as costas. Atravessar o Rubicão, ele pensou: foi quando ela avançou pela Marechal Deodoro, passou pela Zacarias e entrou na Emiliano Perneta, exatamente ali, atrás de um ônibus parado, tóxico, fumegante no calor da tarde; ele já estava *flutuando na fantasia*, por assim dizer; *inebriado*. Você não é exatamente um Don Juan, você precisa ser conquistado, disse-lhe Hélia nos seus primeiros e saborosos dias, quando ele tomou a decisão de sair de casa, enfim, e viver com a mulher de sua vida, e ela sentia um prazer especial em analisar em detalhes a alma daquele enigmático professor de química, um tantinho esquisito como todo mundo, mas este com uma cicatriz no rosto. *A Hélia exerce uma espécie de sadismo gentil*, uma vez ele contou ao Batista; mas afinal ele gostava de ser analisado como um gato arrepiado encolhido num colo macio e quente: *você é o ponto mais alto da minha vida afetiva*, ele confessou a ela, que imediatamente brincou com o ponto de ebulição da água; *é o sexo, meu amor; você evapora nele. Qualquer mulher pode fazer o que quiser com você, e eu me aproveitei disso. Agora você é só meu*, ela disse, com um sentimento atávico de posse que se deixou entrever na brincadeira. Era vidro e se acabou; *agora não*, ele decidiu, *isso não vai acabar nunca*, atravessando o Rubicão no súbito calor enfumaçado da Emiliano

Perneta, quando Antônia disse, *você vai me contar a história da cicatriz no teu rosto*, e, carro parado, ela tocou o seu rosto, as unhas arando delicadas a sua eterna barba por fazer, e ele imaginou-se avançando para beijá-la, mas se conteve porque o sinal abriu e ela olhou para a frente e arrancou com um pequeno tranco e disse um *sempre erro a embreagem, não estou mais acostumada*, fragmentos que restaram como frases genéricas sobre a própria vida, e ele pensou em responder num tom de paródia *nunca ninguém saberá a história da minha cicatriz*, para entrar no terreno do humor, mas sinceramente disposto a contar a ela em detalhes verdadeiros a origem de sua cicatriz, e não apenas inventar um acidente de infância que variava de acordo com o ouvinte, às vezes caindo de um muro, às vezes sendo assaltado, *o filho da puta do pivete, só fez* zás *na minha frente, e quando eu botei a mão no rosto senti o sangue encharcando*, às vezes rolando escada abaixo e encontrando pelo caminho uma lâmina solta de prender carpê que lhe rasgou a bochecha, a história que lhe parecia mais verossímil, dava prazer em contar, relatando o exato detalhe convincente do mentiroso, *aquela ponta metálica como um prego traiçoeiro bem na quina do degrau, e eu rolando de cabeça para baixo*, e Hélia fez uma careta de horror, *ui!...*, pondo a mão consternada no próprio rosto como para proteger-se da simples ideia daquela violência do acaso que parecia lhe ferir como se fosse verdadeira, aproximando-se em seguida para beijá-lo, tão vivo era o ferimento ainda hoje, trinta anos depois, e ele fechou os olhos. *Alguém comentou esse bar-restaurante discreto no Batel, acho que a Líria*, Antônia havia dito. *Vamos lá, que não tem criança*, e ela riu, *odeio criança em restaurante, tenho vontade de fritá-las na chapa a cada grito que ouço daqueles monstrinhos correndo em torno; você não tem filhos, não?*, e ele achou graça, não, não tenho, *é cedo ainda*, dizia Hélia, mas isso ele calou agora, pensando absurdamente na ideia de ter um filho com Antônia, uma ideia que lhe soou subitamente real, sólida, vendo ao lado o rosto da criança já crescida; *seria um menino bonito*, e acrescentaria a tempo, que ela não o visse como um pequeno machista, *ou uma garota linda, não?*, ou ainda, para não restar nenhuma dúvida, *nosso filho seria o que quisesse ser, dono de seu nariz*, e Antônia talvez dissesse ao seu modo transgressor, *talvez nascesse com uma cicatriz na testa*, e ele diria, *você nunca fala a sério, Antônia?*, e ela diria, *nunca; só fazendo amor*, mas em vez disso ela disse, *a Líria resolveu subitamente ir para Brasília com o pai, teve um surto de não sei o quê*, e o rosto dela ficou sombrio por um momento, o carro novamente imóvel no sinal vermelho, mas era como se eu só percebesse isso agora, quando é muito tarde, e ele pareceu ter acordado do devaneio com a voz de Batista:

— Vamos? Eu te levo em casa. Estou de carro. A dona Lurdes está *realmente* preocupada, Cândido. E, é claro, nossa Usina precisa de você. Não se angustie, que eu te conheço; para os alunos inventei uma gripe H1N1, que parece fórmula química, que está atacando os curitibanos como todos os anos nesse clima desgraçado, e prometi que você retomava as aulas essa semana. No caminho você me conta o que aconteceu de fato. Espero que ninguém conhecido tenha te visto aqui. Onde foi que você dormiu esses dias? Segundo a tua mãe, faz duas ou três noites que você não aparece em casa. Eu até brinquei com ela: *Ele deve ter arranjado uma namorada, dona Lurdes*, o que foi engraçado, porque ela não entendeu nada do que eu disse mas me gritou a mesma coisa em resposta, como se me contestasse, fazendo um *não* irritado com a cabeça, *é alguma mulher; tinha já uma semana que ele só chegava de madrugada cheirando perfume*, e Batista riu sozinho, a tua mãe é uma figura, sacudindo o dedo para mim: *Diga pra ele que eu preciso de mais filmes, o meu estoque acabou*, como se eu soubesse onde você estava e não quisesse contar — mas Cândido parecia não ouvir, olhos parados no lago verde. *Ela até reclamou do último filme que assistiu,* Subindo por onde se desce; *eu fui professora, quando jovem*, ela me contou, *e nunca que aguentaria uma turma como aquela, aqueles alunos estúpidos; nem vi até o fim, eu que odeio deixar filme pela metade. Aquilo é um horror. Onde é que o mundo vai parar?* — e Batista sorriu da lembrança, tua mãe é muito engraçada. Cândido, você está me ouvindo? — e sacudiu levemente o seu ombro, um gesto mais gentil que agressivo. — Vamos nessa?

— *É um filme de 1967,* Up the Down Staircase. *De fato, nesse filme a escola parece um hospício,* Cândido disse baixinho para si mesmo, *os anos 1960 foderam com a ordem do mundo,* alguém disse no café, lembrou-se, e finalmente relaxou um pouco, imaginando a reclamação da mãe, mas Batista parecia não ter escutado, aturdido, talvez pensando numa nova estratégia de trazer o amigo à tona, tirá-lo daquele banco; naquele momento eu só precisava trazer você de volta ao mundo real, ele diria no dia seguinte, e Cândido respondeu *eu não quero voltar para a porra de merda do mundo real, caralho,* e aquilo foi realmente uma surpresa — Batista explodiu numa risada desarmante, que Cândido acompanharia como se a contragosto, a piada involuntária. *Eu preciso fazer análise para saber o que aconteceu,* Cândido disse; *mas talvez esse desejo seja apenas parte da minha autopiedade.* Batista franziu a testa, numa desconfiança que era, agora sim, *uma espécie de inveja,* e ambos sorriram — dois dias depois, ele perguntaria, simulando indiferença, *mas ela era mesmo bonita a esse ponto?,* que Cândido responderia com outra pergunta, banhada de um discreto lamento, um sopro de melancolia, olhando para nada, *eu não sabia o que era a paixão; você já se apaixonou?,* e Batista pensou um pouco, cafezinho na mão, numa postura que curiosamente lembrava o professor Mattos, balançando a cabeça, *eu acho que sim,* e Cândido enfim riu, *se você "acha", é porque não sabe o que é isso,* mas Beatriz se aproximava sorridente, *Cândido! Tudo bem? Está melhor da gripe?,* e eles mudaram de assunto.

A poucos metros, um homem de aparência simples se aproximou da prostituta e começaram a conversar, *não de negócios, parece*, Batista agora comentou com um sorriso, simulando um encontro casual e tranquilo no Passeio Público, dois amigos que se veem e conversam, mas Cândido não achou graça. *Veja, Cândido, estão olhando para nós, somos a atração do parque. Melhor sair daqui de mansinho*, e agora sim, ele finalmente sorriu. Num gesto mecânico, deu vários tapinhas na coxa para tirar alguma mancha da calça, e olhou a mão, suada e suja de terra. *Eu tenho dormido em algum lugar ali perto dos...* e a frase, acompanhada de um dedo apontando algum ponto vago na margem oposta, que parecia responder a alguma pergunta de cinco minutos antes, ficou pela metade; agora ele olhava o pequeno embrulho, estreito e comprido, que tinha no colo, intrigado, como se não soubesse o que era aquilo ou de que modo chegara às suas mãos.

— Dessa última leva, adorei também o *Holiday*, com a Katharine Hepburn e Cary Grant, com aquela cara de bebezão honesto e simpático, perdido no mundo cruel do dinheiro, das aparências e das mulheres. E, como diria esse estrupício que por acaso é presidente do Brasil, naqueles anos era todo mundo comunista! Os magnatas eram figuras ridículas e falsas e os pobres eram simples e bons — e Antônia deu uma risada alta. — Meu Deus, como é que você consegue essas raridades, um filme de 1938! Uma delícia de história, as duas irmãs disputando o mesmo homem sem saber! — e agora Antônia ficou séria, como se alguma explicação oculta lhe ocorresse súbita, a ficha caindo. — Engraçado: quando eu disse à Líria que iria encontrar você, ela parece que... Eu conheço minha enteada. Quer dizer, eu mais *sinto* que conheço... Eu sei que... — E ela olhou firme nos olhos dele, agora num tom não exatamente de ironia (ele tentaria explicar a um eventual psicanalista, se resolvesse fazer análise, porque aquela era *outra* Antônia, que ele percebia como um efeito retardado, diria ao Batista, mas não, eu nunca vou falar com ninguém em detalhes sobre o que aconteceu porque eu mesmo estou —), um olhar *picante*, talvez seja o termo. (*Não precisa explicar*, Batista lhe diria duas ou três vezes enquanto caminhavam para sair dali, às vezes abraçando-o num cumprimento de camaradas, alguém que salvou o amigo de uma correnteza mortal e isso precisa ser comemorado com piadas *masculinas*, como uma cena coletiva de filme, a roda feliz de homens inseguros dando tapinhas e soquinhos uns nos outros e risadas um tom acima, há piadas tipicamente masculinas, dizia-lhe Hélia, *e eu as odeio*, o que ela disse meio rindo, *vocês são uns babacas tolões tolinhos idiotas imaturos ciumentos inseguros, é impressionante, nada muda nesse mundinho dos homens; nunca se esqueça de que há mais coisas no espectro biológico entre um homem e uma mulher do que imagina essa vã cabecinha de químico*, e ele lamentou a impostação de palestra que do nada surgiu da mulher, *ela parece que não conversa mais, só ensina, o que está se tornando uma síndrome universal*, disse-lhe Mattos — *Com a internet, agora todos "sabem"*. Mas não eram brigas, na verdade; eram só *brincadeiras sexuais*, uma vez ela disse, ainda nos bons tempos do início, dando-lhe três vezes na cabeça com um travesseiro e em seguida se jogando sobre ele, e ele sorriu com a lembrança, avançando para o pórtico do Passeio Público, e sentiu um surto de vergonha pela própria aparência, *todos estão olhando para mim*, imaginou, *me leva pra casa*, e o amigo brincou, *só não sei se os guardas do shopping vão deixar você entrar*, e começaram a rir, um riso que, para Cândido, explodiu numa gargalhada e que enfim se transformou em choro, o que ele prendeu firme na garganta, *mas os olhos se encheram d'água*, ele lembrou da expressão que a mãe usava ao assistir algum filme de fazer chorar, simulando uma comoção que ela era incapaz de sentir mas que sempre *jurava de pés juntos*, outra expressão frequente para reforçar a incerteza.) Sim, um olhar picante, ao mesmo tempo agudo e faceiro, ou *safado*, uma palavra que a Hélia usava muito, *não seja safado*, tanto na cama, quando ele *devia* ser safado e a reclamação era a parte *safada* do jogo, como quando ele mentia inocente sobre alguma coisa sem importância, não encontrei salsinha orgânica no supermercado, *não seja safado*, ela dizia rindo, *você nem procurou que eu te conheço*, e ele sorriu também dessa lembrança acompanhando Batista ao atravessar a via do Expresso quase como uma criança sendo conduzida pela mão, ainda com o papel de pipoca na mão, à procura de uma lixeira para se livrar dele.

— Pois quando eu disse à Líria que ia encontrar você, *ele vai me passar uma pilha de filmes, umas raridades, eu fiz uma lista e ele achou tudo, esse Cândido é o máximo*, eu disse a ela, feliz da vida; pois quando eu falei, a Líria teve como que um choque. Empalideceu. Ficou muda. Você acredita?

Antônia segurou a mão de Cândido sobre a mesinha, subitamente séria, e aproximou a cabeça, uma nova ficha que cai: *Você não tem ou teve um caso com ela, não?* Tudo era absurdo ali, ele pensou: de onde vinha aquela inexplicável intimidade, o encontro marcado, o próprio toque de mão, a sugestão do bar, o passeio de carro? Da *aura*, é claro: eu estava apaixonado desde a entrega de uma primeira cerveja sob um olhar *certeiro*, brilhante de sentidos, no momento em que ele começava a ouvir pela boca de Hildo, o engraçado, um extenso relatório filosófico-familiar da família que ele visitava; *essa mulher tem uma independência feroz*, ele disse num momento; *o Arthur me contou que ela faz o que quer do coitado do dr. Dario* (Cândido mais uma vez achou estranho aquele "doutor" ali na frase, como se Hildo fosse o motorista da família, *e quem sabe não seja mesmo?*); *segundo o Arthur, ele é um sujeito fraco, emocionalmente complicado, alcoólatra, e não vai aguentar Brasília, e parece — é o Arthur que diz, não eu, que não conheço nenhum dos dois bem —, parece que a dona Antônia* (e Cândido também mais uma vez achou esquisito aquele "dona" talvez irônico, talvez respeitoso) *já percebeu e, não sei, numa dessas está querendo tirar o time, vá lá saber o que vai na cabeça das mulheres*, e Hildo deu uma risada, completando depois de outro gole: *como alguém uma vez me disse, eu achei engraçado, "que homem estranho que é a mulher"*, e seguiu-se outra risada, agora acompanhada em tom menor por Cândido, sem tirar os olhos dela, que às vezes encontravam os seus, sempre com um sorriso gentil. *Fui fisgado pelo olhar, para desenhar um cromo didático a você*, ele tentou explicar; *foi assim que o desastre começou*, e Batista riu: *você é sempre engraçado, Cândido.*

E ele respondeu a ela aproximando um pouco a cabeça sobre a mesinha, já em pânico, talvez até igualmente pálido como a enteada havia ficado, como se vítima de uma acusação ofensiva, absurda, até covarde, e todo aquele teatro de cartas se desmoronasse revelando a sua verdadeira intenção, que era apenas desmascará-lo — *eu jamais me aproximei de uma aluna na minha vida profissional*, o que soou estranhamente solene, quase uma declaração juramentada ao juiz de um processo do qual dependeria sua honra até os últimos dias, e ele pensou em acrescentar, *para mim é uma questão ética*, o que ele conteve a tempo porque seria ridículo e talvez mentiroso, porque uma vez aceitou faceiro uma carona solícita de uma aluna um pouco mais velha que a média da turma do cursinho que, em dois quarteirões, já confessava que era casada porém infeliz, o que ele ouviu compreensivo e gelado e secretamente feliz, sonhando num lapso fugaz de um segundo em transformar aquele encontro fortuito em, quem sabe, uma tarde de sexo seguro que se evaporasse sem rastro no momento seguinte, até que ela audaciosamente tocou o seu rosto num sinal fechado e perguntou sobre a cicatriz fazendo um ricto de sofrimento como se fosse ela a vítima daquela marca, e ele apenas respondeu o de sempre, *um acidente de infância*, o que *tecnicamente* era verdade, mas desta vez sem inventar detalhes impressionantes, e perguntou-se o que estava fazendo ali, sob uma cortante e crescente sensação de desconforto, e então, do nada, pediu para descer, abrindo a porta antes mesmo que o carro parasse completamente, *lembrei que tenho de passar no Mercadorama, estou sem filtro de café, você me deixa ali na esquina?* — e em vez de invocar a ética, apenas sorriu para Antônia, *eu sou muito tímido*, e pensou em acrescentar, *quer dizer, tímido em sala de aula*, para delimitar seus limites, *em sala você detém um pequeno poder emocional que jamais deve ser usado*, mas não disse; e como para desmentir a confissão de covardia, ou já percebendo o olhar de Antônia, que nem lembrava da pergunta que havia feito e parecia admirá-lo ao ponto da entrega, avançou a cabeça sobre a mesinha, apertando sua mão, e beijou-a — ele percebeu que ela fechava os olhos, e ele fez o mesmo. *Beijando você, sob minha iniciativa* (*um gesto que pode cair no vazio e então é o fim, porque é um vácuo irrecuperável e você acorda de volta direto para um pesadelo*), *eu vivi um surto de felicidade*, ele disse depois, com sentimento verdadeiro; *começou com a combinação perfeita dos pHs das salivas, sem o que nenhum amor do mundo resiste, a química é implacável*, e ela deu uma risada e concordou, *sabe que é verdade?*, e na expressão do seu rosto transparecia uma rápida e silenciosa pesquisa empírica dos próprios casos reais, provavelmente um rosário deles (uma *caçadora*, foi a imagem que lhe ocorreu na esteira do ressentimento, alguns dias mais tarde), e ela concluiu definitiva, rindo de novo, *sim, se o beijo não dá certo, desista imediatamente*, e voltaram a se beijar, adolescentes e alegres num bar vazio.

Havia um descompasso, ele pensou em explicar ao Batista uma semana depois do desastre em sequência que ele foi remontando pedaço a pedaço, já vivendo o final feliz da volta às aulas, *como é boa essa rotina*, ele brincou com Beatriz ao café quando ela passou a mão no seu ombro com uma simpatia fraterna, *você já está bem melhor, não? essa tal de H1N1 é demolidora, eu li que o surto aqui no Paraná...* — havia um descompasso porque eu mirava a eternidade, e ele sorriu da imagem, ou da pretensão, que por algum viés lhe sugeria Hélia, verso quebrado de algum haicai da ex-mulher, enquanto Antônia, simples e feliz, vivia apenas a inocência tranquila do momento presente, o que é meio ridículo, porque nada é inocente e nada é tranquilo e tudo é simulação, e a explicação, que lhe parecia tão nítida na cabeça, saiu rota e incompleta pelos lábios, a vergonha banhada de rancor, um sentimento novo para ele, *eu nunca soube o que é o rancor*, subindo-lhe à garganta como a ponta de uma faca, essa imagem recorrente de sua vida.

— Mas isso é uma faca, Cândido?! — espantou-se o amigo sentado com ele no Passeio Público, gentil como um enfermeiro afável e experiente encarregado de recolher e devolver o louco varrido, que acabou de fugir, à segurança de sua cela no hospício, sem precisar usar a camisa de força ou um pelotão de seguranças. — O que você ia fazer com isso? Dar de presente para a dona Lurdes?

A faca de cozinha, de dois palmos de comprimento, jazia na embalagem colorida, ainda lacrada com filme, quase que ritualisticamente sobre suas coxas, *aço inox, tratamento térmico subzero, cabo em policarbonato com fibra de vidro, resistência a impactos*, Batista lia em voz alta, e em seguida sopesou-a, *uma baita faca, boa pra churrasco*. Talvez tenha passado por sua cabeça alguma coisa *realmente* ruim, *o gesto sem volta*, imaginou Cândido, quando o amigo tentou fazer humor repetindo conversas de café sobre o país trepidante: *Por causa de um maluco e de uma faca dessas, o país elegeu o maior imbecil da história da República*. E acrescentou, para que ele pelo menos sorrisse: *A faca você já tem, mas não está maluco, certo?* Cândido não riu, ou nem ouvia: dobrava a sacola plástica do Mercadorama com um rigor geométrico, para guardá-la no bolso e descartá-la convenientemente mais tarde, *como um bom curitibano*, alguém uma vez lhe disse. *Você sabia que uma simples sacolinha dessas, acho que esta é de polipropileno, espessura de uns vinte ou trinta micrômetros* (e ele forçou a elasticidade do plástico, para testá-lo), *leva cem anos para se decompor?* Batista relaxou e sorriu, *ainda é o mesmo*

Cândido de sempre, é bom saber, e Cândido retomou a pergunta de um minuto antes: *A faca não é para presente. Dona Lurdes não cozinha mais faz alguns anos — só come congelados, marmitinhas a quilo, e os almoços da diarista, dona Lina.* Cândido parou um instante, na dúvida: contaria ao Batista essas miudezas caseiras, para ganhar tempo (a extensão concreta de seu desastre pessoal começava lentamente a se aproximar de sua compreensão, os olhos na faca), até enfim juntar os próprios cacos? Sim.

— É engraçado ver a dona Lina discutindo com a dona Lurdes, assim que chega em casa. Ela vai às terças e quintas. Porque, segundo minha mãe, se ela for às segundas, quartas e sextas, pode depois reclamar na Justiça que não assinaram a carteira e pedir indenização.

— Ela ia — interrompeu Batista. — Tua mãe me reclamou que quinta-feira passada a mulher não apareceu. Eu não estava entendendo de quem ela estava falando, até que explicou que era uma tal de Lina, *a moça que trabalha aqui*, ela disse aos gritos, como se achasse um absurdo eu não saber de uma coisa tão óbvia — e Cândido riu, uma reação que parece ter animado Batista. — E a tua mãe reclamou que não tem o telefone dela, o que é outro motivo para você voltar para casa, além dos filmes que estão no fim.

Cândido pegou de volta a faca, agora no colo de Batista, mas como se pensasse em outra coisa, um gesto inconsciente.

— Você conversou com a minha mãe na porta do apartamento?

— Não. Ela gritou que eu devia entrar, eu disse que não, que estava com pressa, preocupado com você, mas, é claro, ela não ouviu, me deu as costas, e foi andando em direção à cozinha, me convidando (na verdade, me ordenando) para um chá de erva-cidreira. Eu não podia ficar parado ali; fechei a porta e fui atrás dela, dizendo que não queria chá, muito obrigado, repeti que estava com pressa, mas ela acendeu a chama do gás para a chaleira (isso depois de quebrar irritada uns cinco palitos de fósforo; você precisa comprar um fogão com acendedor automático para a tua mãe). Bem, ela pôs mais uma xícara na mesinha, mandou eu sentar, pegou a caixinha de chá da prateleira, virou-se para mim e, depois de alguns segundos de silêncio e concentração, a testa franzida, disse: *É mulher*.

Batista irrompeu numa risada: Cândido, foi muito engraçado. Eu custei a entender do que ela falava. Fiquei intrigado, com aquele *é mulher* na cabeça, enquanto ela voltava a cuidar do chá, me explicando detalhadamente que você andava *muito esquisito* nos últimos dias, até me cair a ficha de onde ela queria chegar com aquela conversa gritada e comprida. *Ele chegava de madrugada com perfume no ar. Exatamente como nos filmes: procure a mulher. Tem uma expressão famosa em francês:* "cherchez la femme". *Mas eu nunca fui boa em francês*, ela disse, mudando de assunto. *Agora, em inglês* — e ela parou e segurou a chaleira no ar, eu fiquei com medo que ela derrubasse aquilo, e Batista imitou o gesto — *eu era muito boa. O meu marido, pai adotivo do Cândido, que era do Exército, ficava impressionado*. Ela despejou água nas xícaras já com os saquinhos de chá, sentou-se — *nessa idade, tudo que a gente precisa, mais do que atenção, é água, como os bebês e os pés de couve* —, deu um sorriso com um toque de tristeza (é a clássica chantagem emocional da minha mãe, Cândido pensou em alertá-lo, *não se impressione*, sentindo-se de novo emaranhar nas pequenas lutas da vida real) e envolveu a xícara com as mãos, para aquecê-las. Então olhou para mim através do vapor que subia, parecia a cena de um filme noir, desses que você pirateia, e disse: *Procure a mulher que você encontra ele* — e Batista deu outra risada solta, que desta vez Cândido acompanhou, em tom mais baixo, enquanto rodava a faca entre as mãos.

— Então é só uma questão de pH da saliva? — Antônia brincou, segurando-lhe as mãos sobre a mesinha, as cabeças muito próximas. *A felicidade*, ele pensou. *Estou um homem feliz*, ele pensou em dizer, mas em vez disso avançou a cabeça e beijou-a novamente, os olhos se fechando. Vivia um mundo tão completamente mental, lamentou-se, que agora não conseguia sequer se lembrar de como ela estava vestida, a cor da blusa, ou camiseta, ou camisa (havia uma blusa escura sobre um fundo claro, *porque Curitiba sempre tem surtos de frio*, ele imaginou ouvir sua voz dizendo isso enquanto jogava a blusa na cadeira do quarto do motel), mas lembra *da temperatura do toque*, ele disse algumas horas mais tarde, que ele sentia com a ponta da língua e os olhos fechados. A mão trocando a marcha reaparece à frente de um vestido, e joelhos à vista; mas depois, parece, de costas na cama ela jogava as pernas para cima para tirar a calça comprida, tarefa de que ele participou, aplicado, ouvindo o próprio coração bater. *O físico é sempre mais bruto do que a abstração da imagem, ou, antes ainda, da ideia do objeto*, ele pensou em dizer, mas não houve tempo (e seria mesmo indelicado, como se o principal não fosse o que eles estavam fazendo de fato, *amando-se*, mas a projeção que faziam disso, ele concluiu no dia seguinte, o mais longo de todos, quando de novo foram ao mesmo lugar, e, de novo, no terceiro dia, que foi o último. *Não haverá outro* — foi nesse ponto, ele pensou, e no mesmo instante o ar faltou novamente na boca do estômago, que minha vida parou, ou o tempo *patinou* sem sair do lugar, ele pensou em contar ao Batista, para começar de algum lugar).

— Eu estou só, e em crise. Sabe quando tudo entra em parafuso? — ela disse de repente, apertando suas mãos sobre a mesinha, e em seguida: — Engraçado, a cerveja hoje bateu fundo na minha cabeça; eu não posso beber muito. Deveria aprender as consequências do álcool pela minha experiência com o Dario. Ele já me agrediu uma vez.

Cândido olhou em torno; no bar vazio, apenas o garçom, imóvel a três metros, um jovem imberbe com um avental preto estilizado, Cosy Beer, o nome sobre o desenho de duas canecas amarelas brindando, parecia prestar atenção neles. Como ela descobriu esse lugar? Do nada, ou do simples sentimento momentâneo de posse, sentiu um fio absurdo de ciúme, que passou cortante e se foi. — Não se preocupe, que ninguém me conhece aqui, disse ela, como se pressentisse a sua insegurança — e menos ainda às três da tarde. E não se surpreenda — e ela apertou as mãos dele, olhando firme nos seus olhos, *o que era afetivamente demolidor, meu Deus*, ele pensou em contar ao Batista. Mas o ridículo final da situação presente, a vergonha emergindo como um bicho gosmento no espelho da água verde diante dele, uma percepção de deslocamento que parecia mais terrível a cada minuto *de retorno da razão* (talvez seja essa a expressão certa, ele imaginou, com esperança autopunitiva, e veio-lhe bruta a imagem tantas vezes apagada com esforço, a criança trancada no banheiro passando vagarosamente a ponta de uma faca no próprio rosto, vendo no espelho os filetes de sangue brotando, e em seguida, quando ele desiste, a mãe arrasta-o aos gritos para um posto de saúde onde um estagiário costurou este estrago para sempre), esse ridículo precisava de uma causa transcendente que ele não conseguia mais recuperar com nitidez, enquanto rodava a faca entre as mãos.

— Cândido, para mim tudo vem sendo um erro; a vinda a Curitiba (*Você gosta daqui?*, ela perguntou no outro dia, o segundo e o melhor de todos, e ele sentiu que ela queria ouvir um *não* solidário qualquer que ele não conseguia dizer, como se ainda acorrentado à sombra de Hélia, o antigo *vamos para São Paulo?* — e ela apenas disse, depois de avaliar em silêncio a expressão indecisa do rosto dele, *eu também gosto daqui, só que eu acho um pouco... sufocante, talvez por minha própria culpa porque eu não sou, nunca fui e nem quero ser nenhuma* — e a palavra "santa" pairou impronunciada entre eles —, *não sei*, ela concluiu; *eu estou meio perdida*, e foi como se a palavra "culpa" escapasse de seus lábios, também em silêncio, como uma remissão religiosa, e eles prosseguiram), e agora a ida a Brasília, a ideia de viver naquele circo, em que o Dario vai ser fritado na chapa em quatro ou cinco viradas, até ser descartado por todas as figuras escrotas que povoam aquele mundo, quem sabe ainda processado, ele não tem ideia do que é aquilo, pois viveu sempre seguro no cercadinho funcional; eu não sei por que ele vai aceitar esse carguinho de bosta, é incrível a vaidade miudinha deles, todos eles, um completo bando de idiotas. E essas coisas quando começam não têm fim. Eu nem uso mais celular, que ele me proibiu. *Se minha linha dos dois últimos anos caiu na rede dos hackers, estou fodido e você vai junto, menina. Não se iluda*, ele me disse, e eu senti como uma ameaça. Na verdade, aquilo *foi* uma ameaça. E agora a viagem súbita da Líria, largando tudo aqui (eu *realmente* gosto dela, uma menina querida, talentosa, inteligente, mas — *não foi por sua causa, então? Pode me dizer a verdade. É importante para mim*). Não sei. E agora só tenho essa merda pré-paga, que só serve para falar — e ela mostrou um tecladinho de plástico, que jogou de volta na bolsa, num surto repentino de irritação. — Esse governo não vai se aguentar muito tempo; vai implodir na primeira esquina mais aguda. Só tem psicopatas. As notícias do dia parecem sempre um relatório psiquiátrico, uma anamnese de uma junta médica. É surreal demais. Ou *quimicamente* inviável, como diria este professor Cândido, agora diante de mim. — Com um suspiro, ela pareceu relaxar e voltar ao instante presente; era *outra* Antônia, ele pensou em dizer, *mais intensa*, ele contemporizou para uso próprio, porque em sua cabeça, de alguma forma, aquela figura subitamente irritadiça que cochichava palavrões, amaldiçoava o marido e maldizia o destino encaixava-se, por força do desejo, exatamente complementar à imagem sorridente dos primeiros olhares, ao amor sincero por seus filmes, ao afeto gentil, à suavidade e à delicadeza que o arrastaram sem esforço para esta mesa *transgressora*, ele relembrou, e para este beijo de pH maravilhoso e que, no final, para que ele esquecesse seu surto de fúria, dizia-lhe baixinho como um mantra *vamos mudar de assunto, vamos mudar de assunto, vamos mudar de assunto, todos os dias de manhã eu digo para mim mesma antes de ler notícia, vou mudar de assunto, esse país é um horror depois do outro, todo dia imagino o que o imbecil vai dizer hoje que será pior do que disse ontem para nos humilhar, vou mudar de assunto já que não posso mudar de país*, e ela passou os dedos e unhas em sua cicatriz, disfarçada sob os fios de barba, e ele, de volta à sua incerta segurança emocional, que se fazia minuto a minuto, sorriu com ela, agora momentaneamente melancólica, a sombra triste no olhar, o que a deixava tão bonita como uma boa atriz na cena forte de um bom filme. Reapertou suas mãos. — Não vamos falar de política; é dar importância demais a esse governo filho da puta — e ela deu uma risada, que ele acabou acompanhando. *Sim, não vamos falar de política*, ele concordou. E, como um aprendiz que descobre a fórmula, ele brincou: *Fodam-se todos!* Ficou surpreso, e feliz, e repetiu: *Fodam-se todos!* Lembrou de Hélia, e gostaria que ela estivesse ali para ouvi-lo: *Cândido, você* nunca *diz palavrão? Não faz falta para você?* E ele respondeu, sorrindo: *Eu penso palavrões, mas nunca digo em voz alta.* Quase acrescentou: *Eu acho grosseiro.* E Hélia disse, depois de alguns segundos pensando, bem no jeito dela, *faz sentido*, o que bateu na sua cabeça como um enigma não resolvido. Faz sentido por quê? E daí que isso faça ou não faça sentido? O que o sentido lógico dos atos e das coisas tem a ver com a vida real? — mas calou-se, como se tocasse num terreno proibido que ameaçasse a sua sobrevivência.

— E essa faca, Cândido? — Batista voltou a perguntar. Cândido percebeu que o amigo estava *preocupado*, de uma forma diferente, talvez um tanto assustada. — Se não era presente para a sua mãe...

— Você já se apaixonou?

Batista deu uma risada.

— Parece que, mais uma vez, a dona Lurdes tem razão: *cherchez la femme!*

— É inútil. Ela desapareceu. Nunca mais deu notícia. — Parecia que haviam se passado vários meses, algo muito vivo, muito intenso, uma presença avassaladora e completamente transformadora, *eu serei outro homem e terei outra vida*, ele chegou a dizer a ela, com poderosa convicção, o futuro do presente brilhando como pérolas declamadas de um poema, e, quase no mesmo instante, num estalo bruto de ausência, uma mulher absurdamente longínqua. — Faz só três dias de silêncio. Mas parece que. Hoje é domingo? — e ele olhou em torno, buscando sinais de animação de um feriado no movimento do Passeio Público, e viu adiante duas máquinas amarelas paradas num trecho de reforma do parque.

— Sim, hoje é domingo.

Amanhã vamos nos despedir? — e ele, idiota, disse *sim*, sem pensar. O que ela quis dizer com aquilo: que iria a Brasília despedir-se do Dario (*Não deu certo, querido; fique bem*), abraçar a Líria, talvez dizer à enteada, gentil, *não fique assim, isso passa, deixarei a cinemateca pirata com você, venha aqui, me dê um abraço*, e então voltar a Curitiba para viver feliz com Cândido até o fim dos seus dias? Ó mãe, ele diria à dona Lurdes, essa é a Antônia. Vamos nos casar, mas eu sempre virei aqui trazer os seus filmes e conferir se está tudo em ordem. Não se preocupe. *É o pH da saliva*, ele lembrou, desta vez sem rir, um sentimento de vergonha, humilhação e fracasso que lanhava a garganta. Mas, curiosamente, era só ele o problema: ela continuava intacta, brilhante e misteriosa como Greta Garbo numa edição remasterizada, blu--ray, da Criterion Collection, o anjo da beleza e do afeto, o preto e branco suavemente granulado. *Vou sentir falta de você*, ela disse, visivelmente sincera, mas ele prosseguia sem sentir o peso do que estava ouvindo. *Você parece que não escuta o que eu digo*, ela reclamou num momento. *Está sempre no mundo da sua própria lua. O que é tipicamente masculino.* Ele sorriu e beijou-a mais uma vez, mil vezes, dez mil vezes, e imaginou-se fazendo risquinhos na parede, um para cada beijo, o cartum de um presidiário, mas isso ele não disse. O beijo na boca é o verdadeiro ato do amor, o contrato definitivo e sem volta. Se a química bate, a ligação não se desfaz, e ele imaginou alguma fórmula no quadro-negro que desse consistência, alguma liga estável àquela bobagem volátil do desejo. Algum ritual sólido deve sobreviver na vida das pessoas, um simbolismo recorrente dos gestos, a honra das miudezas, ou perdemos o sentido. Humphrey Bogart disse algo assim, em algum filme, ele imaginou, forçando inutilmente a memória. É que eu vejo filmes demais e me confundo, ele disse. (Isso aconteceu já no motel, ou a caminho?, e ele revirou a faca entre as mãos.) Ela ficou séria e pensou no que ele dizia. Cândido, eu acho que o próprio Bogart era em si o seu ritual, o machista durão, tão atraente ontem e tão ridículo hoje. Lembrei do *Dead Reckoning*, que você me passou. "Cálculo mortal", literalmente — o título em português é *Confissão*, eu conferi na internet, uma bobagem assim, nada a ver. Bem, o filme é lá dos anos 1950, também com a Lizabeth Scott. Aquela que a gente comentou outro dia, a dos olhos muito separados, a loira fatal de sempre. Como é que você consegue essas raridades? É incrível. A Líria tinha razão: *Ele é um gênio da química e da pirataria*, e Antônia sorriu olhando para ele como alguém diante de uma charada curiosa.

— Bem, você me disse que gostava dessa atriz e eu corri atrás dos outros filmes. Não tem mistério nenhum: você acha tudo na rede. Lizabeth. Um nome engraçado. Parece que falta alguma coisa. Mas esse filme eu ainda não vi.

— No filme, ele é um filho da puta de um machista, que chega a dizer que as mulheres deveriam ser cápsulas para se levar no bolso, e que assim eles sempre saberiam onde elas estão. "As mulheres perguntam demais. Deviam ser apenas belas!", diz ele com aquela voz anasalada, meio ridícula, parece que está sempre gripado — e Antônia deu uma risada comprida. — Tão engraçado aquilo! É tão ruim que é bom; é irresistível. Um cara durão, mas irredutivelmente honesto, na lógica puritana; já ela é má, mentirosa, falsa, e nesse filme ela é linda não como um anjo, mas como o diabo, é claro. A mulher é sempre um perigo; no filme, é uma assassina. Desde Adão não há coisa mais escrota do que imaginar a mulher como a desgraça do homem. Desculpe, Cândido. Estraguei o filme pra você. Talvez nos dois sentidos.

— Não se preocupe. Eu nunca presto muita atenção na história, que nos filmes quase nunca tem pé ou cabeça, porque a ilusão de realidade fotográfica é tão grande que leva a gente na conversa. É o clima das cenas que me interessa.

— Verdade? Que engraçado. Eu não. Eu sempre quero saber o que aconteceu, e o que vai acontecer. Agora, por exemplo, nós vamos nos separar.

Ela acendeu um cigarro que tirou da bolsa — sim, foi no motel que ela decretou o fim, a imagem voltou-lhe nítida, ela se inclinando para a mesinha, as costas nuas, brancas no reflexo da luz crua que ela acendeu tateando a cabeceira, ligando e desligando o ar, depois o som, e enfim achando a luz, que explodiu nos olhos acostumados à penumbra, e em seguida esgravatando a bolsa, o que o surpreendeu, cego e surdo ao que ela havia acabado de dizer com uma nitidez gelada, ou apenas indiferente. *Talvez nos dois sentidos.*

— Você fuma?!

Antônia não respondeu, distraída, pensando longe, talvez em Brasília, no fim do casamento, na enteada, no que fazer da vida depois desta aventura inconsequente com um químico maluco com uma cicatriz charmosa no rosto (e Cândido sentiu uma vergonha rediviva ao imaginar o que ela estaria pensando naquele fim de caminho, *cada besteira que eu faço na vida*, algo assim, que lhe queimou o rosto como uma febre súbita);

acendeu o cigarro (e ele quase fez outra pergunta, *pode fumar aqui?*, ao que ela talvez dissesse *foda-se*, mas isso ele só imaginou agora, diante da água verde, mas, pensando melhor, imaginou que não, que ela provavelmente não diria isso), tateou de novo os interruptores, a mão para trás adivinhando os botões da cabeceira (*Como é cafona isso aqui, meu Deus*, ela havia dito ao entrar), apagou a luz, deu uma tragada funda que banhou o perfil de seu rosto de um tênue brilho vermelho, e soprou lentamente a fumaça para o alto, com a concentração de uma criança brincando. Ao seu lado, cabeça apoiada na mão, silencioso como um vigia, sentindo o aroma que impregnava o quarto, ele admirou aquele prazer simples, visível, *soprar fumaça*, uma breve felicidade que ele também parecia sentir por osmose, apenas por vê-la nua, tranquila, bonita ao seu lado. Depois da última tragada, ela ficou segurando o toco aceso, claramente matutando o que fazer com aquilo num mundo sem cinzeiros, *livrar-se da prova do crime*, ele imaginou brincar, *você é portadora de um objeto letal que contém cianeto hidrogenado, amônia, arsênico, sulfito de hidrogênio*, mas não chegou a dizer nada; antes viu-a levantar-se de supetão e correr levando a brasa para o banheiro, onde se trancou. Só então, parece, o *nós vamos nos separar* e os *dois sentidos* voltaram a bater na sua cabeça, ainda como objetos estranhos, rebatidos do nada, mas não teve tempo de pensar — Antônia voltou também correndo do banheiro como se fugisse na ponta dos pés de um frio imaginário e jogou-se ao seu lado na cama, aninhou-se nele como quem se protege e passou a mão sobre seu peito. *Você não é muito peludo*, ela disse, sem ênfase, com o esboço de um sorriso, como quem faz uma descoberta curiosa. *Tem homens que parecem gorilas, só a testa lisa*, e ela riu. *Eu acho engraçado. O charme primitivo. Parece que ecoa alguma coisa atávica na gente.*

Não é tanto do sexo que eu me lembro; o que disparou o vazio foi outra coisa, ele pensou em dizer ao Batista, mas virou a cabeça: agora havia dois homens conversando adiante com a prostituta, uma conferência de três pessoas que pareciam trocar segredos em cochichos, *e certamente sou eu o assunto*, porque olhavam de viés para os dois homens sentados no banco diante do lago verde de águas paradas, um deles respeitável, bem-vestido, visivelmente bem de vida, também visivelmente fora de seu habitat (porque nesse espaço os ricos só passam correndo como atletas com fone nos ouvidos, eles devem estar comentando), às vezes sorridente, que parecia tentar, discreto, convencer o outro, este descabelado, sujo, inseguro, quem sabe febril, revirando obsessivamente alguma coisa nas mãos, de que ele deveria sair dali e ir para casa, algo assim. *Talvez tenha morrido alguém da família e o amigo veio consolá-lo; não, a mulher diria, aquilo é dor de corno, está na cara, olha só o jeito jururu dele, é só mulher que deixa um cara assim; para mim, diria o terceiro, parece mais um louco que fugiu do hospício, e o outro é um médico,* e o olhar do homem procuraria, oculta atrás das árvores, a equipe de resgate pronta a entrar em ação para recolher o maluco, e nesse ponto Cândido deixou escapar uma risada alta e trêmula, ainda com um rastro de choro, *a cabeça da gente não para de imaginar coisas para ocupar o vácuo, pensamento é matéria,* ele disse ao Batista, que o abraçou.

— Vamos lá, amigo. Eu levo você — e o braço apontou vagamente para trás, o carro estacionado no shopping, é uma caminhadinha até ali. — A tua mãe está realmente preocupada. E hoje é domingo. Ela não pode ficar sem filmes — ele repetiu, mas agora o amigo não sorria. — E eu levo essa faca — a mão de Batista discretamente tocou a embalagem pousada sobre as coxas do amigo para tirá-la dali, mas Cândido pegou-a antes num gesto brusco e arremessou-a longe. A faca rodopiou no ar e caiu na água adiante — o *plaft!* chamou a atenção da mulher e dos dois homens, que olharam para Cândido, que olhava para o grupo, como a evitar os olhos de Batista. Os dois homens e a mulher, diante do olhar talvez desafiador daquele estranho, retomaram a conversa entre eles, dando dois passos para o lado e voltando-lhe as costas; a mulher agora fumava e, ao virar-se, soprou a fumaça ostensivamente para o alto. A embalagem flutuou no lago por alguns momentos e acabou por afundar, e durante alguns segundos, como se para escapar da culpa de ter cometido um crime ecológico, jogar lixo no lago (o que certamente passou pela cabeça de Batista), Cândido imaginou um diagrama que calculasse as forças físicas que entraram em jogo naquela breve indecisão do objeto sobre a água imóvel. Mas esqueceu a faca; teria agora de explicar ao Batista ao mesmo tempo muitas coisas que ele mesmo não conseguia organizar na cabeça enevoada, e viu-se diante de uma sala com quinze alunos — *teremos turmas regulares até o final do ano*, Batista havia confirmado, *as matrículas deram uma pequena disparada em agosto, mas ainda continuamos no vermelho, é claro, isso vai longe, o investimento foi grande* —, estimulando a curiosidade inicial que sempre despertava nos estudantes com a definição mais simples de matéria, desde Demócrito: *partículas minúsculas; átomos. O que são átomos?* A imagem da cena tranquilizou-o; todos estavam atentos ao que ele dizia, o ponto de partida, o básico, *átomos*, e sentiu-se momentaneamente bem: sim, levantar daqui e retomar a vida. *O senhor foi o melhor professor de química que eu já tive*, disse-lhe alguém há alguns anos num encontro casual na calçada, e ele ficou muito feliz porque Hélia estava ao seu lado, ouviu aquilo, e sorriu, também feliz, apertando-lhe o braço um pouco mais forte, como um sinal de comunhão e admiração.

Da saída do motel, passando pelo Parque Barigui, depois a via rápida e enfim a breve parada na esquina da Comendador Araújo diante de um sinal vermelho, a tensão daquele segundo em que ela olhou para ele e disse sem dizer uma espécie de *você fica aqui*, o sinal vai abrir e vão buzinar atrás, e ele abriu a porta só para evitar buzinas, o que num piscar de segundo lhe pareceu mais importante do que ficar no carro e saber mais, *eu não suporto buzina*, todo esse silêncio durou quanto tempo? *Adeus, meu amigo Cândido*, ela enfim disse. *Amanhã vou para Brasília resolver algumas coisas com o Dario, e não sei se volto mais, estou uma pilha.* Como se isso tivesse importância, ela pagava o motel — fazia questão de pagar ela mesma, *nem pense em tirar a carteira do bolso*, ela dizia — em dinheiro. *Somos meliantes*, ela brincou no primeiro dia. *Sem deixar rastros. Ninguém sabe o que vem pela frente*, ela completou, como se falassem da situação do país (quase exatamente a mesma frase de Mattos que lhe veio à cabeça, *ninguém sabe o que vai acontecer; temos um imbecil no governo, e isso não é nem uma metáfora nem um xingamento; é um fato concreto, transideológico, e nesses primeiros meses, menos de um ano ainda, nem a direita, nem a esquerda, e nem o centro sabem o que fazer a respeito, mas todos pressentem todos os dias que há um tsunâmi qualquer adiante*); ela falava como se não estivessem entrando num pátio de motel atrás do número 27, *apartamento padrão caliente*, disse-lhe a voz detrás do guichê entregando-lhe uma chave depois de explicar os três padrões da casa, *primavera, hot, caliente, em três línguas*, riu Antônia, *uma cor para cada tipo, portas amarelas, vermelhas, azuis, parece sexo para crianças, os motéis são ridículos, mas, para nós, são mais tranquilos do que hotéis, você não acha? Imagine a esposa do procurador preenchendo a ficha no check-in do hotel*, e ela deu uma gargalhada *transgressora*, era essa a palavra que parecia defini-la, ele pensou, buscando ainda um motivo decente para amá-la de novo, além do desejo, quando o que o havia destruído até o osso da alma era apenas o peso esmagador do silêncio, mais ainda do que o luto da ausência, a coisa em si, nítida, ela não é mais parte nenhuma da minha vida. *Eu ligo para você*, Cândido pensou ouvir quando o carro arrancou em fúria, ele avançando na rua como se fosse correr atrás dela, e o carro de trás buzinou irritado para que aquele idiota saísse da frente, e ele deu dois passos tortos de volta à calçada e sentiu tontura. *É difícil explicar*, ele disse ao Batista. *Um vazio aqui,* e a mão dele apontava a boca do estômago, e dali os dedos em lâmina subiam à garganta cortando-lhe o peito, *e vem até aqui, e a sensação continua, produzindo substâncias ruins,* e por um momento o amigo talvez imaginasse que ele apenas descrevia um fenômeno puramente químico, ácidos queimando garganta, esôfago e estômago, o que se resolveria com sais de carbonato de cálcio para inibir a enzima proteolítica. *Não é isso,* antecipou-se ele à contestação imaginária. *É como se a minha cabeça ficasse naquele sinal vermelho para sempre; eu tinha de recuperar a despedida para refazê-la; sem isso, o tempo não avançava.* Ele olhou enfim mais demoradamente para Batista, com um crescente sentimento de vergonha (Sabe quando você "cai em si"? Eu sempre achei engraçada essa expressão, ele diria ao amigo mais tarde, já no carro, cair em si como uma embalagem que se vira do avesso), o que parecia afinal liberá-lo da gaiola da memória: *Não sei se você está entendendo o que aconteceu.*

— Claro que sim. Vamos? — e Batista levantou-se com um sorriso estimulante, um tapinha jovial no seu ombro. Olhou para o alto — talvez chovesse —, um gesto que Cândido acompanhou, como se houvesse no céu um objeto real a ser observado, e enfim levantou-se. Estou enferrujado, ele disse, sentindo uma dor física que parecia ocupar seu corpo inteiro. Tudo dói, acrescentou, observando os dedos, que pareciam endurecidos, e sujos, o que o deprimiu especialmente, *eu estou caindo em mim,* pensou em dizer, como quem faz uma brincadeira falando sério, *e sou pesado,* e esticou os braços como alguém que simplesmente acorda e se espreguiça. Uma frase decidida, ao ver a jovem gordinha e suada passar por eles correndo com fones de ouvido: *Preciso andar mais, fazer alguma ginástica. Essa minha vida sedentária.* A observação neutra pareceu normalizá-lo, e Batista concordou, *sim, sim, a nossa vida é imóvel,* ele disse sem pensar, no rosto a expressão ainda intrigada, e começaram a andar devagar, e Cândido pensou absurdamente em se despedir da mulher com o cigarro e de seus atuais dois amigos. A cena voltou-lhe à cabeça: ela havia dito algo como *acabou, Cândido. Não insista. Você vai achar outra musa. Faça análise. Vai ser bom para você.* Mas isso talvez tenha sido em outro momento. Era como se a roda se repetisse, voltando sempre ao mesmo ponto, que ele se recusava a ver. O sexo havia sido especialmente bom no último dia, talvez porque ela já soubesse que seria o último dia, o que ele não ouviu, ou não quis ouvir em nenhum momento, ou alguma parte dele se recusava a ouvir. *Eu disse "foda-se", com toda a nitidez; a palavra escapou no momento em que eu abri a porta do carro, um segundo antes; eu queria mesmo ofendê-la mortalmente*, ele teria de contar ao analista; ou à analista; ele preferia que fosse uma mulher, que certamente entenderia melhor o que aconteceu, refazendo aquele momento fotograma a fotograma, como na restauração de um filme antigo e importante que precisa ser preservado e compreendido; e Antônia como que arrancou antes mesmo que eu pusesse o pé no asfalto, e eu rodopiei ali como um idiota bêbado no meio da rua: a senhora entende? O Batista não pode ouvir isso — somos sócios. A vida pessoal fica fora dos negócios. É preciso separar as coisas; ele é apenas meu amigo, não meu analista ou meu pai. Tenho de respeitá-lo. Eu poderia ter voltado para casa, ali a meia quadra de onde ela me deixou, talvez passar antes pelo Mercadorama para comprar um bife para o almoço de amanhã, um chá de cidreira, algumas maçãs argentinas, com selinho azul (*das bem vermelhas*, dizia a dona Lurdes; *daquelas lustrosas, de dar de presente à professora*, e ele pensou na maçã da bruxa, mas preferiu não brincar com a velha); apertando o botão do elevador de casa eu poderia repetir o "foda-se" para mim mesmo com a sacola de compras na mão e com um sorriso, baixar uns filmes novos (saiu um release do RARBG com versões remasterizadas, blu-ray, de *Apocalypse Now*, do Coppola, o clássico de 1979, ele imaginou contar a alguém, até em opções de vinte ou trinta gigabytes, se você quiser altíssima resolução e tiver uma televisão 4K à altura do arquivo), preparar mais um capítulo da nova apostila, e simplesmente retomar a vida e sua sólida rotina. *Foda-se*. Só que não: aquilo engatou na alma. *Eu não consegui me livrar do pH da saliva*, imaginou contar ao amigo, *um pH que prosseguia vivo na minha boca, uma coisa física, muito forte, que eu nunca havia sentido na minha vida*. Era preciso desatar a palavra, desfazê-la, desmontá-la, apagá-la de sua vida. Sem pensar, foi caminhando direto até o Centro Cívico, em firme passo bovino, para reencontrar Antônia, de modo a voltar ao momento da despedida e refazer a cena; era importante beijá-la novamente. *Eu estraguei tudo*. Teve até a esperança de alcançar o carro já na segunda esquina adiante, engavetado em outro sinal vermelho — se corresse, e de fato correu durante uns vinte metros, de braço erguido, *num permanente estado de idiotia*, ele pensou dizer ao Batista, mas foi inútil: o sinal abriu e ele viu o carro desaparecer adiante. Parou de correr mas continuou andando — caminhar vai ser bom para mim, *porque libera dopamina e serotonina*, ele brincaria com Antônia, suado, e ela, penalizada, acharia graça, *você veio caminhando de lá até aqui no Centro Cívico?!*

— Você não ouviu as últimas notícias, imagino — disse-lhe Batista, e ele sentiu o cheiro saboroso da pipoca estourando próxima, no parquinho das crianças, o carrinho verde-claro recém-pintado com a bandeira do Brasil, o homem rodando a manivela de alumínio enquanto uma mãe gorda com o filho pequeno aguardava com o dinheiro na mão, e Cândido sentiu uma fome brutal. Uma mancha de sol abriu o tempo e varreu a cena por alguns segundos.

— Vamos comer uma pipoca? — Pôs a mão no bolso e tirou a carteira. — O meu dinheiro acabou. Depois eu te pago.

Ao conferir a carteira (o cartão de crédito e a identidade estavam ali, o que lhe deu uma sensação de alívio), sentia o olhar intrigado de Batista, com um meio sorriso no rosto, *talvez ele esteja pior do que imagino, ele deve estar pensando*, e voltou-lhe o toque da vergonha, *eu devo estar mais magro*; levou a mão à cicatriz e apalpou-a sob a barba crescida.

— Claro! Claro! — disse Batista, como quem acorda de um devaneio. — Você não deve ter tomado café hoje. É bom uma forradinha antes de chegar em casa. Guarde a carteira. Fique tranquilo.

Esperaram em silêncio (sobreveio um desconforto, e Cândido olhou para o alto, quando a mancha de sol reapareceu; *acho que não vai mais chover*, ele disse), até que o pipoqueiro servisse a mulher com a criança.

— Eu quero do pacote grande — disse Cândido, sério, e entreviu o sorriso mais uma vez intrigado do amigo.

— Do grande — Batista explicou ao pipoqueiro. — Só para ele.

O pipoqueiro olhou para Cândido com alguma estranheza; não se tratava exatamente de um mendigo clássico; era apenas uma figura desmazelada que dormiu na grama, e talvez o homem se lembrasse de vê-lo perambulando por ali no dia anterior, quem sabe catando alguma coisa nas lixeiras, ideia que lhe deu outro surto de vergonha, misturado com pontadas de depressão, e olhou para o outro lado, o ofidiário, *estamos em reforma, desculpe o transtorno*, o pequeno prédio redondo que lhe trouxe uma recordação de infância. *Eu costumava vir aqui quando criança*, pensou em contar ao Batista; *também estudei ali no Estadual, fomos colegas, lembra?*, uma observação óbvia e absurda, como se cobrasse algo do amigo, *fomos colegas de infância e portanto você me deve atenção*, e percebeu que o pipoqueiro já lhe estendia há algum tempo o pacote transbordante de pipoca, o cheiro bom da manteiga, enquanto Batista procurava uma nota na carteira. *Eu mandei a Antônia se foder; foi isso que eu disse, ressentido, inutilmente vingativo, desprezível, no momento em que percebi que a nossa felicidade para sempre — quem sabe desta vez eu fosse mesmo para São Paulo e enviasse os filmes pirateados para a minha mãe pelo Sedex, em pen drives, porque ela não saberia baixá-los pelo Transfer*

All —, a nossa felicidade mútua tinha se quebrado em três dias. Ou uma semana e meia, contando bem do começo quando Antônia era apenas uma imagem desenhada pela Líria: acabei preso no elevador, como o amante de Jeanne Moreau, o assassino azarado, ele poderia dizer, enquanto *alguém, o meu duplo, se passaria por mim fazendo besteiras por onde passasse, como eu agora*, e ele olhou para as próprias pernas, a mancha de terra ressecada no joelho, e enfim pegou o pacote de pipoca com as mãos igualmente sujas e agarrou um punhado irresistível que mal cabia na boca e passou a mastigar com fúria e prazer, e Batista achou graça.

— Cara, essa pipoca deve estar maravilhosa; uma pena que já tomei café. Vamos andando? — e a mão nas costas conduziu o amigo, sob o olhar ainda curioso do pipoqueiro. *Entenda, professor Cândido*, ela havia dito a poucos metros da esquina e do momento final, o tom cada vez mais pesado, que ele entendesse a coisa em si, que era simples: *acabou*. Como se dissesse, sem dizer: *Foi legal, tudo bem, nós nos amamos, não tenho nada contra você, mas acabou. Eu vou para Brasília resolver minha vida, você fica aqui e resolve sua vida e tocamos em frente que atrás vem gente*, e Cândido riu, pipocas à mão: é claro que ela não disse isso. — O que foi que você disse? — perguntou o amigo, e ele respondeu *nada, nada, só falando sozinho*.

Na pracinha do cemitério, exausto, suado, parou num boteco para descansar e beber um pouco: *Parece que eu fiz o percurso mais difícil, subindo e descendo e subindo o único morro de Curitiba, como se eu fosse um carro e pudesse alcançá-la. Se eu tivesse ido pelo centro, chegaria antes ao Centro Cívico*, mas não se lamentou; a ideia de recuperar o tempo perdido com o percurso mais longo e chegar logo no prédio pareceu reanimá-lo. *Daqui, vou pela Nilo Peçanha, depois corto a Mateus Leme e alcanço o prédio lá adiante.* Apartamento 908, lembrou-se. Eu não tenho nenhum número de telefone, *eu ligo para você*, ela disse, e, de fato, ligou, só que misteriosamente o celular dele não registrava o número de origem da ligação; mas o prédio, é claro, tem interfone. Não tem erro. Três adolescentes faziam piruetas com skates, os três com bonés para trás, o que ele achou engraçado, e planejou também comprar um boné. *Estou descabelado. Tenho de pensar exatamente no que vou dizer no interfone; não posso errar. Ou ela realmente não vai querer falar comigo nunca mais.* A cerveja desceu maravilhosamente bem e ele pediu outra em seguida, conferindo a carteira: *Estou com o cartão.* Um sentimento de alívio veio do nada e tranquilizou-o. Imaginou que logo resolveria aquilo; na volta, pegaria um Uber e pararia no Mercadorama para comprar as maçãs de dona Lurdes, e ele riu sozinho. *Estou fazendo uma tragédia de coisa nenhuma. É claro que ela sabe que aquele meu rompante* — ele não conseguia repetir a expressão para si mesmo, a estupidez do "foda-se" (que voltava sempre), *para apagá-la melhor* — *foi só isso, um rompante inconsequente que não significa nada.* Um dos meninos fez um volteio no ar e caiu feio; os outros dois correram para ver; o menino se levantou rindo e mancando, um fio de sangue no joelho, *não foi nada*, e Cândido pediu mais uma cerveja. Inspirado por uma mesa vizinha, em que dois homens também bebiam cerveja e conversavam sobre futebol (*O Athletico bateu no teto, cara; mais que isso não vai, o ataque é ruim, e nunca que passa pelo Grêmio na quarta-feira; a Copa do Brasil já era*), pediu também uma *cachacinha* para acompanhar, fazendo com o indicador e o polegar a imagem do copinho que ele viu ao lado (*Não tenho tanta certeza*, dizia o outro agora; *o campo de futebol é como a Bíblia — milagres acontecem*), e sorriu, sorriso que o garçom acompanhou, perguntando *ouro ou prata?*, o que ele custou um pouco a entender, até dizer *ouro*, é claro, a cachaça amarelinha, e lembrou de Antônia, *ela poderia estar aqui comigo*, e deu mais um gole. *Tenho de resolver isso logo*, e quase levantou-se para sair, mas alguma coisa prendia-o ali, as cervejas se sucedendo, com as respectivas doses de cachaça, e ele nem notou a noite cair, o tempo meio feio, frio, até que o homem disse que iria fechar, recolhendo cadeiras e mesinhas vazias da calçada, o que ele também demorou a entender. *Tenho de ir pela Nilo Peçanha*, relembrou; *talvez a Antônia diga para eu subir e eu possa dormir no apartamento dela só esta noite; não tem ninguém lá; seria uma felicidade*, e a ideia lhe pareceu tão feliz, boa e definitiva, ela não vai recusar um pedido tão simples — a alegria de revê-la e passar a limpo de uma vez aquele mal-entendido, quem sabe até ver um filme de mãos dadas na saleta de cinema, o que lhe soou como um paraíso, quem sabe assistir *Um homem fiel, vou baixar para você*, ela gosta de filmes franceses, *na França parece que as mulheres são sempre mais brabas e independentes*, ela disse uma vez, rindo, e ele diria a ela *por favor, fique comigo, eu aceito tudo* — que ele levantou-se de um golpe, para sentar em seguida de modo a não cair, com a ajuda da mão do garçom em seu ombro: *O garçom quer se livrar de mim*.

— Que bom que você está de volta, Cândido. Temos uma reunião da equipe da Usina amanhã. O Daniel até brincou: é uma usina de crises! — e Batista riu. Cândido sentiu alguma condescendência na frase, e imaginou que o amigo tentava simular normalidade, no esforço por trazê-lo de volta à *vida real*, precisamos todos voltar à *vida real*, disse-lhe Hildo na festa a respeito de algum detalhe do país que ele esforçou-se agora por lembrar, inutilmente, ambos já fora do Passeio Público, aguardando na calçada a passagem de um longo ônibus expresso. Uma figura simpática aquele Hildo, e Cândido desejou agora conversar com ele, sentiu mesmo saudade daquela presença loquaz, quem sabe telefonar, *sou o Cândido, lembra? o professor de química que pirateia filmes*, mas havia jogado fora o cartão depois que Antônia comentou, *esse Hildo é um picareta, um típico amigo do meu primo Arthur; cuidado com ele*. Cândido olhou para o pacote de pipoca, agora vazio, e amassou-o devagar, com uma certa esperança de que o papel funcionasse como guardanapo e tirasse um pouco a gordura de suas mãos, mas a maçaroca parecia piorar as coisas, e ele ficou com o papel amassado na mão, à espera de uma lixeira, no shopping deve ter. *Preciso mijar. Aproveito para lavar a mão, o rosto*, e voltou-lhe um fluxo de vergonha, a bola de papel engordurado na mão, e ele olhou em torno. — Agora em setembro — e Batista tocou levemente no ombro de Cândido como se indicasse que já podiam atravessar sem risco a canaleta do expresso — a gente tem de pensar na estratégia para o ano que vem, se focamos mesmo no ensino individualizado e diferenciado, que de certa forma é a nossa marca de origem, ou se entramos mais de cabeça no espírito de "terceirão", com estrutura convencional, turmas maiores, para crescer rápido, criar uma estrutura de ensino médio, e aí o céu é o limite, se o país não acabar. O problema é grana. Para você ter uma ideia, vai uma notícia bombástica, que li ontem: o Êxito, sabe o Êxito, onde a gente começou? Escolas, gráficas, a infra inteira, tudo quebrou e vai a leilão. Nesse panorama, não dá para enfiar a cara em coisa alguma. O Brasil está parado, o dólar está subindo devagar e sempre, a Amazônia pega fogo, e, seguindo o padrão, não há nenhum projeto estruturado sobre nada, muito menos na educação fundamental e ensino médio para a gigantesca faixa pobre do país, e, para completar a receita, temos um perfeito cretino em Brasília, louco para dar um golpe de Estado. Se bem que —

A estratégia para o ano que vem. Ele estava ouvindo essa palestra agora, na praça 19 de Dezembro, à espera do sinal verde, com a mão protetora do Batista no seu ombro (ele é um pouco mais alto do que eu), o Shopping Mueller ali adiante, ou apenas estou me lembrando da reunião do mês passado? *Alguma chance de impeachment ou vamos ter de esperar mais um tempo?* Era a voz de Mattos, que voltou-lhe nítida, com o cafezinho na mão e um sorriso no rosto. *Espere sentado*, disse a professora Juçara, beligerante (ele relembrou também nitidamente, mas talvez seja uma imagem mais antiga). *Parece que a eleição só vale se vocês ganham*. E Batista — foi mesmo o Batista? — perguntou:

O problema é: quem somos "nós"? Os professores da Usina? O motoqueiro que entrega pizza? A filha do senador? O miliciano da Baixada Fluminense? O negrinho chicoteado no supermercado? O hacker de celular? A cabeleireira da esquina? O diretor da Petrobras? O pedreiro paraíba? O ator da Globo? O guardador de carros? A garota de programa? O empreiteiro de obras públicas? O jogador de futebol? Vá contando as cabeças, até chegar em duzentos e vinte milhões. A cada um, um Brasil diferente, em regra, lei, cenário e destino.

Um mendigo fake, ele pensou em dizer, para desanuviar o silêncio, *eu sou um mendigo fake*, e certamente Batista daria uma risada — parece que o sinal vermelho leva quinze minutos para abrir, não vai ficar verde nunca e os carros começarão a buzinar frenéticos, *porque eu ainda não estou aqui: preciso romper a tensão superficial do tempo, um fenômeno químico, como todos os fenômenos que realmente importam*, como se a sua profissão tivesse uma reserva aristocrática de mercado, e ele riu sozinho. A tensão superficial do tempo, imaginou-se diante do quadro-negro, criando sua teoria paralela, age sobre o *instante presente*, que precisa romper-se para a irrupção do futuro, que incha do outro lado; as ligações de hidrogênio, as incríveis forças intermoleculares que criam uma pele finíssima sobre a água, encontram seu equivalente inseparável na volatilidade do tempo, volátil mas concreto, na delicada película do instante presente, que se estufa, sempre resistindo a romper-se para não se tornar imediatamente ruína. *A imagem infantil* — era um desenho animado mental que ele via — *deu-me a sobrevida e me arrancou dali*, ele contaria ao Batista, talvez até à Beatriz, se ela comentasse algo como *você pegou uma gripe forte, o Batista me contou*, e ele diria, criptográfico, *sim, parei no tempo*, as mãos formando didaticamente a imagem de uma bolha que lentamente se expande, *mas consegui sair*.

Acordou na calçada de uma pequena rua transversal, encolhido de frio contra um muro de pedra, ainda bêbado, e com sinais de vômito na barba rala; talvez tenha sido um sono de alguns minutos depois da queda. Ele lembra que se despediu vigorosamente do garçom, um cumprimento forte de mão para demonstrar quão sóbria a triste figura estava, como uma sombra ridícula no fim da noite, as pessoas não costumam apertar a mão do garçom quando vão embora, e mais nada lhe veio à cabeça, além do plano simples: procurar Antônia, desculpar-se por sua estupidez (o que ela aceitaria imediatamente, *eu nem ouvi direito o que você gritou ao bater a porta do carro*), e pedir guarida por esta noite, porque não conseguiria voltar para casa, o que ela também concederia sem risco, o marido provisório e a enteada estão em Brasília e ela está só e me ama, e ele veria os seus olhos novamente, *como você é romântico!*, ela diria rindo dele, mas no fundo admirada de sua qualidade moral, *os românticos são pessoas superiores que se encastelam nas emoções*, alguém lhe disse uma vez, como quem descreve uma sociopatia, e Cândido riu — cada ideia, Antônia! Podemos até ver um filme juntos, a cinebiografia de Tolkien que acabou de sair, tenho aqui no pen drive em alta definição, os órfãos solitários que se amam, e Cândido explicaria didático, *Tolkien é o gênio que escreveu O senhor dos anéis e todas essas histórias de uma Terra paralela cheia de seres bizarros falando línguas incompreensíveis*, e ele saiu do segundo bar determinado e cambaleante, *não, errei, é outra Terra, essa nossa não existe, e as línguas são todas compreensíveis entre eles*, desta vez sem apertar a mão do garçom, que é coisa que obviamente não se faz; não sei onde eu estava com a cabeça. *Eu não queria voltar para casa, essa é a verdade*, pensou em confessar ao Batista; *eu fiquei andando na superfície do tempo como os insetos conseguem andar sobre a superfície da água*, e a imagem lhe pareceu esquisitamente bela, como um verso feliz de um haicai da Hélia demonstrando o caráter inseparável do tempo e do espaço, o que, por um momento, deu algum senso de dignidade ao seu estado de mendicância emocional, imagem que o submeteu a um novo fluxo quase físico de vergonha, uma dura agulhada na memória, *eu não preciso disso, caralho* — ele diante do interfone apertando cuidadosamente os números de Antônia, nove, zero, dois? Não; *oito*, zero, dois —, a ponto de imobilizá-lo diante do sinal verde; Batista voltou-se, fez o gesto de puxá-lo pela mão, *venha*, e ele acompanhou-o, num curto surto de animação, o Mueller logo adiante, no shopping vou ao banheiro lavar as mãos e o rosto e sacudir a cabeça e então. Nada de resposta. A luz da portaria acendeu-se, na verdade uma pequena claridade adiante, e ele viu a figura do porteiro falando com alguém no telefone do balcão e olhando para ele, um recorte bambo sob a luz forte sobre a porta de vidro olhando fixo para o interfone à espera de um *suba!* e de um clique do trinco. Que horas seriam? Em vez disso, ouviu um *quem o senhor procura?* um tanto ríspido, que ele demorou a responder — é preciso cuidado aqui. Uma fala errada, e aquele filho da puta jamais abrirá essa porta, e desejou voltar ao bar para pensar melhor. Se ele se afastasse o suficiente, talvez meia quadra, e contasse os andares, poderia descobrir se alguma luz do apartamento de Antônia está acesa ou não, e algum senso de ponderação concluiu que, de fato, talvez ela estivesse *realmente* dormindo. Todas as noites as pessoas dormem. *É simples: não é não*, Beatriz comentou uma vez ao café; *não quero ser feminista de carteirinha, mas para os homens às vezes parece que* — para *alguns* homens, cortou alguém; talvez até a maioria, mas, mesmo assim, não se trata de um valor universal e irredutível, e Beatriz, disse *sim, sim, claro*, as maçãs do seu rosto coraram instantâneas. Só que ela argumentava sobre uma situação completamente diferente, uma notícia sobre um homem e uma mulher que. Não lembro mais.

— Você que é feliz — riu Batista, no outro sinal vermelho. Cândido passou a sentir uma urgência angustiante, *sair daqui, desaparecer, todos estão me vendo*. O sol voltou a espalhar uma mancha de luz. — Imagino que você passou esses três dias sem ler notícia nenhuma. Todas as manhãs, metade do Brasil acorda sonhando: É hoje o impeachment? — e Batista deu uma risada. — A outra metade está um tantinho *estupefata*, como diria o Mattos — e voltou a rir, descrevendo a cena. — Estou estupefato, disse ele ontem. O personagem mais escroto da história do país quer abrir milhares de escolas militares para ensinar bons modos à juventude brasileira. Se puserem um bigodinho debaixo do nariz dele, não vai faltar mais nada. O Mattos é uma figura. — O sinal dos pedestres abriu e Batista tocou discretamente o ombro do amigo, como quem conduz uma criança, *já estamos quase lá, fique tranquilo*, o gesto dizia sem dizer, e Cândido pensou que um dia teria de contar em detalhes o que aconteceu sem saber exatamente o que aconteceu, um homem abduzido, *porque eu* — e a frase não teria continuação. *A dona Antônia não está*, disse finalmente o porteiro, muito provavelmente depois de conversar com a própria dona Antônia, *e eu acho que foi nesse momento que eu perdi o pé de apoio, se é que eu ainda tinha algum*, imaginou-se contando a alguém. Eu não conseguia sair dali: se apenas (quantas horas mesmo?) algumas horas antes ela e eu estávamos nos amando, e aquilo era amor como nunca tive e jamais sonhei em ter, e mesmo que fosse apenas sexo, ele já se prepara para o que vão dizer, as pessoas não entendem e não querem entender os outros, mesmo que fosse apenas sexo, foda-se, há momentos em que sexo e amor são a mesmíssima coisa, só um idiota não percebe isso, se sexo não for amor, se a incrível complicação e *transgressão*, a palavra é dela mesma, do sexo não é amor, seria o que então? Divertimento?! — e então, num estalo do nada, ela diz que "não está"? Assim? Isso depois de eu dizer que — e aqui ele silenciou. Prosseguiu em pé diante do interfone: talvez tivesse errado o número? Mas o porteiro se referiu à *dona Antônia. Portanto.* Ela era mais velha que você?, certamente vão me perguntar, e Cândido fez um cálculo ligeiro: dois ou três anos; talvez cinco, e a nitidez do rosto de Antônia assomando diante dele como um fantasma sorridente da memória (e era só isso que ele queria, apenas *revê-la*, absolutamente nada substitui o *contato pessoal*, uma frase que ele costuma dizer contra o ensino a distância, essa picaretagem, *e no entanto não temos saída*, dizia Batista; *temos de entrar nessa área, ou vamos ficar para trás; temos de atacar em todas as frentes; o mundo está mudando*) paralisou-o no meio da rua. Batista também parou, a testa franzida, tentando interpretar o amigo, estendendo o braço: *Tudo bem? Venha.*

Nada. Só uma coisa que me ocorreu, Cândido disse, e voltou a caminhar, simulando animação, *falta pouco agora*. Viu-se em casa tomando um banho demorado, com a dona Lurdes pendurando a toalha na porta (ele sempre esquecia), aguardando as explicações daquele desaparecimento, e a cena não lhe pareceu tão ruim: é bom voltar ao normal. Talvez até comentasse um filme, para simular normalidade: *Filho, ontem vi um filme do Irã*, Sem data, sem assinatura, *a história de um homem que deseja se sentir culpado. Dá uma agonia na gente*, ela vai dizer. *Alguém é assim?* Mas é claro que eu não vou contar nada, decidiu, porque esse pedaço da vida pertence a mim; não pode ser partilhado. *Algumas coisas são exclusivamente nossas*, uma vez Hélia lhe disse num tom sério. E, pensando melhor, ela acrescentou, já esboçando um sorriso: *Talvez a maior parte*. Pensou mais um pouco, e agora o tom era de pura brincadeira: *Talvez tudo. Nada se divide.* Cândido continuava sem saber onde ela tinha ido à tarde, e Hélia beijou-o: *Passei no shopping para trocar o tênis, que ficou apertado, e num impulso fui ao cinema. Assisti* Livre, *um filme canadense baseado numa história real, com roteiro do Nick Hornby, um cara que eu adoro. A história de uma caminhada sem fim de uma mulher foda. Esse você ainda não tem no acervo da dona Lurdes. E de vez em quando é bom ver cinema na telona. O mundo fica maior*, e ela abriu os braços, como quem indica o tamanho exato da realidade. Ele foi imediatamente ao computador pesquisar no IMDb — talvez ali encontrasse o segredo da sua mulher: *Wild*, direção de Jean-Marc Vallée, canadense, com Reese Witherspoon no papel principal, nota 7,1. Procurou em todos os sites um torrent para baixar, mas não encontrou nada, apenas um ridículo release CAM, algum adolescente idiota filmando no próprio cinema e jogando o arquivo com a cópia horrorosa na rede só para dizer que foi o primeiro do mundo a piratear o filme. *Vou esperar sair a cópia blu-ray para ver*, ele disse à Hélia; *na TV a imagem é mais nítida do que no cinema, ninguém fala no celular, comenta cenas do filme ou mastiga um barril de pipoca na tua frente*, e Hélia riu, *o pior é que é verdade* — e agora, atravessando a rua com Batista a seu lado, sentiu um novo surto de vergonha retrospectiva, o porteiro tocando o seu ombro (ele empurrou-o também levemente com o pé, um mendigo dormindo sentado na entrada do prédio? Teve a impressão que sim, mas não era certeza, mas lembra bem do *senhor*, uma indicação de que talvez não estivesse ainda tão destruído). *O senhor não pode dormir aqui*, o homem disse, mas não chegou a perguntar como ele chegou até a porta de vidro, se ele havia pulado a grade com a cerca elétrica sem disparar o alarme ou se esgueirado pelo portão da garagem quando algum carro entrou ou saiu sem que ninguém visse. *Eu preciso resolver isso*, ele disse ao porteiro erguendo-se e tentando manter alguma compostura, mas não insistiu. *Preciso preservar Antônia*, ele pensou, e a simples ideia o reanimou — *apesar de tudo*, ele diria a ela, *ainda sou um cavalheiro*. De qualquer forma, a horinha de sono sentado no chão da entrada como que recobrou alguma energia. *Tenho de ficar por perto*, ele decidiu, *não me afastar demais*, vagamente planejando flagrar Antônia quando ela saísse, *eu faço sinal, ela para o carro, eu entro, conversamos e resolvemos essa bobagem*, o que também reanimou-o, e, outra boa hipótese, chegou a pensar em consultar os voos para Brasília, já apalpando o celular no bolso interno do casaco, *está aqui*, de modo a esperá-la no aeroporto, o que lhe pareceu de súbito uma ideia brilhante, *são poucos os voos diários para Brasília, não tem erro, eu pego o ônibus executivo direto para o aeroporto e ela vai ficar surpresa de me ver na entrada da fila do raio X, você aqui?!*, mas o álcool ainda pesava demais, ansiedade bruta, *caralho, por que ela não me atendeu?*, e ele pegou cambaleando um caminho próximo de ciclista que o levaria, se ele fosse adiante, até o Parque São Lourenço, *mas eu fiquei no caminho, numa beira de rio*, ele teria de contar. *Eu não sei mais. As pessoas vão acreditar?* — ele ouviu-se perguntar a si mesmo em voz alta, o que o amigo respondeu com a mão afetiva nas suas costas, conduzindo-o no segundo lance da avenida Cândido de Abreu, sob outra mancha súbita de sol, *é claro que sim, Cândido. As pessoas acreditam em você. Você sempre foi uma pessoa boa. Todos gostam de você*. Já na calçada do shopping, Batista parou e segurou-o, agora intrigado:

— Por que a pergunta? Aconteceu alguma coisa? Quer dizer, além de você... — e ele apontou o parque adiante: — Você dormiu mesmo duas noites no Passeio Público?!

— Não, claro que não! — ele reagiu diante do absurdo. — Foi só de ontem para hoje que... — e ele viu Batista sorrir, o que o levou a desviar os olhos e dar dois passos em direção do ponto de táxi, num gesto visivelmente de birra infantil. — Não precisa me levar em casa, obrigado, mas eu...

— Nem pensar! — e Batista segurou seu braço. — Venha comigo, por favor. Eu levo você. Prometi para a dona Lurdes que nesse domingo levava você para casa e vou cumprir a promessa — uma visível mentira mas que pareceu acalmar o amigo. — Lá na Usina eu inventei uma gripe para justificar tua falta, os alunos perguntando, *como assim, o professor Cândido não veio?!*, como se se tratasse de uma hecatombe nuclear. Mas você sabe que com a dona Lurdes não dá pra contar história da carochinha. Agora que eu achei você, faço questão de entregar a mercadoria pessoalmente. Vá pensando numa história boa pra explicar a fuga — e ele deu uma risada.

Cândido sorriu da imagem e do jeito do amigo, a breve birra se diluiu, e sentiu um desejo de voltar às aulas, aos filmes, à conversa de cafezinho, à sólida rotina, uma injeção aguda de normalidade, *mas eu ainda preciso falar com a Antônia*, o que ele preferiu não comentar com o Batista. *As mentiras são afetuosas, às vezes*, ele planejou dizer a ela quando conseguisse enfim encontrá-la em carne, osso, voz e alma. *Talvez nunca mais*, e viveu a ideia bruta de que isso fosse uma verdade cristalina e definitiva — *Não me procure de novo, jamais* — ela havia dito, com uma clareza, uma dureza e uma nitidez na voz (o que deu para sentir mesmo no som sujo e rascante do interfone, quando enfim conseguiu ouvi-la), e ele precisava voltar àquele momento para que ela refizesse a frase, de modo que a normalidade retornasse à vida dele. Na verdade, à vida deles, *porque agora somos mentalmente inseparáveis*, ele ponderou, atrás de uma chave explicativa, de novo acompanhando Batista, sob um novo surto de animação, como quem tem enfim um plano claro, simples e seguro na cabeça: *conversar com ela. Só isso. Não é muito*. Entraram no shopping e o espírito do ar refrigerado, o brilho cromado dos objetos, o artifício da limpeza, o eco do espaço e o súbito vão livre das escadas rolantes, uma abóbada de retas que se abrem num jogo de geometrias, *o carro está no último piso*, disse-lhe Batista, já com o chaveiro na mão, *mas preciso antes pagar o estacionamento, tem caixa ali no segundo piso*, e Cândido o seguia obediente como uma boa criança, *restaurado*, foi a palavra que lhe ocorreu, *minuto a minuto caindo em mim*, ele planejou contar a alguém, escapando da vergonha e dando um sentido um pouco mais nítido aos seus dias, ou dando um sentido à *queda, acho que é isso, é uma parábola da queda*, ele explicaria sorrindo, *eu caí*, e Antônia riu, porque ela nada leva a sério, ele imagina: você tem razão, o sexo é uma queda, acabamos sempre deitados. Mas é muito bom, não?, e aconchegou-se nele. *É muito bom*. Súbito levantou a cabeça, numa espécie de *eureca* — Falar em queda, você não é muito religioso, não? Ele pensou um pouco, olhando nos olhos dela, *eram poderosos*, ele pensou em dizer ao Batista numa espécie já bem-humorada de justificativa, homens comem mulheres desde sempre e isso é motivo de orgulho também desde sempre, ele até seria capaz de brincar, e lembrou de Hildo descrevendo as pessoas da festinha dos ricos com a tarimba da pobreza, *esses caras compram um carro com um estalo de dedos*, e lamentou mais uma vez ter jogado fora o cartão, *é um picareta*, determinou Antônia. *Quando o Arthur der um chute na bunda dele vai ser bem feito, como esses ministros de merda desse governo de merda*, e ela deu uma risada, como se antevisse a cena, *nem sei como o Dario, meu Deus*, ela concluía alguma coisa sem partilhar, o que Cândido reviu agora como se se tratasse de outra pessoa, não de Antônia, e no entanto, ele relembrou bem, eram essas as palavras dela. Religioso? Nunca pensei nisso, ele respondeu, sincero. *Você nunca foi à missa?*, perguntou-lhe Hélia uma vez, e antes que ele respondesse (quando criança, sim, duas, três, quatro vezes, vagas lembranças, dona Lurdes levando-o enfatiotado, mas eram sempre eventos especiais), ela explicou que vinha de uma família de carolas católicos; quando uma tia, irmã da minha mãe, bandeou-se para a Igreja do Evangelho Quadrangular, foi uma tragédia familiar. *É um povinho ignorante e fanático*, disse meu pai, para ofender minha mãe. *Estão tomando conta de tudo.* Foi quando eu virei budista, e Hélia deu uma risadinha faceira, como quem conta uma traquinagem, *e liberei minha poesia*, e agora falava a sério: *é o meu projeto de vida*. De que eu não fazia parte, de que eu nunca fiz parte nenhuma — por isso não fui para São Paulo, ele pensou em dizer, num surto de ansiedade e teimosia regressiva, desejando que Hélia estivesse ali para discutirem; bem ou mal, eles conversavam todos os dias, isso é verdade. Os silêncios dela não eram brutais como esse de Antônia. *Você era egoísta*, ele diria a Hélia, com simplicidade, pensando na viagem definitiva a São Paulo; e refugiou-se inseguro na acusação ridícula, que desfaria em seguida, *desculpe, não foi o que eu quis dizer*. O que você quis dizer, Hélia responderia, é "foda-se". Eu entendi. Não precisa se desculpar. Deu para perceber na simples entonação. Talvez ela acrescentasse: fique com a sua mãe, com seus filmes piratas e com suas aulas de cursinho. Foda-se, digo eu. Cândido sentiu o rosto queimar de vergonha da própria imaginação (deslocar para a voz de Hélia, que não existe mais, o que deveria ouvir de Antônia, que está em algum lugar próximo e inacessível, e enquanto ele não chegar a esse lugar o tempo tensiona sem romper e ir adiante, e ele via o diagrama, as patinhas do inseto sobre a pele intransponível da água) ao colocar o pé no degrau rolante, sob o olhar atento de Batista e a sua mão no ombro, *cuidado o degrau*, e quis desfazer a máquina da memória alternativa, que no entanto voltava. Religioso? *Sim, religioso*, Antônia insistiu. *Você vai à missa, frequenta terreiro, participa dos cultos, recebe alma em roda espírita, paga o dízimo do pastor? Essas coisas do outro mundo, que estão sempre na moda.* Cândido pensou na dona Lurdes e em seu materialismo bruto: *Quer dizer que tem alguém lá em cima escrevendo a gente? Ora, faça-me o favor. O Josefo achava que sim, mas eu sempre tive mais o que fazer.* O que não era exatamente verdade, ele desconfiava: ao contrário do que acontece com os velhos, que mais negociam o céu quanto mais o fim se aproxima, dona Lurdes foi se livrando de Deus enquanto o tempo passava, num despojamento mental, a solidão absoluta, ele pensou em contar, uma mera curiosidade, as pessoas cada uma tem um jeito, mas preferiu não falar da mãe. *Religioso?*, perguntou ele de novo como se não tivesse entendido, para ganhar tempo. É difícil falar do que não é mensurável. Eu sou professor de química, pensou em dizer: tudo é matéria. Você não engana a matéria. Não brinque com ela. Mas a questão caía num vazio irrespondível. *Bem, eu tive um tio padre*, ele contou, *e na minha memória era uma figura magra, triste, impressionante, sempre de preto, e eu desde criança vinculei a imagem dele à ideia de religião*, e Antônia deu uma risada, aquela risada explosiva, louca, saborosa, contagiante, *de que eu sinto falta*, ele pensou em contar ao Batista. *Sabe o modo como a pessoa ri e libera amarras? É um cartão de identidade: diz tudo. Você quer se aproximar das pessoas que riem.* Mas Antônia começou a se afastar de mim assim que me teve: *Eu fui fácil*, e Cândido sentiu uma breve vertigem moral pelo impacto da ideia súbita, e apertou súbito o corrimão da escada rolante, que parecia avançar mais rápido que os degraus, ideia que entretanto não conseguia encaixar em si mesmo — *Eu não sou assim*, ele teria de dizer a ela, sem que isso soasse como agressão. Acordou na sombra do mato, a manhã já avançada, isso ele lembra bem, e do chão viu as duas jovens conversando animadas e passando de bicicleta na pista adiante, e levantou-se imediatamente para voltar ao prédio: talvez tivesse perdido Antônia para sempre, nesse momento o avião levantando voo em direção a Brasília, para nunca mais, *eu não deveria ter me afastado do prédio*, mas a cabeça deu uma pancada de dor e ele deitou-se novamente. *Batista vai perguntar mais uma vez da faca*, ele pensou. Bastava dizer a verdade: *Uma loja de quinquilharias ali na Mateus Leme. Não sei o que eu tinha na cabeça*. Não sei mesmo, ele diz para si mesmo, pensando nas opções que os outros levantariam, por força do método, *já que nada me passava conscientemente pela cabeça*, ele diria, talvez sem mentir: me matar (o que seria repetir o gesto da infância, agora com a determinação adulta), matar Antônia e fugir, matar Antônia e me matar em seguida, ou então jogar aquilo no lago do Passeio Público e esquecer essa história. Eu fiz a primeira parte, que foi fácil; já a segunda, esquecer, é mais difícil. *Você não controla a memória*, alguém lhe disse, falando do país. *Ela volta.* Ele foi atrás de um bar para tomar café, porque em poucos minutos a extensão de seu desastre parecia tão absoluta, que ele tentava fazer dele *uma autodestruição heroica*, pensou em dizer ao Batista, *a humilhação como um troféu: assim são feitos os santos*. Não tenho mais solução, pensou em contar ao Batista, e conferiu o celular — a loucura tinha algum método, ele poderia brincar agora, porque a primeira coisa em que pensei foi na bateria do celular, já que estava determinado a alguma transgressão definitiva que me deixaria na rua por muitos dias, até o fim — *até algum fim, as coisas, todas, sempre chegam ao fim, de modo que eu palmilharia meu caminho como um peregrino do desconhecido até encontrar a chave do despojamento final*, ele poderia dizer, recriando alguma imagem dos poemas de Hélia. Em pouco tempo estava encurralado numa mesinha de fórmica de algum lugar próximo da Mateus Leme, onde conseguiu uma tomada e um carregador, que o homem tirou com alguma má vontade de uma gaveta diante do freguês estranho, alguma coisa visivelmente não batia em mim, *e assim, celular carregando, eu mantive um fio ligado com a civilização*, ele planejou contar ao Batista, fazendo um diagrama mental do seu projeto. *São poucas as coisas que, de fato, nos mantêm vivos; a mais importante é o desejo*, e ele desejou que Hélia ouvisse aquilo. Comeu um pão com mortadela e queijo, depois outro igual, mas, em vez de café, pediu cerveja, apontando para um refrigerador de porta transparente, cheio de latinhas coloridas, porque com aquilo — ele lembrou do que sempre ouviu e jamais havia posto em prática, *nada como uma boa cerveja gelada de manhã cedo para rebater imediatamente uma ressaca, principalmente uma ressaca moral, a pior de todas*, e ele abriu a primeira lata — *foda-se*, repetiu para si mesmo, agora em direção contrária — com um estalo libertador — porque assim ele manteria vivo o espírito do desejo, que nesse instante era muito simples: *vê-la*. Tão simples que lhe pareceu tranquilamente exequível, à luz do dia, e não de madrugada, como um mendigo se esgueirando atrás de proteção. Até o porteiro percebeu que ele não era confiável, um bêbado na sombra com uma cicatriz no rosto. Agora não, e ele abriu outra lata de cerveja, e o gelado já não parecia mais tão frio assim, e quando o celular tocou no balcão do bar, próximo da tomada, ele levantou-se imediatamente para colocá-lo no silencioso e não incomodar ninguém, o que fez a tempo de conferir a chamada, a secretária da Usina atrás dele, com certeza rodeada pelos três alunos especiais de química, que, pela primeira vez na vida, teriam de esperar um pouco para saber como os elétrons se distribuem no átomo, a aula de sábado prevista, e ele levantou o braço — *Mais uma, por favor* —, e antes que a latinha chegasse à mesa ele levantou-se para ir ao banheiro, ultrapassando alguns engradados num corredor escuro e chegando a uma portinhola que se abriu para um pequeno espaço surpreendentemente limpo. Mijou demoradamente, de olhos fechados mas com pontaria firme, planejando o passo seguinte: *É claro que ela ainda não viajou. Deve até mesmo estar arrependida do rompimento, o absurdo daquele "acabou", depois de apenas três dias da mais intensa paixão, era o que ele diria a ela, a mais intensa paixão mútua, um detalhe especialmente importante que ela não teria como negar, porque você sente quando uma mulher está apaixonada, cria-se uma aura quase física, embora ela negasse, a aflição simulada no rosto: Cândido, você não se apaixonou, não? Por favor, não faça isso, filme é filme, vida real é outra coisa, não dá para ver de novo, não se repete, não se assiste de longe, as coisas vão acontecendo na carne e na alma para sempre e nunca mais, mas o jeito como ela dizia isso negava o conteúdo das palavras, o que acontece com frequência. Aqui não se escreve o que se diz — o Dario já pressentiu que a ida a Brasília é um suicídio profissional, aquilo é um circo assustador tocado por psicóticos e eu mesma não sei o que vou fazer da minha vida; estou sufocada.* Uma coisa não podemos negar — disse o professor Mattos — ele, este presidente — e o professor sacudiu a xicrinha com café a ponto de derramá-lo, recuando as pernas num pulinho engraçado —, este presidente, dizia eu, cumpriu cada uma de suas palavras. Ninguém pode dizer que não sabia, que campanha é uma coisa (alguém até uma vez declarou que na campanha a gente faz o diabo e diz qualquer coisa, algo assim, vocês lembram?) e vida real é outra. No caso dele, tudo está sendo cumprido religiosamente pelo nosso Trump tupiniquim, é uma estridente estupidez anunciada, com método, todas as manhãs, sempre fiel à inacreditável estreiteza de sua cabecinha bovina e aos gritos de seus bezerros, o que contraria a tese clássica segundo a qual no Brasil dizemos uma coisa, fazendo outra. Agora não. A burrice é ostensiva e orgulhosa, a violência simbólica é explícita, em franca passagem para a violência física (trata-se de um governo impulsivamente necrófilo), e à medida que o rebanho rareia, o que já está acontecendo, viram as pesquisas?, a sombra do golpe fica mais espessa. Embora eu — bem, sou um otimista genético — não acredite que o pesadelo vá longe. Ao contrário do que imagina a resistente esquerda mecânica, respirando o berço esplêndido do passado, não estamos de novo em 1964. Aquele tempo, enfim, rompeu-se (e Cândido puxou o zíper da calça balbuciando *a tensão superficial do tempo, eu não posso deixar o momento romper-se ou não mais terei Antônia*, lavou cuidadosamente as mãos na pequena pia, surpreso com a sujeira de seus dedos e de suas unhas, *por onde eu andei?*, e voltou renovado à mesinha de fórmica, já com o braço estendido em direção ao refrigerador, *mais uma, por favor*, preciso esperar a bateria do celular carregar até o fim, tenho um dia longo pela frente e não posso ficar sem contato com a civilização, e ele sorriu da própria imagem, um otimismo crescente a cada gole). A difusa pressão da alma cultural do país — a retórica do Mattos é sempre engraçada, dizia Batista; é um prazer ouvi-lo, e os alunos gostam —, este mistério complexo, sempre presente e sempre invisível, nossa jabuticaba maior, vai diluir pela borda o trator da burrice. Porque, vejam bem, trata-se, de fato, de uma guerra cultural promovida no estrito nível da inteligência das bolhas de internet, povoada pelos chamados, como se diz mesmo?, os "minions", que hoje são legião, uma guerra emocional inteiramente acionada pela pequenez instintiva do lumpesinato intelectual, não lapidado pelo poder civilizador da palavra escrita e por sua perspectiva histórica — e o lumpesinato das letras é hoje um respeitável poder universal que vai muito além da conversa de bar e dos discursos em reuniões de condomínio —, e não gira em torno de programa econômico, político, social nenhum, que para a máquina deste poder são penduricalhos completamente acessórios, cambiáveis e descartáveis, porque no mundo nada se liga concretamente com coisa alguma, apenas com teorias flutuantes e desejantes, ao sabor de delírios miúdos, e só o instante presente é real. A estupidez boçal liberada quase que de repente no mundo inteiro pela tecnologia da internet deu voz ao ressentimento poderoso da ignorância moral. Nas luminosas, frenéticas trevas contemporâneas, a única memória viva e funcional é a memória RAM, de conteúdo apenas fátuo, substituível minuto a minuto. No máximo ressoa um certo instinto religioso atávico, eclético e genérico, o cobertor de um fundamentalismo tacanho e de utilidade prática pontual, mas, isso é verdade, com uma base de apoio respeitável, ainda que, até aqui, puramente mental. Difícil imaginar que nessa maçaroca imbecil de carolas analfabetos esteja se gestando algum exército de puritanos ingleses do século XVII para sustentar algum Cromwell libertador da nossa selva.

Neste momento, a professora Juçara levantou-se ostensivamente da mesa de reuniões, deixando cair a bolsa (e Cândido sorriu, relembrando a cena — parecia que ela havia *jogado a bolsa no chão*; abrindo a latinha, imaginou-se de volta à Usina, *regularizar a vida novamente*, revendo os colegas, como se a vida cotidiana de sempre se revelasse um projeto quase utópico, agora demasiado distante de sua urgência, *rever Antônia e restabelecer sua vida emocional*: a professora Juçara também é engraçada, ele diria ao Batista quando o encontrasse, e deu mais um gole da cerveja gelada que parecia ressuscitá-lo, uma animação aguda injetada no corpo, *eu vou resolver isso*); a professora Juçara recolheu a bolsa do chão em outro gesto brusco e fez um curto discurso, o pé já adiante para disparar dali num volteio de corpo, deixando no ar o seu tapa de luvas: Até agora, colegas, e já estamos em julho (ou isso aconteceu na semana passada? não lembro; não, foi quando começaram as queimadas da Amazônia), até agora, repetiu ela, erguendo o indicador, não apareceu nenhum grande escândalo de corrupção, depois de praticamente quinze, vinte, trinta anos, sei lá. Desde que os militares da Revolução de 64 devolveram o poder. Quantos anos, quantas décadas de roubalheira? Ou já esqueceram? Os índices de homicídio estão caindo; a violência também está em queda; quase que já dá para sair na rua. A inflação do ano vai ficar na faixa dos três por cento. E tudo isso são os jornais de esquerda que estão dizendo, não sou eu nem a internet nem os grupos de WhatsApp. Os empregos estão voltando, ainda que devagar; não é fácil nem rápido consertar o estrago estrutural de mais de uma década que nos foi legado. Mas talvez essa vitória em bloco do governo não signifique nada para vocês. Vocês estão mais preocupados com o direito ao aborto, com o vitimismo racial e com o casamento gay. Mattos imobilizou o cafezinho: aquilo foi engraçado. Com todo o respeito, professora Juçara — e aqui ela parou no batente da porta e voltou-se, o pé para fora, a cabeça para dentro, e chegou a sorrir do sorriso e do tom de Mattos —, vou recorrer a uma fake news atribuída ao Calígula: a indicação do cavalo Incitatus para o Senado é uma metáfora que não significa nada? Aquilo estava no último limite da ironia; olhamos todos para a professora Juçara, como a plateia tensa de uma liça de repentistas, apostas pesadas na mesa. Ela preparou cuidadosamente a resposta, imaginando-a, quem sabe, um golpe de misericórdia final, e ergueu o queixo: *O professor está olhando só a árvore, que é a perfumaria política, a distração da imprensa; observe o que de fato importa, a floresta.* Ao que Mattos fulminou, sem pensar: *Não dá — a floresta está pegando fogo!* — É o que eu chamo de piada irresistível, disse Mattos baixinho, antes de enfim dar o último gole do café certamente frio, logo depois que a professora Juçara saiu dali bruscamente sem responder, e o clássico mal-estar difuso se instalou na diáspora da reunião informal, *porque, na verdade,* Cândido entreouviu a observação de Beatriz a um dos colegas, *o que a Juçara diz representa a opinião de muita gente, para quem o que chamamos de conquistas sacramentadas da civilização não significa nada; é uma coisa assustadora, e tem de tudo aí, juntando os fios desde o miliciano mafioso infiltrado na rede política até a evangélica que apenas não quer ser assaltada no ônibus, como a minha diarista ontem, na linha do Santa Cândida,* o que levou o colega a brincar, *e temos aqui o nosso Santo Cândido, o rei da química,* e Cândido aproximou-se com um sorriso, já olhando o relógio, *tenho aula daqui a pouco,* e sentiu, como sempre, um discreto fluxo de vergonha que parecia chegar à cicatriz, e ouviu em seguida uma indagação política pela metade, *o que você acha, Cândido?* — mais um gole de cerveja, e Cândido relembrou o que disse à Antônia, na primeira tarde de nudez, *eu não tenho vida intelectual; eu só tenho vida afetiva,* repetindo o que havia dito à Hélia anos antes, quando ela respondeu, *é claro que você só tem vida afetiva, você é de Peixes, e nasceu num dia que não existe; você leva para o cotidiano a fantasia absoluta, que é a vida perfeita. Você vive o mundo da ilusão, e nada é mais bonito do que isso.* Antônia foi mais simples e direta: *Que lindo o que você falou. Então venha, meu querido afeto.* Cândido pediu ainda uma cerveja antes de se decidir a sair em busca de Antônia, *um dia de redenção*, ele pensou, ao perceber que já era uma hora da tarde, mas o celular com bateria carregada pareceu acalmá-lo, *estou armado*, ainda que sem o número de telefone dela, é inacreditável que alguém não use celular, livre-se disso, ordenou-lhe o marido, e ela obedeceu; *mas é claro que ela ainda está em Curitiba, e eu preciso encontrá-la para romper a tensão superficial do tempo e finalmente passar para o lado de lá, onde tudo está bem*. Desequilibrou-se um pouco ao levantar-se da cadeira, e voltou a sentar, para levantar-se de novo, agora mais firme, sob o olhar intrigado do dono do bar atrás do balcão: *Alguma coisa em mim não bate de acordo*, ele pensou em repetir ao Batista, no fim do primeiro lance da escada rolante, a mão firme no corrimão de borracha um tanto mais à frente do que o pé, como ele calculara segundos antes, imaginando o diagrama de roldanas, *o diferencial é um princípio básico da tração em curvas*, alguém uma vez lhe disse.

— Você está bem, Cândido?

— Sim, claro — e ele olhou para o alto, como se faltasse muito.

— Só mais dois lances de escada. Vamos?

Ninguém atendia o interfone, e num momento o porteiro da tarde, desta vez um jovem, quase um menino, a camisa de uniforme com um distintivo que parecia o logotipo do prédio, Golden Spire, foi até ele, repetindo a mesma coisa de sempre, *o senhor não pode ficar aqui*. O "senhor" era ainda um sinal de consideração, e ele agradeceu ao homem repetindo o tratamento pela regra diplomática da reciprocidade, *obrigado, senhor, obrigado*, mas sem sair do lugar, como se ele entendesse o contrário do que escutou. Foi levado até a calçada, os passos inseguros e teimosos, com uma gentileza firme. Sentiu um pequeno fluxo de violência aflorar, *não encoste em mim*, ele disse ao homem, erguendo as mãos, sentindo um desejo ainda informe de agressão e chegou a fechar o punho da mão direita, *caralho, filhos da puta*, ele sussurrou, mas o homem também ergueu as mãos, propondo paz, *estou só fazendo o meu trabalho, senhor*, com certeza pressentindo que Cândido não era exatamente um mendigo comum, e Cândido viu a sombra de mais alguém se aproximar, com o mesmo logotipo no peito, e então ele voltou à calçada, ouvindo o *clact!* do portão de pedestres fechando-se em seguida. Teria de esperar de novo a chegada de um carro qualquer do prédio para esgueirar-se antes de o portão automático se fechar, e ir direto ao segundo interfone, onde as chances de ouvir Antônia, imaginava ele, seriam maiores. Ou então atravessar a rua e aguardar na outra calçada, com paciência — um dia, obrigatoriamente, ela teria de sair do prédio, ou a pé, ou de carro, e então. E então o quê? E talvez ela nem estivesse mais aí. Um desânimo espesso o paralisou. O silêncio da mulher: como quem descobre uma chave, no segundo lance de escada rolante, lembrou do comentário de Antônia sobre um filme indiano, de produção alemã, que acompanha um fotógrafo e uma mulher que não fala, *Retrato do amor* — a mulher não fala porque não tem para onde ir, porque não tem saída, ela e o fotógrafo tangenciando, patetas, uma vida em comum radicalmente impossível num país de merda, e o silêncio de entrelinhas do filme inteiro se revela seu único refúgio e único poder. *O cinema está povoado de mulheres em silêncio*, ela disse. A imagem soou tão fascinante (quem sabe organizar uma lista de filmes sobre mulheres fortes que não falam?) que desejou ardentemente partilhar esta descoberta com a própria Antônia, *que ideia maravilhosa*, sentindo um impulso de abandonar Batista, ir até lá, atravessar de novo a rua e voltar ao interfone agora mesmo, *lembra do filme que você comentou?*, e ela diria, *sim, é claro, é isso mesmo, eu estou perdida, por isso eu, desculpe o que eu falei* — mas a memória desejante caiu num vazio que parecia esmagar seu estômago e ele viu-se mais uma vez saindo dali sem direção. *Eu não me lembro mais o que fiz*, ele teria de dizer ao Batista, se ele perguntasse.

— Vou pagar o estacionamento aqui no caixa. É só um minutinho — Batista disse, quase o jeito como se fala a uma criança, sempre atento aos menores sinais do comportamento do amigo, *fique tranquilo, estou melhor*, ele diria se perguntado, e Cândido ficou atrás dele na pequena fila como se também ele tivesse um carro à espera e um tíquete na mão para quitar. Apenas à noite, tarde da noite, quando ele já estava quase desistindo, na mão o pacote inútil com a faca que ele comprou num impulso do acaso, à procura de alguma coisa *portátil* para comer e temendo esbarrar em alguém conhecido naquela região cheia de estudantes, fora da segurança relativa do Passeio Público, depois de várias tentativas no vazio em caminhadas até o Centro Cívico, dali ao prédio, *eu vou destruir essa merda*, ouviu de novo a voz de Antônia, metalizada pelo interfone, distante como uma mensagem de Marte que enfim chegou nas ondas de um rádio antigo prestes a pifar: *Não me procure mais. Por favor, desapareça*. No espaço interminável de um minuto ela disse mais coisas num crescendo de aflição e agressão de que ele guardou apenas pedaços de sons, chiados e palavras avulsas, e o tom claramente avesso, hostil, *saia, vergonha, merda, interfone, Líria, minha vida, Brasília, Dario, fim*, tudo em fragmentos incompreensíveis, preso que ele estava na tensão definitiva da primeira frase, que também foi a última, esta igualmente nítida, uma súplica tensa, *por favor, não me procure mais*. De modo que o tempo não avançou, ele pensou em explicar ao Batista: eu fiquei preso naquele instante. Tem um filme que é bem assim. Nunca aconteceu com você?, ele imaginou perguntar, enquanto seguia os passos de Batista em direção ao último lance da escada rolante. Você fica preso no tempo — e as mãos fariam uma rede didática, os dedos se tocando — e pela tensão da superfície você não consegue sair, porque a película não se rompe. A porta de vidro se abriu automática e eles entraram no espaço dos carros.

— Como eu dizia, a Beatriz perguntou de você — e Batista apertou um botão do chaveiro que acionou um curto alarme e a luz de um carro cinza piscou adiante. Cândido sentiu a presença do ar frio do estacionamento, o tempo em Curitiba é maluco, pensou em dizer. Você nunca sabe se vai fazer calor ou frio, e Cândido ajeitou o casaco, sentindo um arrepio na pele e um desconforto esquisito. *Estou com um cheiro ruim. Preciso tomar um banho bem quente*, e a simples ideia pareceu acalmá-lo, há sempre uma vida cheia de planos adiante, Hélia disse uma vez, brincando — a gente tinha visto *O mágico de Oz*, ele explicaria ao Batista. — Eu acho que ela gosta de você. Você nunca notou?

Cândido surpreendeu-se, como quem acorda, e olhou para Batista, o carro entre eles, a mão na maçaneta.

— A Beatriz?! Você acha?

— Intuição.

O rosto de Beatriz fundiu-se na memória com o rosto de Líria, aquela minha aluna, filha do procurador; são curiosamente parecidas, pensou em dizer, o mesmo formato de rosto, a cor do cabelo. Mas a Beatriz é mais adulta e mais séria. Talvez mais tensa. Imaginou entregar a ela um pen drive cheio de filmes. *Fiz uma seleção para você*. Puxou o cinto de segurança.

— Carro novo?

— Antes fosse. Tem um ano já.

Engatou a ré, e na lenta manobra Cândido ficou atento ao som rascante dos pneus no chão de verniz.

© Cristovão Tezza, 2020

Todos os direitos desta edição reservados à Todavia.

Grafia atualizada segundo o Acordo Ortográfico da Língua Portuguesa de 1990, que entrou em vigor no Brasil em 2009.

capa
Elaine Ramos
imagem de capa
Louis Malle, *Ascenseur pour L'Échafaud*, 1958
preparação
Márcia Copola
revisão
Huendel Viana
Eloah Pina

Dados Internacionais de Catalogação na Publicação (CIP)
— —
Tezza, Cristovão (1952-)
A tensão superficial do tempo: Cristovão Tezza
São Paulo: Todavia, 1ª ed., 2020
272 páginas

ISBN 978-65-5692-022-1

1. Literatura brasileira 2. Romance 3. Ficão contemporânea I. Título

CDD B869.93
— —

Índice para catálogo sistemático:
1. Literatura brasileira: Romance B869.93

todavia
Rua Luís Anhaia, 44
05433.020 São Paulo SP
T. 55 11. 3094 0500
www.todavialivros.com.br

fonte
Register*
papel
Munken print cream
80 g/m²
impressão
Geográfica